唐吉訶德
Don Quixote
【附杜雷版畫・精緻彩圖】

塞萬提斯 Miguel de Cervantes Saavedra◎原著

劉怡君◎改寫

陳彬彬◎圖片賞析

好讀出版

唐吉訶德
Don Quixote

PART 1
唐吉訶德的夢想

唐吉訶德

Part 1

唐吉訶德的夢想

在歐洲所有知名文學作品中，能將嚴肅和滑稽、悲劇性和喜劇性、生活中的瑣屑庸俗與偉大美麗視野如此水乳交融的，這樣的例子僅見於塞萬提斯的《唐吉訶德》。

——19世紀俄國評論家　別林斯基
Vissarion Grigoryevich Belinsky

01 唐吉訶德的夢想

他夢想成為一個仗義行俠的騎士，騎著駿馬到世界各地去遊歷，伸張正義，去惡鋤奸，解救苦難中的人們。

西班牙中部拉曼查地方的某個村莊，有一個典型的鄉紳，大家都叫他吉哈達先生。他家中藏有一支舊的長柄矛、一面生鏽的舊盾牌；屋外則養了一匹瘦馬，和一隻機靈敏捷的獵犬。

平日裡他吃些牛肉、碎肉洋蔥沙拉、扁豆和蛋皮肉捲子；假日比較豐盛，有一盤小斑鳩肉可吃。這些食物雖然並非山珍海味，卻也花掉了他每月四分之三的進帳。

剩餘的錢，他用來買一件毛料的厚外套和一條天鵝絨長褲，外加一雙天鵝絨便鞋，這些體面的裝束是備來安息日穿的。平常他只穿著灰色的毛織衣服，並自認為沒有其他衣服的質料比這更棒的了。

吉哈達先生家中的成員，還包括一位四十多歲的女管家，一名未滿二十歲的姪女，以及一個幫他砍柴、耕種、卸下馬鞍，並跑跑市集的年輕小夥子。

鄉紳快滿五十歲了，他身材修長、面孔削瘦，外表看似單薄，身體可是健壯得很，骨架肌肉都很結實，喜歡早起和打獵。

多數的日子裡，他喜歡用來閱讀騎士小說，常常被書中人物的英勇事蹟迷

唐吉訶德創意塑像
Beth Tribe攝影／西班牙托雷多一家玩具店門口

唐吉訶德從家中找出破爛盔甲、長柄矛、生鏽盾牌，完成一身自認完美的騎士行頭……由這麼一個富幻想性格的角色來鎮守玩具店，不由得讓人會心一笑。

得茶飯不思，最後甚至走火入魔，以為書中所說的魔法、戰爭、決鬥、挑戰、負傷、求愛、奉獻、戀愛，以及煩惱等一切荒誕不經的事兒都是真實的。於是，他夢想成為一個仗義行俠的騎士，騎著駿馬到世界各地去遊歷，伸張正義，去惡鋤奸，解救苦難中的人們。

終於，在他變賣田地購得的一堆騎士小說幾乎讀完的某一天，他下定決心展開雲遊騎士的冒險之旅。

首先，他從屋子的角落拖出一具破舊的盔甲，那是好幾代以前的祖先所留下的，已有數百年之久，布滿了鐵鏽和灰塵。他先拂去盔甲上的蜘蛛網，再用抹布把灰塵和黴斑擦洗乾淨，盡可能讓它看起來光亮一點。

突然，他發現頭盔的護罩已經不見了，看起來就像是一頂鐵帽；於是他趕緊找來一片厚紙板，裁剪成護罩的形狀，將它套進頭盔。然後，他拿出刀來，朝頭盔戳了兩下，想試試它牢不牢固；沒想到護罩一下子就給刺穿了，

白費了他一番心血。

第二次，他在重新做好的厚紙板護罩後方裝上幾根細鐵條，心想這樣就能夠抵擋敵人的刀劍，便不再做測試，並自認這是一頂舉世無雙的完美頭盔。

盔甲完成之後，第二件事便是安排坐騎。於是吉哈達先生來到屋外，尋找自己那匹瘦骨嶙峋的愛馬，並決定為牠取一個響亮的名字，以搭配自己高貴的騎士身份。他努力思考了好久：「到底

洛基南特（局部）
羅倫佐‧瓦雷拉(Lorenzo Coullaut Valera, 1876～1932) / 銅雕，1925～1930年 / 西班牙馬德里

他原本只是一匹駑馬，在受封成騎士的坐騎之後，儼然變成唐吉訶德眼中的名駒。

用哪個名字較好呢？」，它一方面要能說明這匹馬以前的身份，另一方面又要能表明牠如今隸屬於一位雲遊騎士，這樣的地位高貴多了。終於，在他苦苦思索四天之後，爲這匹馬取了「洛基南特」這個名字，意思是──「以前是一匹駑馬，現在成了一匹優秀的駿馬。」。

「這當然是我的功勞。」他沾沾自喜地想著，若他不是這麼一位尊貴的騎士，怎能擁有一匹連亞歷山大大帝坐騎都比不上的名駒呢！「既然坐騎有了響亮的名字，也該爲自己取一個高貴堂皇的名字才行。」他想，於是又花了一個星期的時間，絞盡腦汁，搜索枯腸，最後決定自稱爲──「唐吉訶德」。

這時他想起一位知名的騎士──阿馬迪斯，此人曾經爲了彰顯自己的國家和故鄉，在名字前面加上故鄉的名稱高盧，自稱爲──「高盧的阿馬迪斯」。他決定仿效阿馬迪斯的作法，也爲自己

一路平安
雷頓(Edmund Blair Leighton, 1852～1922) / 油彩‧畫布，1900年 /
私人收藏

自古英雄一定要配美人，如此一來英雄出征時才有想望、思念的對象。唐吉訶德整裝待發之際，自然也要找個美女，以便時常在心中牽掛著她。

取名爲──「拉曼查之唐吉訶德」。

如今，裝備已經齊全，馬匹和自己也有了體面的新名字，就差一位美麗的人兒了。

「所有的騎士心中都應該要有一位值得懸念的美人，」唐吉訶德想著，「因爲唯有如此，才能讓樹木生出葉子和果

杜雷／版畫，1863年

唐吉訶德沉迷於騎士冒險故事，對他來說，書中的美女、
野獸、英雄不只是傳說，而是生活中再真實不過的情節。

實，使一具軀殼擁有靈魂。」

「而且，如果有一天我擊敗了一個巨人，就能叫他跪在我的美人兒腳邊哀求道：『美麗的夫人呀！我被威武勇敢、聲明昭著的唐吉訶德所擊敗，他要我到您的跟前來聽候發落，就請您任意處置我吧！』哇！這樣不是很過癮的一件事嗎？所以我也應該找一位美人兒擱在心中才是。」想到這裡，唐吉訶德憶起住在他家不遠處的一位農家少女愛朵紗，他可是曾經深深地暗戀過她。

「喔！美麗的愛朵紗呀，就是妳了，妳即是我心中牽掛的美人兒，我將為妳赴湯蹈火、犧牲生命也在所不惜。」

就這樣，唐吉訶德找到了讓他放在心中苦苦思慕的愛人人選，並且為她另取了一個叫做「托波左之達辛妮亞」的新名字，他滿心歡喜，認為這個名字不但悅耳動聽，而且與他心目中美人的完美形象完全相符。

杜雷／版畫，1863年

唐吉訶德無心打理田產家業，一心只想踏上騎士的冒險之旅。

首次冒險之旅

「可惜我還未正式受封，不能有一番偉大的作為。我得趕緊找個人幫我舉行受盔儀式才行。」唐吉訶德想到這件事，馬上又坐立不安起來。

　　一切準備就緒之後，唐吉訶德便不再耽擱。

　　「在這個充滿罪惡的人間，有那麼多的苦難等著我去解救，有無數的冤屈等著我去平反，有許多的弊端等著我去杜絕，更有那堆積如山等著我去清理的債務哩！」

　　基於這樣強烈的使命感，唐吉訶德在未告知任何人的情況下，選擇於七月中旬最炎熱的一天整裝出發了。他全身披掛甲冑，頭上戴著加工了厚紙板面罩的頭盔，左手拿著盾牌，右手則高舉長矛，騎在瘦巴巴的洛基南特背上，朝著遼闊的原野走去。

　　想到自己未曾驚動任何人，就能如此順利實行雲遊騎士的計畫，唐吉訶德不禁得意起來；但不一會兒，他進入原野後便想起一件重要的事來：「哎呀，我還沒有進行過『受盔儀式』呢！」

　　原來，依照騎士規章中的規定，任何未經受盔儀式的新騎士，是不允許與其他騎士打鬥的；而且，在沒有建立任何功勳之前，就算是歷經受盔儀式的新騎士，也必須穿著白色的盔甲，且盾牌上不得繪製代表家族的徽章。

　　想到這一點，唐吉訶德的決心不免

唐吉訶德
塞尚(Paul Cezanne, 1839～1906) / 油彩·畫布，1875年 / 私人收藏

塞尚最擅長掌握豐富的色彩，在追求藝術的道路上，他也像唐吉訶德一樣踽踽獨行。雖然塞尚在生前並未受到重視，連自己的父親都看輕他，但他依然努力追求理想。如今塞尚的作品深受世人肯定，他更被尊稱為「現代藝術之父」。

動搖了起來。但想要成為一位傑出騎士的狂熱，遠遠超過理性的思考；於是，他決定效法騎士小說中新騎士們所使用

的方法，「我可以請求旅途中遇到的第一個人來爲我舉行受盔儀式呀！而且只要拿石頭用力磨盔甲，一定能夠磨得雪白晶亮。」

就這樣，唐吉訶德安心地繼續他的旅程。他並不選擇任何道路，而是聽任馬兒隨處前進，因爲他相信，這樣才能成爲一位真正具有冒險精神的騎士。

唐吉訶德一面前進，一面自言自語地說道：「後世的修史者在執筆描述我第一次出征的情景時，一定會這般寫道：『當偉大的太陽神阿波羅於大地遍灑其金光燦爛的髮絲，鳥兒們高聲鳴唱，迎接帶來薔薇花色彩的黎明女神奧羅拉的同時，著名的騎士——拉曼查之唐吉訶德先生，開展了他初次的冒險之旅。他騎著名駒洛基南特，奔向遼闊的原野。』」

說到這兒，唐吉訶德越發得意起來，他繼續說著：「啊，我這番豐功偉業，無論在哪個輝煌的時代傳揚開來，希望當代的人們可別忘了歌頌我忠誠的伴侶——洛基南特呀！」

「至於高貴的達辛妮亞。妳怎能忍心三番兩次拒絕我仰慕妳美麗的容貌呢？請記得我的一顆心，因對妳懷抱強烈的愛而飽受無盡的煎熬哩！」他這些奇奇怪怪的話語，都是從書本上學來的，連語氣都近乎一樣。

不過，唐吉訶德走了一整天，卻未遇見任何值得大書特書的事情，這讓他感到非常失望。傍晚時分，他和馬兒都已經相當疲憊，而且餓得要命！在萬分沮喪下，只想快點找到一座城堡或牧羊人的茅草屋歇息一下。

終於，一間旅店出現在他的視線中，由於瘋狂的騎士故事盤據著他的腦海，這間簡陋的旅店在他的眼中於是成了一座雄偉氣派的城堡，有銀光燦爛的尖塔、吊橋和深深的濠溝，與書中描述的城堡景象一模一樣。

「多麼氣派的一座城堡呀！瞧，有兩位嬌豔的貴婦從城門走出來，讓我上前去與她們說說話。」唐吉訶德驅馬往前走去。

原來這兩名女子是投宿旅店的風塵女郎，正在旅店門口散步，她們見到唐吉訶德身披盔甲、手執長矛朝她們走來，害怕地想轉身逃回旅店去。

「莫驚慌，小姐們。」唐吉訶德掀開厚紙板，溫和地向她倆說，「像我這樣英勇的騎士，絕不會違反騎士精神去傷害任何無辜的人，何況妳們還是出身高貴的小姐呢。」

兩名女子停下驚恐的腳步，滿臉狐疑地望著眼前這個臉上布滿灰塵和皺紋

的古怪老男人。「他剛才說什麼？說我們是高貴的小姐？」其中一個風塵女郎轉頭向她的同伴問道。「對呀！他的確是這麼說的，沒錯。」兩人愣了一下，隨即哈哈大笑起來。

「名門淑媛應該端莊嫻雅才對，怎能笑得如此誇張，實在是太不成體統了。」唐吉訶德有些生氣地說，但為了維持他的騎士風範，於是又對她們說道，「我說這話並無意冒犯之意，請妳們不要介意，若能夠，我願意盡全力為兩位效勞。」

聽見這番奇怪的話，兩名女子笑得更加厲害了，這使得唐吉訶德更為光火。就在這個時候，旅店老闆聽見門口傳來的喧鬧聲，便走出來瞧瞧發生什麼事。

他見到穿著盔甲的唐吉訶德，心中一陣驚訝，「哎呀！怎麼來了一個瘋子。」但為了避免其他的客人受到傷害，影響生意，旅店老闆連忙露出笑臉，態度恭敬地對唐吉訶德說道：「親愛的騎

唐吉訶德塑像
Karen Hoffmann攝影 / 墨西哥瓜納華托州

唐吉訶德夢想成為英勇的騎士，現代的孩子卻嚮往成為無敵的超人，這樣的古今夢想對照別有一番趣味。

士大人，您的大駕光臨，真是讓本店蓬蓽生輝呀！我們這兒除了床舖之外，什麼都不缺，你大可盡情地使用。」

唐吉訶德見到城堡主人（因為他把旅店當做城堡，旅店老闆自然就成了城堡的主人）的態度如此謙恭有禮，心中

的怒氣頓時消失，他滿意地對城堡主人說：「這位大人，請你不必麻煩了，因為——武裝就是我的衣飾，戰鬥即是我的休息。」

「照這樣說來，冷硬的石頭就是您的床舖，徹夜不眠即是您的睡眠囉！請您這就下馬來，休息一下吧。」旅店老闆強忍住笑意走近唐吉訶德，等他下馬，並將這瘋客口中所稱的名貴馬匹，牽進馬廄餵食草料。

「你想吃些什麼，我們去拿。」兩名女子一邊問著，一邊費力地幫忙卸除他身上的盔甲。

「能吃的東西就可以了，儘快拿來吧！我餓極了。」唐吉訶德回答。

由於戴在他頭上的護罩和頸甲被繩子緊緊縛住，除非用刀子割斷否則解不下來，因此他決定戴著它們吃東西和過夜。但那副滑稽的模樣，逗得兩名女子忍不住又大笑起來。

這時，老闆從屋子裡端出一盤尚未烤熟的小魚乾，和一塊發霉的黑麵包。唐吉訶德馬上拉起護罩，在兩個女子的協助下，狼吞虎嚥起來，彷彿這是人間美味一般；但當他想喝飲料時卻遭到困難，因為護罩擋著，他的嘴巴根本湊不到杯口。還好老闆想出辦法，他拿來一根蘆葦莖，一端放進酒杯裡，一端按在唐吉訶德的嘴唇上，就這樣慢慢地把葡萄酒灌進他的嘴巴。

至此階段，唐吉訶德對於今日的冒險感到萬分滿意，因為既有城堡主人熱情的款待，又有兩位高貴淑女的服侍；加上上等的酒和高級麵包做為晚餐，使他越發志得意滿。

「可惜我還未正式受封，不能有一番偉大的作為。我得趕緊找個人幫我舉行受盔儀式才行。」唐吉訶德想到這件事，馬上又坐立不安起來。

唐吉訶德，上路！
陳嘉雯攝影／西班牙「唐吉訶德之路」旅途中

由西班牙旅遊局規畫的「唐吉訶德之路」行程，多年來吸引無數遊客實地走一遭，此外西班牙亦處處可見「唐吉訶德騎士之旅」的諸多意象，就連汽車貼紙也不例外，幾乎可和西班牙鬥牛分庭抗禮。

杜雷／版畫，1863年

唐吉訶德首度踏上騎士之旅，眼前道路不知通往何方，但
他背後的天空卻已浮現英雄歷險征戰的畫面。

03 受盔儀式

親愛的大人，現在就請您為我舉行受盔儀式，等我成為一位真正的騎士之後，我將為您赴湯蹈火，殺盡攻擊城堡的所有惡人。

　　尚未受封為正式騎士的念頭緊緊盤據著唐吉訶德的腦海，使他無法安心享用食物，於是他草草結束這頓簡陋的晚餐，並立即拉著旅店老闆的手急急前往馬廄。

　　進了馬廄，唐吉訶德猛然在旅店老闆的面前跪下，說道：「親愛的大人，我懇求您一件事，請您一定要答應我，否則我將一直跪在您的面前永不起身；這件事關係著全人類的幸福，也是身為騎士一生中最重要的事。」

　　旅店老闆被他突如其來的舉動嚇了一大跳，但為了讓唐吉訶德從地上站起來，只好先答應他的請求。

　　「好吧！你有什麼要求，就請直說吧。」

　　「事情是這樣的，明天，我想請您幫我舉行騎士的『受盔儀式』。」唐吉訶德接著說，「而今天晚上，我將在城堡的禮拜堂看守盔甲，直到天亮。等明天舉行了正式的受封儀式之後，我就可以名正言順地雲遊四方，為苦難中的人們排憂解難。」

　　旅店老闆聽見唐吉訶德這番話，心中原本的猜測更加得到證實——「這是一個瘋子」，於是，他也學著瘋言瘋語起來：「噢，能為一個高貴的騎士舉行受盔儀式，真是我無上的光榮。想我年輕的時候，也是一個意氣風發的騎士呢！我曾經遍遊各國，經歷許多冒險，樹立了無數的功績。直到年紀大了，才回到這個城堡安享晚年，並接待來自各方的雲遊騎士們；當他們離開的時候，都會把行囊中的貴重物品饋贈於我，以回報我熱情的招待呀！」

　　「那麼，今夜你就在院子裡看守盔甲吧！因為禮拜堂正好在翻修，而且騎士規章並未規定騎士一定得在禮拜堂看守盔甲才行。」旅店老闆清清喉嚨，繼續說道，「對了，你身上有沒有帶錢？」

　　「沒有，因為在我閱讀的所有騎士故事中，並未提到任何一位知名騎士身上帶著錢。」唐吉訶德恭敬地回答。因為旅店老闆既已答應為他舉行受封儀式，那此人便將成為他唐吉訶德的教父。

　　「噢，你千萬不可以有這種錯誤觀念，書上雖然沒說，不表示騎士們不需要錢和換洗衣物；這是作者認為這些東西都是日常必需品，用不著刻意去提。想想看，你出門在外雲遊四海，難道不用吃飯，不必更衣嗎？一位真正高貴的騎士，通常都有一位侍從在背後跟隨，

幫他保管財物、衣服和藥膏。萬一騎士與人發生戰鬥，不小心傷了身體，就能夠用自備的藥膏塗抹傷口，所以隨身攜帶一小罐藥膏也是必要的。當然，如果你擁有一位魔法師朋友，他能夠在你受傷時適時派遣一位仙女或小矮人前來醫治你，那只消一滴仙水，便能立刻使你的傷口癒合。不過，你應該沒有這樣的朋友吧？」旅店老闆說罷，轉頭想想，又接著說道，「不過呢，如果你沒法找到一個隨從，也可以在馬鞍下方安裝一個小布袋，放置你的錢包和換洗衣物。好啦！現在你就到院子裡去看守盔甲吧。」

授爵典禮
雷頓(Edmund Blair Leighton, 1852～1922)／油彩‧畫布，1901年／私人收藏

騎士的冊封儀式原先只需要領主以長劍輕點肩頭即告完成，但後來因受到教會影響及社會日益繁榮，儀式也變得更繁瑣、鋪張──準騎士前一晚需沐浴、守夜祈禱，翌日望過彌撒之後，才穿上新盔甲，戴上佩劍及馬刺。

「好的，下次我一定會記得攜帶錢財和衣物的。」唐吉訶德對旅店老闆的建議深信不疑，他決定，「下回出門一定要找一個隨從幫我保管行李。」

然後，他走到旅店中央的廣場，將身上的盔甲放置在一旁的石造水井上，然後左手握盾、右手執矛，來來回回高舉步伐，神情肅穆地在水井旁守衛著。

旅店老闆回到店內，將唐吉訶德瘋狂的舉動當成笑話說給店裡的客人聽，大家都感到不可思議，紛紛從窗戶探出頭來，觀察這個在水井旁往復來回、認真巡邏的瘋子。

在月光明亮如白晝的照射下，唐

吉訶德的一舉一動，清楚映現在眾人眼前。

這時，一個住在旅店的車夫來到院子裡，想打水給他的騾子喝，車夫無視於唐吉訶德的怒目相對，伸手便扯掉放在水井上的盔甲。這無禮的行為大大惹惱了唐吉訶德，只見他抬頭望明月，喃喃自語地說道：「啊，我摯愛的達辛妮亞，妳忠貞的僕人首度遭受到此種莫大的侮辱，請賜予我力量，以騎士之名來洗刷恥辱。」

唐吉訶德說完後，隨即丟掉盾牌，舉起長矛向車夫刺去；正在打水的車夫沒料到唐吉訶德會出手攻擊他，當下便昏死在地。幸好，唐吉訶德沒再擊出一矛，否則就算醫生迅速趕來，也挽救不了車夫的性命。唐吉訶德立刻將盔甲放回水井上，繼續執行守衛任務；可憐的車夫，便一直暈倒在地上。

過了一會兒，又有另一個車夫前來水井打水，他並不知道剛才發生的事。正想伸手去拿盔甲，一根長矛便擊中了他的腦袋，一連三下，把他打得暈頭轉向、哀叫連連。這時，其他車夫聽見了同伴的慘叫聲，也一一從旅店衝出來；當他們看到兩位車夫的悲慘狀況後，氣憤不已，「太過分了！你這個瘋子，快點住手。」大家紛紛從地上撿起石頭，用力地朝唐吉訶德丟去。

為了維持騎士的勇敢精神，唐吉訶德拿起盾牌擋住如雨點般落下的石子，使自己免於受到傷害，他大聲地對眾人咆哮著：「卑鄙之徒！別以為你們仗著人多勢眾我就會害怕，我絕對不離開水井半步。」

旅店老闆怕事情鬧大，影響店裡的生意，急忙跑到眾人面前阻攔道：「請大家快點住手，別再刺激他了。他可是一個貨真價實的瘋子，難保不會幹出什麼傷害人命的事來。」

大家聽老闆一說，紛紛停下手來，不再往唐吉訶德丟石頭，只把那兩名受傷的夥伴抬離院子，讓唐吉訶德獨自留在水井邊。

看見眾人離開，唐吉訶德仍然忿忿不平地叫罵著：「別跑啊！你們這群儒夫，怎麼，不敢過來和我一決生死嗎？」

這時，他瞥見旅店老闆正站在遠處瞧著他，於是他又喊道：「你，你這個虛偽的小人，竟然讓一位高貴的騎士遭受眾人的羞辱，而在旁邊袖手旁觀？我絕對要把這件事公諸於世，等著瞧吧！」

旅店老闆連忙趨前說道：「尊貴的騎士先生，並不是我有心讓您受辱，而是能力不足呀！您也知道，我不當騎士已經很久了，體力大大不如前了。

杜雷／版畫，1863年

唐吉訶德在井邊認真執行守護盔甲的「任務」，不肯讓閒雜人等靠近，還差點演出全武行。一心想成為騎士的唐吉訶德，在旁人眼中不過是月光下的一名瘋子。

況且，我已經盡快召來下屬，重重處罰了那些冒犯您的敵人，就請您息息怒，別再生氣了。」

聽旅店老闆這樣一說，唐吉訶德的怒氣頓時消去，他清清喉嚨，拿起地上的長矛說道：「好

杜雷／版畫，1863年

唐吉訶德將旅店視為城堡，店老闆自然是堡主，於是他誠心請求對方為自己舉行受盔儀式，全然不在乎觀禮者可能只有馬廄內的牲畜。

吧！念在明天你將為我舉行受盔儀式的份上，我就原諒你吧！」說完話後，他邁開步伐，繼續執行他的守盔任務。

「有件事我想和您商量一下。」旅店老闆急於送走這位煞星，盤桓片刻於是說道，「關於守盔任務，一般只消兩個小時就夠了，您已經守衛四個小時，我想應該可以舉行受盔儀式了。」

對於旅店老闆的說詞，唐吉訶德百分之百相信的，他點點頭，同意旅店老闆提早幫他舉行受盔儀式。

「好的，親愛的大人，現在就請您為我舉行受盔儀式，等我成為一位真正的騎士之後，我將為您赴湯蹈火，殺盡攻擊城堡的所有惡人。」

唐吉訶德這番話把旅店老闆嚇得心驚膽顫，自覺非得快點趕走此人才行。於是旅店老闆叫來店裡的夥計，要他拿著一根點燃的蠟燭跟著，自己則捧著一本帳冊，口中唸唸有詞；一會兒，他朝

唐吉訶德的脖子用力拍了一下，再拿起劍往他的肩膀一拍，然後繼續唸了一段不知所云的禱詞。

接著，旅店老闆請來先前那兩位風塵女子，一位幫唐吉訶德佩劍，另一位則替他套上馬刺。唐吉訶德一一詢問她倆的名字，答應她們假如日後自己得了功名，必然會與之分享榮耀。

偉大騎士唐吉訶德的受盔儀式就這樣草草結束了；他本人並不在意，因為他既然成了正式的騎士，便迫不及待想展開騎士的冒險之旅。於是，他上前擁抱旅店老闆，感謝他為自己舉行如此隆重的受盔儀式，並與他道別。

接著，唐吉訶德為洛基南特套上馬鞍，然後跨上馬背，快快樂樂地朝冒險的旅途出發。

另一方面，旅店老闆認為能夠送走這個瘋子已是萬幸，所以也就不去計較飯錢了。

成功的開始

我以做為正式騎士的高貴身分,把一個可憐的孩子從殘暴的農夫手中拯救出來;從今以後,我將雲遊四海,剷除世上所有凶惡的暴徒,宣揚公理和正義。

唐吉訶德從旅店離開時,天色已經漸亮。他一邊往前走,一邊想著旅店老闆告訴他的話:「身為一位尊貴的騎士,最好有一個侍從幫他打理財物和行李。」於是他勒住馬的韁繩,調轉方向,打算先回故鄉去準備財物和換洗衣物;另外,他想起一位住在他家附近的農夫,「嗯,雖然他有一堆小孩要養,家裡也窮得要命,他應該是一個不錯的侍從人選。」

洛基南特雖然瘦骨嶙峋,卻不愧為一匹識途老馬,牠奮力往前奔馳,載著主人往故鄉的方向而去。當他們經過一處樹林時,突然聽見右邊傳來一陣啜泣聲。唐吉訶德立刻停下馬,仔細聆聽哭聲從何而來,「感謝上帝予我莫大的恩賜,這麼快便讓我有機會表現騎士之風,就讓我前去解救那個正在哭泣的可憐之人吧!」

他往林蔭深處走去,看見一個上半身赤裸,年紀約莫十五、六歲的少年被繩子綑綁在一棵樹幹上,旁邊的另一棵樹則繫著一匹母馬。一個又黑又壯的農夫正在用皮帶狠狠抽打少年,口中還不斷咒罵著:「你這個懶小子,記得給我少開口、多用眼睛看。」

「老爺,我下次再也不敢了!請您原諒我吧。」少年抽抽噎噎地向農夫求饒。原來,少年是長期幫農夫看守羊群的長工,因為丟失了一隻羊,才被農夫狠狠地責罵。

「放開他,野蠻的農夫──」唐吉訶德大喝一聲,隨即跳下馬,衝到農夫面前。農夫嚇了一跳,手上的皮帶垂到地面,他抬起頭,望著眼前這個身披盔甲的怪人說道:「這不關你的事,少管閒事!」

「哦,是嗎?你欺負一個手無寸鐵的孩子,行為懦弱卑鄙,任何一個英勇的騎士看見,都會把你修理一頓。快騎上你的馬,拿起武器與我決鬥,我要好好地教訓你。」唐吉訶德說完,便將手中的長矛指向對方的喉嚨。

眼見自己居於劣勢,農夫只好渾身顫抖、低聲下氣地回答:「哎呀,偉大的騎士先生,請恕我有眼不識泰山。但我不是一個壞人呀!這個少年是我的工人,我好心雇用他來幫我看守這一大群羊,但他卻老是偷懶,害我丟失了好幾頭羊。我是為了這一點而處罰他,但他竟然罵我吝嗇,還說我是為了剋扣工資而打他。上天明鑑,我可從來沒想要少

給他一分工錢哩！」

「少廢話！快點把他從樹幹上放下來。還有，你到底欠了他多少工資？現在全部拿出來付給他。」唐吉訶德一面對農夫吼著，一面督促他把少年從樹幹上鬆綁下來。

「當然、當然，錢是一定要給的。可是，騎士老爺呀，我曾經幫這個孩子買過三雙鞋，也幫他付過放血治病的醫藥費給醫生，所以要先扣下一點錢來。」農夫揉揉雙手，囁嚅地說道。

「你還敢爭辯？剛剛你用皮帶抽打他，使他的身體破皮流血，這就足以抵銷三雙皮鞋的磨損與醫生幫他放血的費用了。」唐吉訶德對農夫說完話，便轉身詢問少年，「他一共積欠你多少工資呢？」

「騎士老爺，我已經九個月沒領到工錢了，一個月是七個小銀幣。」少年恭敬地回答。

「一個月七個小銀幣，九個月便是六十三個小銀幣。」唐吉訶德歪著頭算了一下，隨即命令農夫，「好！你快點把六十三個小銀幣拿給他。」

「是的，我這就帶他回家拿錢。」農夫卑躬屈膝地回答。

「不行哪，騎士老爺。我如果跟他回家，一定會被他剝掉一層皮的。」少年緊張地向唐吉訶德求助。

「我會先叫他以騎士之名在我面前發誓，讓他依照自己的誓約，付你工資的。」唐吉訶德回答。

「可是，騎士老爺，我的雇主只是一個有錢的農夫，並不是什麼高貴的騎士呀！」少年說道。

「這你不用擔心，」唐吉訶德回答，「就算他是一個農夫，只要願意，還是可以成為一位騎士的。」

「對呀！你就放心地跟我來吧，我一定會如實付你六十三個小銀幣，一個也不少。」農夫笑嘻嘻地對少年說。

唐吉訶德厲聲地對農夫說道：「如果你沒有遵守諾言，償付這孩子該有的工資，我會回來找你算帳，不管你躲在哪兒，我都會把你揪出來修理一頓。因為我是專門懲治惡徒、英勇無比的——拉曼查之唐吉訶德。」

「是的，騎士老爺。我一定遵照你的指示辦理。」農夫恭敬地回答。

聽見農夫給予承諾之後，唐吉訶德便安心地跨上馬，用馬刺踢了踢洛基南特的腹部，揚長而去。

農夫和少年目送他離開，直到唐吉訶德遠遠地走出樹林，只留下一陣揚起的塵沙。這時，農夫開口說道：「過來吧！快跟我回家拿錢，我一定會遵守對

杜雷／版畫，1863年

唐吉訶德阻止農夫鞭打少年，原為美事一樁，但天真的唐吉訶德誤信農夫以嘻笑嘲諷之情許下的「承諾」，反而幫了倒忙，少年因此白白承受更多皮肉之苦。

騎士老爺的承諾，把錢如數交給你。」

「太好了！這都是騎士老爺的功勞，我祈求上天，讓勇敢、公正的騎士老爺長命百歲、享壽千年。」少年抹抹眼角因喜悅而流下的淚水，開心地走到農夫身旁。

誰知，一等他走近，農夫便迅速地抓住他，把他重新綁回樹幹。

「嘿！嘿！臭小子。你真以為我會聽從一個瘋子的命令？現在，我就讓你知道我有多麼疼愛你，我決定加倍奉還欠你的工資。」話畢，農夫揮動皮帶，

杜雷／版畫，1863年

唐吉訶德只知固守騎士之道，一心模仿書中騎士的傲氣豪情，無奈販夫走卒不肯配合演出，還狠狠地教訓他一頓。

一下又一下，比先前更加用力鞭打著少年，直到皮肉綻開才罷手。

而後，他把少年從樹幹上放下來，惡狠狠地說：「滾吧！去找你的騎士老爺回來教訓我啊！看看誰才是真的主人。」

這個可憐的少年，雖然已經奄奄一息地躺在樹下，口中仍然唸唸有詞：「嗚……嗚……我一定要找到騎士老爺來幫我報仇。」

這時，滿心喜悅的唐吉訶德正騎馬走在返家的路上，並為自己剛才的英勇事蹟興奮地喃喃自語著：「噢，美麗的達辛妮亞，今天我以一個正式騎士的高貴身分，把一個可憐的孩子從殘暴的農夫手中拯救出來；從今以後，我將雲遊四海，剷除世上凶惡的暴徒，宣揚公理和正義。而妳，我最摯愛的美人，即是我所有好運的泉源。」

就在這時候，一隊商旅出現在他眼前，唐吉訶德高傲地向他們喊著：「全部站住！你們休想通過這裡，除非你們承認達辛妮亞是全世界最美的女孩。」

這隊商旅是從托雷多來的商人，他們正準備前往穆爾西亞販絲。幾個騎在馬上的隨從，與三個步行的騾夫，緊緊

跟隨在他們的車隊旁。

「誰是達辛妮亞？我們又沒看過她，怎麼知道她長得漂不漂亮。不如你把她帶來讓我們瞧一瞧，才能知道是否如你所說的，是全世界最美麗的女孩。」商隊中的一位商人，語帶戲謔地對唐吉訶德說。

「不行！」唐吉訶德傲慢地回答，「你們必須馬上同意我所說的話，否則現在就掏出劍來與我決鬥，看你們是要選擇遵守騎士精神，一個一個來；或是窮凶極惡，全部一起上。我根本不把你們放在眼裡，因為我可是一個秉持正義、勇氣十足的騎士。」

「騎士先生，」剛才發言的那位商人繼續說道，「要我們承認一位素未謀面的女孩是舉世無雙的大美人，這未免太過苛求。可否請您先展示她的畫像，哪怕只有麥粒一般小，等我們看過之後，就算畫像中的人一隻眼睛斜睨著，而另一隻眼睛流著膿水，只要能討得您的歡心，無論她長得多老多醜，我們都會順著您的心意，承認她的美麗。」

聽見這番話，唐吉訶德更是氣得暴跳如雷：「你竟敢污辱我的美人？她的眼睛可是像琥珀一般燦亮，渾身散發著宛若麝香的味兒，背脊更有如紡紗錐一樣筆挺。我要教訓你這個滿口胡言的惡

徒！」說完，他舉起長矛，策馬向前奔去，攻擊方才說話的那位商人。

眼看商人就要一命嗚呼，慘死在唐吉訶德的長矛下。就在這千鈞一髮之際，洛基南特被石頭絆倒了，唐吉訶德也被重重地甩落到地面。他掙扎著想要站起來，無奈身上沉重的盔甲和長矛、盾牌阻礙了他，使他的四肢無法伸展，因此只能躺在地上狠狠咒罵著：「可惡！都是這匹笨馬的疏忽，竟然讓我摔倒。你們這群無恥惡徒休想逃跑，等我起身再戰。」

商隊中有一名騾夫，看不慣唐吉訶德的囂張行徑，於是怒氣沖沖從隊伍中奔向前來，搶走唐吉訶德手中的長矛，狠狠朝他的肋骨打下去，直打到長矛斷成數截才肯罷休。

然後，商隊繼續他們的旅程，只不過路途上又多了個充滿笑料的話題。

被打得奄奄一息的唐吉訶德看見商隊離開，身體雖然無法動彈，口中卻仍叨叨唸著：「天地間的神靈哪，您們怎能縱容這群十惡不赦之徒在人間作亂。而我，英勇蓋世、伸張正義的雲遊騎士——拉曼查之唐吉訶德，卻反而遭受如此的不幸。唉，只能怪洛基南特過於大意，竟然在戰鬥時摔倒，所以這次的失敗並不是我個人的過錯呀！」

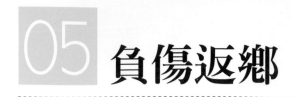

05 負傷返鄉

我常看他拿起劍來四處亂揮，說什麼……自己殺死如塔一般高的巨人，連身上流的汗都是因戰鬥而受的傷；甚至喝完冰開水後，也說那是魔法師朋友送來給他的靈藥。

唐吉訶德癱倒在地，渾身疼痛；這艱難的處境，讓他想起騎士小說中的情節——勇士巴德維諾斯被卡羅德王子打傷，丟棄於深山野嶺的故事。他幻想自己就是故事中的勇士巴德維諾斯，因卡羅德王子看上了自己的妻子，而被陷害落難於山林中。

「我美麗的愛人呀，妳到底在哪兒？妳可知道，為了妳，我忍受著極大的痛苦。妳是真的不知道，還是已經變了心？」他以極為痛苦的語調，模仿巴德維諾斯當時所說的話。

此時，一位住在唐吉訶德家附近的鄰人剛好經過這裡，他聽見一陣虛弱的呻吟聲，四下尋覓，看見有個人倒在地上。趨近一瞧，不禁驚訝地大呼：「哎呀！這不是吉哈達先生（唐吉訶德原來的名字）嗎？」

唐吉訶德不顧鄰人的詢問，仍然沉浸在騎士故事情節中，自顧自地哀歎道：「啊，叔叔，親愛的曼德亞侯爵，真的是你嗎？」原來，他把鄰人當成書中那位救了巴德維諾斯的曼德亞侯爵。

聽見唐吉訶德莫名其妙的回答，鄰人愣了一下，隨即彎下腰，將唐吉訶德從地上扶起來，一邊問著：「吉哈達先生，是誰把你打成這樣？」

但唐吉訶德仍然說著鄰人聽不懂的話，鄰人想，「他一定是傷得太重，神智不清了。我得趕緊送他回家才行。」

於是，鄰人用力把他扶到驢背上，並將散落四處的長矛、盾牌、盔甲等碎片一一撿起，捆成一包，放到洛基南特的背上。然後一手牽驢、一手拉馬，往村子走去。

當他們來到唐吉訶德的屋外時，正好聽見屋裡傳來一陣啜泣聲：「神父，這可怎麼辦才好？吉哈達先生已經失蹤整整三個晝夜，村裡村外都找遍了，就是不見他的蹤影。他的馬和盾牌、盔甲也一起消失，我懷疑，他是不是學那騎士小說中的故事，四處雲遊去了。」

說這話的是唐吉訶德的女管家。原來，唐吉訶德的好朋友——神父貝瑞斯先生和理髮師尼古拉斯先生，二人聽聞唐吉訶德失蹤的消息，便相偕到這兒關心情況。

「對呀！叔叔平日老是讀那些騎士小說，把腦袋都給攪昏了。我常常看見他拿起劍來四處亂揮，說什麼……自己殺死如塔一般高的巨人，連身上流的汗都說是因為戰鬥而受的傷；甚至喝完冰開

杜雷／版畫，1863年

渾身是傷的唐吉訶德不忘想像自己是小說中的落難勇士，彷彿只要沉浸於書中的情節，所有的呻吟、痛苦就得以舒緩。

水後，也說那是魔法師朋友送來給他的靈藥。

「都是我不好！如果我早些請你們過來幫忙，把叔叔收藏的那滿屋子害人的書籍通通丟掉，現在就不會發生這樣的事情了。」唐吉訶德的姪女自責地說。

「的確，」神父回答，「那些邪書早就應該處理掉。明天我就過來一一檢查，不應當留下的就燒掉，以免日後又有人受害。」

聽到這兒，鄰人心裡已明白了八分，知道吉哈達先生是受到邪書的蠱惑，而有些精神錯亂，才會說出那些沒頭沒腦的話。

於是他扯開喉嚨對屋子裡的人大聲喊著：「快點開門！我送吉哈達先生回

杜雷／版畫，1863年

唐吉訶德受傷返家，親友紛紛上前關切，但他依舊沉溺在騎士小說的情節中，也難怪女管家和神父又氣又急，決心燒掉一屋子的邪書。

來了。」

屋裡的人聽見叫喊聲，急忙跑出門外。當他們看見唐吉訶德趴在驢子背上的落魄模樣，忍不住發出一聲嘆息，匆匆擁上前去，想扶他下來。

「慢著，」唐吉訶德說道，「我不小心從馬背上摔下來，受了重傷。你們要小心抬我到床上，並趕快去請仙女來幫我治療。」

女管家聽見主人的這番話，忍不住又哭了起來：「看吧！我就說主人是被騎士小說污染了。那些撒旦寫的書，全部都該施以火刑。」

大家小心翼翼地將唐吉訶德抬到屋裡，在床上安頓好之後，請來醫生仔細檢查他的身體，發現幸好並無明顯的外傷，這才讓人放了心。

只聽見唐吉訶德說道：「我在路途中遭遇十個凶猛的巨人，與他們搏鬥時，馬兒失足絆倒，我的身體因而受到嚴重的內傷。」

「又是巨人！」神父不耐煩地擺擺手，「我向十字架發誓，明天一早就來把那些害人的書籍通通燒光。」

之後，唐吉訶德不再理會眾人的詢問，吃些東西後便睡著了。

杜雷／版畫，1863年

善良的鄰居聽不懂唐吉訶德的胡言亂語，以為他是因為受傷過重才神智不清，連
忙將癱倒在路旁的他送回家。

騎士書籍受審

「錯了！錯了！」唐吉訶德大叫起來，「真正的勇者是，人家動你一根寒毛，你得拔下他整撮鬍子。」

翌日，神父一大早就來到唐吉訶德的家。唐吉訶德的姪女先把書房的鑰匙拿給神父，等理髮師來了之後，他們四個人（神父、理髮師、姪女和女管家）便一塊兒走進那存放著滿坑滿谷騎士書籍的書房。

書房裡堆放了上百本書籍，有裝幀講究的對開大本書，也有許多小冊子。女管家一看見這些數量龐大的書籍，轉身便跑了出去。等她回來時，手中已捧著一盆聖水，腋下則夾著一把灑聖水用的小掃帚。

「貝瑞斯先生，」女管家對神父說，「先用聖水灑灑這些邪書吧！免得藏在裡面的妖魔鬼怪心有不甘，被火燒掉以後還從書中跑出來，四處作祟，想找我們報仇。」

聽見女管家這番蠢話，神父忍不住搖搖頭，他揮手示意理髮師，把書一本本從書架上拿下來，逐一審查，他向眾人解釋：「裡頭也許有值得留下來的好書呢。」

「我不那麼認為，」唐吉訶德的姪女說道，「這書房裡的書，全都是一些危害人類的邪書，應該全部判處火刑。我想，最好直接把它們從窗戶丟到院子裡，堆成一堆，放把火燒了；或者，搬到後園子去燒也可以。」

「嗯，我想在這麼多的書裡，總會有一兩本值得保留的吧？還是先審查過內容再燒。」神父說完後，隨即從理髮師手中接過一本。「噢，這本是《高盧的阿馬迪斯》，直接把它燒了，因為它是西班牙騎士小說的鼻祖，所有的騎士小說都是模仿它寫成的。」

「千萬不可呀，貝瑞斯先生。」理髮師連忙阻止，「這本書可是騎士故事中的經典哪，具有極高的藝術價值，應該保留才是。」

「嗯，說得也是，暫且就讓它留著吧！」神父說完，繼續審查第二本書，「《高盧的阿馬迪斯之子厄斯普蘭提安冒險記》？『有其父，必有其子』這句話說的真是正確。我們雖然原諒了他的父親，卻不能輕易饒恕兒子，就讓女管家把這本書丟到院子裡去吧！」

「是的，貝瑞斯先生。我這就把它丟到院子。」女管家開心地接過神父手中的書，一刻也不耽擱地從窗子往外丟出去。

就這樣，書房裡的藏書，一本接著一本，陸陸續續地來到院子裡報到。因為

需要審查的書實在太多，神父懶得再翻閱，於是吩咐女管家把書通通丟到院子裡去。最後，只留下《高盧的阿馬迪斯》《英格蘭的帕爾梅林》，及幾本詩集、散文等書。

當他們離開書房，聚在院子裡，點燃火堆、準備執行火刑時，突然聽見屋裡傳來唐吉訶德大吼大叫的聲音。

「啊，吉哈達醒來了。快點，大家一塊兒把所有的書都丟進火堆裡去。」神父急忙說道。就這樣，無辜的騎士小說全都葬身於熊熊大火之中。

書架

裘賽佩・克雷斯皮(Giuseppe Maria Crespi, 1665～1747) / 油彩・畫布，1725年 / 私人收藏

唐吉訶德收藏了上百本騎士小說，但家人和朋友擔心他受到「邪書」的影響，決意焚書以杜絕禍害，因而除了少數幾本經典之作，其餘全部付之一炬。

大夥一回到屋裡，便看見唐吉訶德神采奕奕地站在桌上，手中拿著長劍，對著牆壁狂亂揮舞，口中則大聲叫嚷著：「快點！快點！英勇的騎士們，趕緊使出全力來，奸賊們就要占上風啦！」

唐吉訶德見一群人走了進來，連忙對神父說：「特爾品大主教，我們自稱為十二騎士，如今卻被內廷騎士占了先風，這真是你我莫大的恥辱呀！」一邊說，還一邊用力揮舞著劍。

眾人閃避到牆角，以免被他刺傷。神父回答唐吉訶德：「今日失去的東西，明日或可復得。你就別太過於操心了，快點躺回床上去，你身上還受著重傷呢！」

接著，眾人一擁而上，把唐吉訶德從桌上抓下來，拉回床上重新躺好。女管家則到廚房去，拿了些食物過來給唐吉訶德吃；他吃完之後，又沉沉地睡著了。

這時，大家才終於鬆了一口氣。另一方面，卻也為唐吉訶德的妄想症病情越來越嚴重，而感到憂心忡忡。

為了避免唐吉訶德醒來後繼續沉迷於騎士故事，眾人決定封住唐吉訶德藏書的房間。因為「惡因若除，惡果自然不會到來」，於是他們搬來磚頭，把書房的門整個封死；從外觀看來，就像一面磚牆，根本瞧不出牆裡有一間書房。

過了兩天，唐吉訶德恢復元氣，已經能夠下床走動。他首先想到的事，就是去書房翻看騎士小說，可是他在屋裡轉了半天，就是找不到書房。於是，他詢問女管家：「阿嫂太太，我的書房到底在哪個角落呀？我睡得太久，頭都昏了，老是找不著。」

「哪裡還有什麼書房啊，老爺，都教魔鬼搬走嘍！」女管家依照神父事先教她的說法，回答唐吉訶德的問話。

這時，他的姪女剛好走進來，連忙補充：「對呀！叔叔，你在外頭雲遊四海時，有一天晚上，家裡來了一個魔法師，他騎在一條巨蛇上，進了門來，招呼也不打一聲，逕自往你的書房飛去。然後只聽得一聲巨響，當我們跑向書房準備查看時，早已不見書房的蹤跡，更別提原先放在裡頭的那些書了。然後只聽見房子外頭傳來一陣尖厲的笑聲，

說著：『哈！哈！哈！這下可沒有人敢再跟我——偉大的魔法師摩諾登作對了吧！』」

唐吉訶德聽完姪女的話後，低頭沉思了一會兒，然後問道：「妳剛才所說的魔法師，應該叫佛烈登吧？」

「嗯，或許吧，我也不是聽得很清楚，不過就是叫什麼什麼『登』的就對了。」姪女心虛地回答。

「應該是佛烈登沒錯，他害怕自己預言的事會發生，也就是害怕我會打敗他手下的騎士，所以他就先來找我的麻煩。」唐吉訶德接著又說，「看來，我得多加防備才行。但天數既定，他終將成為我的手下敗將。」

「叔叔，」姪女又說話了，「可不可以別再去做那些危險的事？麵包既然全都是由麥子做成的，又何必要挑最好的吃；況且，很多人費盡千辛萬苦，出門去尋找最高級的羊毛，卻讓人奪去了自己家裡真正好的羊毛。你就安安穩穩地待在家裡，別再讓我們擔心了好嗎？」

「錯了！錯了！」唐吉訶德大叫起來，「真正的勇者是，人家動你一根寒毛，你得拔下他整撮鬍子。」

姪女和女管家看見唐吉訶德生氣了，害怕他瘋病又犯，於是兩人都閉上嘴巴，默默走開。

我的好朋友，你儘管放一百個心，你的騎士老爺可是一個言出必行的勇士哩！只要我一拿到戰利品，馬上就會與你分享，搞不好，下個禮拜你就可以成為一座島嶼的國王嘍！

之後，唐吉訶德在家裡安安靜靜地住了半個月。其間，神父和理髮師不時到家裡來探望他，唐吉訶德總是語重心長地對他們訴說恢復騎士制度的迫切性；他們只是點點頭，隨便敷衍兩句，避免拿重話刺激他。

待在家裡的這些日子，唐吉訶德心裡並未忘記騎士之夢，甚至付諸行動前去說服心目中的理想人選──桑丘·潘

薩，要他做自己的隨從。

桑丘是一個頭腦極為簡單的農人，他住在唐吉訶德家附近的一間農舍，家裡很窮，又養了一大堆小孩，生活非常困苦。由於唐吉訶德允諾日後要給他一座島，所以便開開心心地答應當唐吉訶德的隨從。

找到了隨從，唐吉訶德按照旅店老闆的交代，開始籌措旅費；他悄悄賣

杜雷／版畫，1863年

唐吉訶德著手準備第二次出征，並說服老實的農夫桑丘·潘薩當他的侍從。他向桑丘描述大好的遠景，但兩人背後卻是桑丘家裡一堆嗷嗷待哺的孩子。

掉一些家產，換取到了足夠的金錢。然後，他又向朋友借來一面圓形盾牌，並盡力修補破損的盔甲；把裝備都整理妥當之後，他決定儘快再度出征。

唐吉訶德先來到桑丘家裡，告知何時即將出發。桑丘靈機一動向唐吉訶德請求：「先生，請您讓我牽著驢子一道前去，因為當我走累了，牠就能充當我的坐騎。」

「唔！」唐吉訶德回想著，「好像沒有任何一本騎士書籍提到騎著驢子的隨從。不過，就讓你先騎著驢子吧！等我在路途上解決了某個惡徒，再把他的馬搶過來給你當坐騎。」

兩人約定的日子轉眼到來。夜裡，趁著女管家和姪女沉睡之際，唐吉訶德從馬房牽出愛馬洛基南特，領著隨從桑丘，悄悄地離開村子，展開第二次的冒險旅程。

他們一邊走著、一邊聊天，桑丘精神飽滿地對唐吉訶德說：「騎士老爺，請您別忘了曾經允諾要送我的一座海島噢！我一定會盡心盡力治理它，做一個優秀的島主。」

「桑丘，我的好朋友，你儘管放一百個心，你的騎士老爺可是一個言出必行的勇士哩！我絕對會依循歷代騎士的優良傳統——當征服一座小島或某個國

家時，必定會委派給隨從治理。而且，我還會比以前那些知名的騎士更大方，不會等到侍從年老體衰才把領土賜給他們。只要我一拿到戰利品，馬上就會與你分享，搞不好下個禮拜你就可以成為一座島嶼的國王嘍！」唐吉訶德意氣風發地回答。

「哇！」桑丘興奮地叫出聲來，「這樣一來，我家裡的那個黃臉婆，不就成了王后？小兔崽子們也變成王子嘍！」

「一點都沒錯。」唐吉訶德點點頭，微笑地說。

過了一會兒，桑丘卻嘆了一口氣，說：「老天爺把國王的身分，像降雨般落到我身上，這是有可能的。但要我相信雨水會滴到我老婆身上，可真是困難哪！只要想到，我那黃臉婆穿上王后衣服的滑稽模樣，一定會笑痛所有臣民的肚子吧！」

「上天自有祂的安排，」唐吉訶德安慰他，「把未來的一切都交託給上天吧！」

「是，騎士老爺，全都遵照您的意思去辦。能夠跟隨您這樣一位既慷慨又明智的主人，是我此生莫大的光榮呀！」桑丘恭敬地回答。

杜雷／版畫，1863年

唐吉訶德以誇大的手勢，許下信誓旦旦的承諾，令桑丘憧憬成為島嶼之王——他的孩子也將成為王子，而妻子就是王后。

杜雷／版畫，1863年

唐吉訶德和隨從桑丘，兩人一馬一驢，準備展開另一場騎士冒險之旅。

風車之役

眼看第一座風車已經現身眼前，唐吉訶德趕緊抓住盾牌，牢牢護住自己的胸膛，另一隻手則高舉長矛，往風車的帆布扇葉刺去。

正當二人熱絡地聊著如何統治一座島嶼時，不知不覺走到了一片遼闊的原野，唐吉訶德立刻高舉長矛，興奮地喊道：「上天啊，感謝您完美的安排，讓我們馬上擁有建功立業的良機。」

然後，他興奮地轉頭對桑丘說道：「小老弟，我們享受榮華富貴的日子即將到來！敵人已經出現，快點準備應戰吧。」

桑丘一頭霧水，神情茫然地問：「親愛的主人，您說的這番話到底是什麼意思呢？眼前我只看到三、四十座風車，並沒瞧見任何敵人的蹤影啊。」

「就在前方呀！你仔細瞧瞧，不是有三十幾個高大的巨人矗立在那兒嗎？快別猶豫了，這是上天特地為我們安排的戰役哩！只要我們把邪惡的巨人全數殲滅，便是對上天最大的奉獻，也能藉此使咱們的名聲傳揚四方呢。」唐吉訶德回答道。

「哎呀，主人您弄錯了，那些只不過是用來轉動石磨的風車罷了。」桑丘連忙澄清。

「你這樣是不行的，」唐吉訶德神情嚴肅地說，「身為一名勇敢的騎士，必須要有冒險犯難的精神，怎能因為害怕

就胡說八道？眼前分明就是一群面貌猙獰的可怕巨人呀！我看，就由我出面應戰，你躲到後面去好了。」

唐吉訶德說完，隨即縱馬向前，往風車直奔而去，無視桑丘在背後慌張地喊叫：「回來呀，主人，那真的只是風車啊！」

洛基南特逐漸接近風車，唐吉訶德激動地叫喊著：「別想逃！懦夫、惡棍，膽敢到我的地盤來撒野，看我如何收拾你們。」

就在這個時候，剛好吹來一陣風，吹動了風車的扇葉。唐吉訶德一看，情緒更加激動地說：「好啊，就算你們的手臂比希臘神話中的百手巨人還要多，也阻止不了我。」然後，他在心中輕輕地呼喚愛人，「摯愛的達辛妮亞，請為我祈禱，給我戰勝的力量吧！」

眼看著第一座風車已經現身眼前，唐吉訶德趕緊抓住盾牌，牢牢護住自己的胸膛，另一隻手則高舉長矛，往風車的帆布扇葉刺去。「乒！」只聽得一聲巨響，長矛被轉動的扇葉砍成兩截，這位英勇的騎士則連人帶馬被拋到半空中，隨即重重摔落到地面。

「天哪！」桑丘遠遠看見主人摔了個

Don Quijote embiste con el primer molino

唐吉訶德之路
Shireen Lin攝影／西班牙公共藝術畫作

西班牙旅遊局很早便規畫了「唐吉訶德之路」行程，讓遊客也能跟隨唐吉訶德和桑丘的腳步，實地走一趟騎士冒險之旅。

四腳朝天，連忙騎著驢子趕去。他發現唐吉訶德倒在地上無法動彈，洛基南特也在一旁用力掙扎，不禁埋怨地說道：「騎士老爺，您還好吧。我不是早跟您說這是風車嗎，任誰都看得出來呀。」

「別說了，桑丘。」倒臥在地的唐吉訶德回答，「曾經有一位巫師，趁我療傷時奪去我的書房和所有的騎士書籍。我敢說，這次的事情便是他所謀畫的，目的是要先讓我誤以為前方有巨人，然後當我使出全力、奮力一搏時，再把巨人變成轉動的風車，害我一不注意栽倒在風車底下，為扇葉所傷。你千萬別灰心，有朝一日，我一定會洗刷今天所受到的恥辱。」

「希望有那麼一天。」桑丘一邊聽，一邊扶起唐吉訶德，讓他坐到肩胛骨差

點脫臼的洛基南特背上。然後，桑丘自己也爬上驢背，兩人再度出發。

一路上，唐吉訶德口中雖仍對桑丘侃侃而談，心裡卻有一絲遺憾，因為他寶貴的長矛已在剛才的戰役中折斷了。他對桑丘說道：「我記得西班牙有一位知名的騎士曾以粗樹枝代替寶劍，迎戰敵人，建立了許多功績，他的子孫也得以享受他所樹立的名聲。我想倒可以仿效他的作法，找根樹枝替代長矛，助我完成冒險功業。」

「隨您的便，老爺。」桑丘懶懶地應道，「只是，我看您經剛才那麼用力一摔，連馬都騎不穩了，身子骨想必傷得不輕。」

「這倒是真的，」唐吉訶德挪動身體，努力想使自己坐正一點，然後說道，「我之所以強忍著極大的痛苦，不喊疼，那是因為做為一名高貴的雲遊騎士，無論身體遭到多麼嚴重的傷害，都不可以輕易喊疼；就算是肚破腸流，眉毛也不能皺一下。」

「噢，我希望騎士規章裡，沒有規定隨從也必須遵守這一點。因為我覺得受傷時若能多喊幾聲『痛呀！』，可是能為傷口減輕不少的痛苦哩！」桑丘說。

「你儘管大聲喊疼。騎士規章中，的確沒有規定隨從也要忍耐痛苦。」唐吉

杜雷／版畫，1863年

唐吉訶德不聽桑丘的勸告，硬是把風車當成巨人，勇敢上前迎戰，卻連人帶馬被拋到空中。

杜雷／版畫，1863年

唐吉訶德摔了個四腳朝天，卻還要強忍疼痛，在隨從面前保持騎士的風範。

訶德笑著回答。

「這真是太好了！」桑丘接著請求，「騎士老爺，我們可以吃一點東西嗎？我的肚子已經餓得咕嚕咕嚕叫呢！」

「吃吧、吃吧，可別餓壞了肚子。至於我，則一點都不覺得餓，你就自己吃吧。」唐吉訶德說。

得到主人的許可，桑丘立刻從袋子裡掏出食物，他一邊舒服地坐在驢背上，一邊悠閒地咀嚼食物，並不時配上一口自備的美酒。他那吃得津津有味、酒足飯飽的樣子，任誰看了都要駐足稱羨。

到了晚上，主僕二人在一片樹林中過夜。唐吉訶德挑挑選選找到一根堅硬的樹幹，將它接在矛槍柄上，用來替代折斷的矛尖。

夜半，桑丘早已打鼾，挺著圓滾滾的肚子躺在草地上沉沉入睡，而唐吉訶德卻仍半睜著雙眼，心裡不斷思念著愛人達辛妮亞——這是因為他想儘量仿效騎士書籍裡的情節，像個深情的騎士般，為了思慕愛人，可以接連好幾天都不睡覺。

就這樣，他一夜未曾闔眼，而遠方的天空已漸漸露出一曙朝霞。

「桑丘，起來啦！」唐吉訶德等太陽一露出臉，隨即大聲喚醒仍然沉浸在島主美夢中的隨從。

「噢，這是什麼地方？黃臉婆哪裡去了？」桑丘笨拙地從地上坐起，揉著惺忪的雙眼，迷迷糊糊地問道。

「太陽都曬屁股嘍！快起來，我們該動身了。」唐吉訶德身著盔甲，英姿煥發地站在桑丘面前。

桑丘隨即想起自己的隨從身分，立刻從地上跳起來，大喊一聲：「遵命，老爺。」然後他拿出酒袋，朝嘴裡胡亂灌進兩口酒，並迅速彎下腰來收拾好所有的行李，主僕二人便昂首闊步地繼續上路了。

約下午三點鐘時，他們來到一處山谷，唐吉訶德對桑丘說道：「有一件重要的事我要特別提醒你，由於你並未接受受盔儀式，所以不能算是一位正式的騎士。因此，為了遵守騎士規章、展現騎士風範，除非我遇到的是一群下等流氓，否則你千萬不可以出手幫我，知道了嗎？」

「是，您請放心。」桑丘回答，「我非常樂意遵守騎士規章。不過，雖然我的性情溫和，並不喜歡那些打打殺殺的事兒，但如果有人蓄意來犯我，就不能怪我動手還擊，因為——上天賦予每個人都有保護自己免受侵害的權利。」

「嗯，你說得沒錯。你一定要記得，

西班牙風車村
Shireen Lin攝影 / 西班牙中部拉曼查地區

西班牙中部的拉曼查地區，確實有一座名為「Campo de la Criptana」的風車村，據說全盛時期此地擁有卅座以上的風車。

千萬別在我跟真正的騎士決鬥時出手相助。」唐吉訶德點頭說道。

當他倆說著話的同時，有兩隊人馬正朝他們的方向走來。一隊是兩個騎在大如駱駝的驢子背上的教士，他們戴著旅行用的頭罩，手中撐著遮陽傘。另一隊則是一位坐在馬車裡的美麗貴婦，她在眾多侍女和隨從的護送下，準備前去探視升官晉祿的丈夫。

「哎呀，不好了。你瞧，前方發生了一件綁架案，一位柔弱的公主被兩個邪惡的巫師抓住，囚禁在馬車裡。我得快點去救她。」唐吉訶德看見車隊出現時，立刻說道。

「不、不、不！老爺，請您看清楚一些，那只是兩個教士，和一隊普通的旅人罷了。」桑丘害怕風車事件重演，連忙說道。

「我就說嘛！你太單純了，總是被壞人矇騙。你等著吧，看我去拆穿魔鬼的詭計。」唐吉訶德說罷，隨即策馬向

前，擋在兩隊人馬必經的路上。

兩位教士原本正在聊天，卻突然被阻斷去路。其中一名教士抬頭望向穿著滑稽的唐吉訶德，猶豫了一會兒，開口問道：「嗯，令人敬畏的騎士先生，請問您有什麼事嗎？」

「別裝了！」唐吉訶德大聲怒吼道，「我已經識破你們的真面目，還不快點放了馬車裡的公主，小心我將你們刺倒在地，讓你們曝屍荒野。」

兩位教士面面相覷，被唐吉訶德的一番恫嚇嚇得愣在當場，一時不知該如何是好。

「對不起，先生。」一位教士小心翼翼地說，「我們是聖貝尼特教派的教士，並不是什麼壞人。況且，我們也不

認識馬車裡的夫人呀！」

「住口！看我怎麼修理你。」唐吉訶德根本不聽解釋，他舉起長矛，一逕朝說話的教士衝過去。

教士一驚，嚇得從驢背上滾下來，重重摔倒在地。桑丘見狀，連忙跳下驢背，動手搶奪教士身上的衣服，以充當此役的戰利品。

這時，跟隨在教士背後的兩名驢夫，看見主人莫名其妙被瘋漢攻擊、翻倒在地，而且瘋漢的夥伴竟然還想剝走主人身上的衣服，頓時氣憤不已。他們瞥見唐吉訶德正低頭跟馬車裡的人說話，沒注意到這邊，便一把拉住桑丘狠狠揍了他一頓，還拚命用腳踹他，直打得他昏倒在地才罷休。

此時，被唐吉訶德攻擊的那位教士，渾身顫抖地從地上爬起。他四處張望，發現夥伴已經先行逃跑，於是他也趕緊爬上驢背，匆匆忙忙往前追去。兩人一會合，便像逃命般頭也不回地繼續朝前方奔去。

杜雷／版畫，1863年

唐吉訶德阻擋了兩支旅隊的去路，硬將教士說成綁架公主的惡徒，幸好教士不多計較趕緊離去，才未引發更大的衝突。

光榮之戰

唐吉訶德雖然受了一點傷，但並不歇手，反而盡全力反擊。他策馬向前，朝年輕隨從的頭部奮力一刺，只見鮮血從對方的鼻孔噴灑出來，染紅了馬背……

另一方面，唐吉訶德打倒教士後，自覺立了大功，萬分神氣地走到馬車旁邊，低頭對坐在裡頭的女子說道：「別害怕，美麗的公主，我已經趕走那兩個綁架妳的惡徒，妳可以放心離開了；但在妳返回城堡之前，能否請妳先到托波左去一趟？

「替我轉告住在那裡的達辛妮亞，噢，那位我無時無刻、深深思念的美人，她勇敢的騎士──拉曼查的唐吉訶德完成了一項艱難的挑戰，成功地將妳從惡徒手中拯救出來。」

「喂！」一名隨從自馬車後方繞出來，對唐吉訶德吼道：「你想幹嘛？我們夫人又不認識什麼達辛李，為何要幫你傳話？快點走開，別擋在路上，我們還要趕路呢！」

「傻小子，聽清楚一點，是達辛妮亞，不是達辛李。」唐吉訶德怒答。

「什麼，你竟敢叫我傻小子？我看你才是不折不扣的瘋子哩！」年輕隨從見唐吉訶德出言不遜，又沒有讓路的意思，於是更加生氣地破口大罵。

「噢，是嗎？」唐吉訶德拔出劍來，指著年輕隨從說道，「讓你瞧瞧，隨便汙衊一位尊貴的騎士會面臨怎樣悲慘的

無情的美女
沃特豪斯(John William Waterhouse, 1849～1917)／油彩‧畫布，1893年／德國達姆斯塔特蘭的斯美術館

自古英雄難過美人關，騎士遇上溫柔懇求的美女，自然徹底投降。〈無情的美女〉出自濟慈詩作，描述的正是騎士情不自禁受少女吸引，幾乎送掉性命的故事。

下場。」說完，便驅馬向前衝去。

年輕隨從見唐吉訶德朝自己奔來，趕忙伸手從馬車車窗拖出一個枕墊，剛好擋住唐吉訶德凶猛的一擊，並迅速掏出劍來，與唐吉訶德展開一場廝殺。

年輕隨從的夥伴都圍在四周勸他：

杜雷／版畫，1863年

貴婦一行有名年輕氣盛的隨從和唐吉訶德大打出手，唐吉訶德有盔甲防身，多少占了上風，最後要不是貴婦柔聲勸架，這場鬧劇恐怕要鬧出人命。

「快點住手，小心傷了自己呀！」但他已然怒火中燒，根本聽不見夥伴們的勸架聲，反而發動更加猛烈的攻擊。為避免受到波及，馬車裡的貴婦只好面色蒼白地要其他隨從帶她避到路旁觀戰。

「鏗！鏘！」只聽見兩把利劍相互撞擊所發出的尖銳金屬聲，兩人為了扳回自己受到的屈辱，莫不抱著置對方於死地的心理，不斷發動凌厲的攻勢，盡全力迎戰敵人。

但見年輕隨從握緊劍柄，向唐吉訶德猛揮過去，先砍到他的耳朵，再擊中肩膀。幸好有盔甲保護，唐吉訶德才不至於受到重傷。

唐吉訶德雖然受了一點傷，但並不歇手，反而盡全力反擊。他策馬向前，朝年輕隨從的頭部奮力一刺，只見鮮血從他的鼻孔噴灑出來，染紅了馬背，年輕隨從差點就一命嗚呼。

眾人一陣驚呼，連忙跑向前去拉住飽受驚嚇的馬兒，以防年輕隨從從馬背上摔下來。此時，唐吉訶德仍一步步逼近年輕隨從，沒有罷手的意思。

「英勇的騎士大人，」貴婦從車窗探出頭來，顫抖地向唐吉訶德哀求，「請您放過他吧，他只是一個不懂分寸的孩子罷了！我會好好說說他的。」

唐吉訶德聽見公主輕柔地對他說話，怒氣頓時消了一半，於是收起武器回答道：「好吧，既然公主這麼說，就看在公主的面上放他一馬。」

「但是，我有一個條件。」唐吉訶德下馬走到馬車旁邊，對車廂裡的貴婦說道：「那個出言不遜的蠢蛋，必須立刻前往托波左，跪在我美麗的愛人達辛妮亞腳前乞求原諒。」

「好的、好的，我一定會遵照您的條件，命令他前去見您的愛人。」雖然並不知道唐吉訶德所說的托波左在哪兒，更搞不清楚為何要去乞求陌生人的原諒，但為了解救年輕隨從，嚇得不知所措的貴婦未經思考便馬上答應了唐吉訶德的要求。

就這樣，一場鬧劇在貴婦提出允諾後，終於畫上休止符。

10 主僕的對話

你看過比我更驍勇善戰的騎士嗎？你在哪本書上看過雲遊騎士被抓去坐牢的？英勇的騎士就算殺人無數，也不需要坐牢。

「哎呀，騎士老爺，您這一戰真的是英勇無比哩！」

桑丘在親眼觀看唐吉訶德大戰年輕隨從的英勇表現過後，崇拜之情油然而生，讓他忘卻了自己身上被兩個驢夫狠狠毆打的疼痛。

桑丘想起唐吉訶德先前的承諾，馬上接著問道：「我是不是立刻就要到您此役所獲得的島嶼上任啦？島嶼不是很大也沒關係，但是我一定會好好治理它的。」

「桑丘，」唐吉訶德一邊在桑丘的扶助下跨上馬背，一邊搖頭回答，「你別急，我答應你的事，有朝一日一定會兌現。這次的戰役並不是什麼攻城掠島的大戰爭，充其量不過是讓自己受點輕傷的意外之戰，一場小小的冒險罷了。」

「是，騎士老爺。」桑丘恭敬地說，「我會耐心等待。」說完，自己也騎上驢背，跟在唐吉訶德背後，繼續往前走去。

唐吉訶德的坐騎洛基南特雖然瘦骨嶙峋，但馬的腳程比起驢子來，畢竟還是快了許多。馬兒奔馳了一段路，桑丘已遠遠落在主人後頭，於是他大聲喊著：「等等我啊，騎士老爺。我快跟不

上您了。」

聽見桑丘的喊叫聲，唐吉訶德勒住韁繩，站在路邊等他。只見桑丘滿身大汗、氣喘吁吁地趕了上來，一見到主人便說道：「騎士老爺，我們還是先找一處地方躲躲吧！我怕剛才那些人心有不甘，若跑去報警就糟了。」

「什麼？報警！」唐吉訶德生氣地說，「你在哪本書上看過雲遊騎士被抓去坐牢的？英勇的騎士就算殺人無數，也不需要坐牢。」

「騎士老爺，我沒看過什麼書，卻聽說過很多搜捕鬧事份子的消息哩！」桑丘回答。

「你儘管放心，無論你落在什麼人手裡，我都會想盡辦法救你出來的。」唐吉訶德自信滿滿地說，「你看過比我更驍勇善戰的騎士嗎？」

「的確是我多慮了。不過，我們還是休息一下吧！因為您的耳朵正在流血哩。請讓我幫您敷點藥膏。」桑丘說道。

「哎呀，我竟然忘了帶上已經調配好的魔法藥水。只要滴上一滴，我耳朵的傷口便能馬上癒合，根本不需要特意包紮哩！」唐吉訶德雙手握拳，用力捶了

一下，歎息著說。

「噢——魔法藥水？」桑丘一聽見主人提起這麼奇妙的東西，眼睛立刻為之一亮，問道，「您會調配這種藥水？可不可以教我？我寧願拿島嶼來交換。」

「嗯——這種藥水可是非常神奇的！但它的配方並不容易取得，等我全部拿到手時再教你吧！哪天，要是我一不留意被敵人砍成兩半，你只消把藥水塗抹在我被砍斷的身體上，再將它們接合起來就行了。然後你再滴兩滴藥水到我的嘴裡，不消一會兒工夫，我便會像剛剛採收下來的蘋果那般新鮮了。」唐吉訶德接著又說，「現在，你還是先拿出膏藥來幫我包紮一下，我的耳朵開始發疼了。」

桑丘連忙從袋子拿出膏藥，幫唐吉訶德塗抹在傷口上。唐吉訶德看見自己被砍成破破爛爛的頭盔，一股莫名的怒氣湧上心頭，生氣地賭咒：「我發誓，除非讓破壞頭盔的傢伙受到嚴厲的懲罰，否則我要一直遵照以往騎士的作法——不在餐桌吃東西、不在有人跡的院落睡覺、不與妻子同房……。」

見到主人失去理智般的賭咒，桑丘忍不住勸阻道：「騎士老爺，您不是已經交代那個犯下罪行的年輕隨從，前去拜見托波左的達辛妮亞了嗎？若是他已

唐吉訶德與桑丘‧潘薩
羅倫佐‧瓦雷拉(Lorenzo Coullaut Valera, 1876～1932) / 銅雕，1925～1930年 / 西班牙馬德里

馬德里的西班牙廣場上矗立著塞萬提斯雕像，前方則是他筆下人物唐吉訶德和桑丘的銅像，可見西班牙人多麼以這部小說為榮。

遵照您的指示辦理，就該算是為自己的罪行贖了罪，您就不應該再繼續找他的麻煩呀！」

「嗯──」唐吉訶德清清喉嚨回答，「你說得對，我差點忘了。那就改成這樣吧──『我必須從下一次遇到的騎士頭上奪取頭盔，在這之前，不得坐在桌子旁吃飯、不得睡在有人的地方。』」

「您何苦虐待自己？」桑丘苦笑道，「您看看四周，這方圓數百里，哪有什麼戴頭盔的人呢？」

「快了、快了。」唐吉訶德仍振振有詞地說，「不用兩個鐘頭，這條路上就會有許多戴頭盔、身著甲冑的騎士經過。現在，你的袋子裡有什麼可吃的？拿出來吧，我必須吃點東西、儲備體力。」

「只有洋蔥、乳酪和碎麵包。這些粗鄙的食物不知道合不合您的胃口？」桑丘恭敬地問。

「很好，都拿出來吧！」唐吉訶德說道，「嗯，你是因為不識字，才會這樣問我。沒有一本騎士小說會特意去描述騎士們吃些什麼，因為他們常年雲遊山巔野嶺，平日只吃些果子、野菜，有時甚至什麼也不吃。所以對一名正式的騎士來說，你這些東西已經相當豐盛，你就不用特意去幫我準備東西了。」

唐吉訶德塑像
Roberto Fiadone攝影／阿根廷布宜諾艾利斯

西班牙雕塑家奧列里歐·特諾(Aurelio Teno, 1927-)創作了許多唐吉訶德雕像，作品遍及世界各國。

「好的，騎士老爺。」桑丘回答，「我就遵照您的意思，抵達下一個城鎮時，幫您選購一些乾果當做糧食；但由於我自己並不是什麼正式的騎士，因此就準備一些美味的雞鴨魚肉吧！」

「隨你的意思去做吧。」唐吉訶德說完，便和桑丘一起吃著袋子裡的食物。

吃完飯後，二人趕著上路，在天黑之前，終於找到一間牧羊人的茅屋。對於這麼簡陋的居所，桑丘非常不滿意，但唐吉訶德已打定主意要在此地過夜，他也只好順著主人的意留下。

牧羊人之夜

古人所謂的「黃金年代」，是一個純美至善的年代。人與萬物和諧相處，無所謂「你的」「我的」這種分別彼此的狹隘觀念。餓了，就吃栗子樹落下的果實；渴了，就飲甘甜的泉水。公理正義自存人心。

這間茅屋裡住著六個牧羊人，他們端出熱騰騰的羊肉，熱情招待唐吉訶德和桑丘主僕二人。

眾人圍著一張簡陋的桌子而坐，一面吃著香噴噴的羊肉，一面聆聽這位身著怪異服飾的客人發表騎士之道。

桑丘為恪守僕人的身分，只敢拿著羊角酒壺站在旁邊為大家斟酒。唐吉訶德看見了，連忙對他說：「親愛的朋友，快點過來與我們同坐。所謂騎士精神，便是所有一切盡皆平等，因此，你雖然是我的僕人，還是可以與我共享一盤食物，共飲一杯美酒呀！」

「主人，您真是太仁慈了。」桑丘感激地說，「像我這種身分的人，只配站著服侍您。況且，我並不懂得那些繁雜的餐桌禮節，與其要我拘束地坐在餐桌旁，不如讓我坐在屋子的一角盡情吃喝還比較自在呢！」

「上帝曾經說過：『謙虛的人必受顯揚。』你就過來與我同坐，不必過度拘謹。」唐吉訶德說著，便一把抓住桑丘的手，把他拉到自己的座位旁邊坐下。

為飽足那早已飢腸轆轆的肚子，主僕二人便專挑肥碩的羊肉吃。只見他們大口大口地嚼著羊肉，並不斷從羊角中倒出酒來，彷彿好幾百年沒吃過東西似地嘴巴一直沒停過。直到鍋子見底，酒袋倒空，才心滿意足地抹抹嘴巴，感謝牧羊人的熱情招待。

「古人所謂的『黃金年代』，」唐吉訶德撿起散落在桌上的一顆栗子，向眾人說道，「那是一個純美至善的年代。人與萬物和諧相處，無所謂『你的』『我的』這樣的狹隘觀念。餓了，就吃栗子樹上掉落下來的果實；渴了，就飲甘甜的泉水。公理正義自存人心，美麗純真的少女徜徉在廣闊的原野上，不用擔心壞人的侵犯。而今，罪惡凌駕公理之上，私慾如暴雨四處橫流。像我這種雲遊四海的騎士一個接著一個出現，便是為了拯救陷於苦難中的善良人們。」

唐吉訶德這一番義正詞嚴的話，聽得眾人一頭霧水，只當他在自言自語。桑丘對於主人隨時隨地發表高論的興致早已習慣，便滿嘴油光地找了個角落舒舒服服躺下來睡覺。

過了一會兒，正當唐吉訶德陶醉在牧羊人為他演奏的悠揚樂曲時，一個年輕的小夥子跑了進來。

「村子裡出事了！」他大聲地喊著，「克立索斯死了。他在遺囑裡還交代家人，要把他的屍體埋葬在那棵軟木樹旁的岩石底下，據說，他就是在那裡遇見瑪賽拉的。」

「噴——爲了那個滿田野奔跑的牧羊女瑪賽拉呀？」「可惜嚕！唸了那麼多書，竟然會爲了一個牧羊女想不開。」眾人一陣議論紛紛，都爲克立索斯就這麼殉情而死感到不值。

「克立索斯是什麼人哪？」唐吉訶德好奇地問道。

「噢——他可是村裡一個大財主的兒子，曾經到外地求學好些年，是一個博學多聞的學者。他懂的東西可多了，太陽、月亮什麼時候會被吃掉啦！什麼時候該種哪種作物、不該種哪種作物，他全都一清二楚呢！」身旁的一位牧羊人回答。

「那叫做星象學。」唐吉訶德又問，「那個叫瑪賽拉的女孩長得漂亮嗎？」

「的確是。」另一位牧羊人回答，「追求她的人不計其數，但她一個都不理。收養她的叔叔，曾經爲了解決這些

唐吉訶德
杜米埃(Honore Daumier, 1808～1879) / 油彩・畫布，1866～1868年 / 德國柏林國家藝廊

《唐吉訶德》這部小說於1768～1773年這段時間在法國非常風行。早在杜雷爲全書創作版畫之前，杜米埃就早已根據這部小說畫過多幅作品。

追求者的騷擾，打算把她嫁給其中一個人。但瑪賽拉堅持不願出嫁，爲了追求自由自在的生活，她竟穿上牧羊女的衣服，學牧羊女到田野看羊去了。其實，她是一個非常有錢的女人，她的父母死前留下了一大筆錢給她。」

「這倒是一件有趣的事，再多說點這女孩的事吧！」唐吉訶德聽得興味盎然，愉快地說。

「自從瑪賽拉在田野牧羊的消息傳開後，一夕之間，村子裡便突然多出許多牧羊人。原來，他們都是一些愛慕她的男子，爲了一睹她美麗的容貌，便裝扮成牧羊人的模樣，在田野中四處追尋她的蹤影。

「瑪賽拉雖然過著無拘無束的田野生

杜雷／版畫，1863年

唐吉訶德接受牧羊人的款待，酒足飯飽之餘，不免又高談闊論起做為一名雲遊騎士的理想與應有的風範。

活，但她並沒有放任自己的行爲，仍然謹守著名譽，對於那群多如繁星的追求者，全都保持適當的距離，只把他們當成普通朋友對待。如果其中有人顯露出渴望與她交往的意思，便會遭受她斷然拒絕的嘲弄和白眼，克立索斯就是這群假牧羊人當中的一個。」

這時，從村子裡來的年輕小夥子開口說道：「客人，如果你有興趣，明天就隨眾人一起去參加克立索斯的葬禮吧，一定可以從村民口中聽到不少精彩的故事哩！」

「也好。」唐吉訶德暗自想著。

他向眾位牧羊人道過晚安，便和衣躺下打算就寢，但這個癡心男人的故事，竟勾起了他對愛人的思念……就這樣，達辛妮亞的美麗身影，不斷浮現在他的腦海，令他心中的情思澎湃洶湧，竟然就此因思念而一夜無眠。

角落裡，鼾聲打得呼呼響的桑丘，倒是一夜好夢。

黃金時代

克拉那赫(Lucas Cranach the Elder, 1472～1553) ／油彩‧木板，1530年／德國慕尼黑舊皮納克提美術館

唐吉訶德提到的「黃金年代」(The Golden Age)出自希臘神話，那是人類最和諧美好、無憂無慮的年代。

告別癡心漢

我摯愛的達辛妮亞已經離我好遠好遠了。她就住在風光明媚的托波左，她是全世界最美麗的女孩。她金黃色的秀髮如飛瀑，披灑在纖細的雙肩上；雙眸明亮如彩虹，臉頰則像玫瑰花般粉嫩……唉，她的美，是言語無法形容的。

翌日早上，天色才濛濛亮，牧羊人便喚醒唐吉訶德主僕二人，要他們一塊上路，前去參加癡心漢克立索斯的葬禮。約莫走了四分之一哩路時，前方出現六個身著喪服的牧羊人，他們上半身穿著黑色的羊皮短襖，頭上戴著柏樹葉子與迷迭香編成的花環。在他們背後，跟著兩位騎馬的士兵和兩個隨從。眾人寒暄了一陣，發現要前往的是同一個目的地，於是兩隊人馬結伴同行。

一位士兵瞧見唐吉訶德的穿著古裡古怪，忍不住開口問道：「先生，在治安這麼良好的地區，有必要全身披掛盔甲嗎？」

唐吉訶德回答：「這身正式的騎士裝扮是必要的，因為我是一個經過『受盔儀式』的真正騎士，必須拋開美酒佳餚與溫暖的床舖，終年披星戴月，四處奔波，盡一個雲游騎士應盡的義務。」

士兵一聽，心中暗自竊笑：「噢——是一個瘋子，今天遇到的趣事可真多哩！讓我來耍耍他，搞點樂子。」於是他對唐吉訶德說：「原來閣下是一位尊貴的騎士呀！我真是有眼無珠，失敬、失敬！」

「沒什麼，你不用放在心上。」唐吉訶德略顯得意地說道，「不過，騎士這個行業啊，的確要比其他行業有用多了。就拿教士來說好了，同樣身為上帝的臣僕，他們卻只需要坐在舒適的房子裡面，平時動動嘴、唸唸禱詞即可。而我們呢，則必須一年到頭貢獻身心，四處漂泊、居無定所，終日忍受日曬風吹，為的就是執行上帝的命令，隨時隨地保護弱小的人們，使他們免於暴力的侵害。所以說，騎士這一行，真可算是挺高貴的行業哩！」

「你說得極是。」士兵強忍住大笑，但臉上不免露出怪異的表情。接著，他又問道，「還有一件事，我憋在心裡很久了，因為一直沒能遇到一位真正的騎士來幫我解答問題，可否趁此機會請教你一下呢？」

「解決問題本是騎士的天職，你有什麼問題就儘管問吧。」唐吉訶德認真地回答。

「是這樣的，我發現每當騎士面臨危險的戰役，都會不約而同地向他們心儀的對象祈求獲勝的力量，而非向上帝禱告，這是什麼道理呢？難道愛人的地位

杜雷／版畫，1863年

唐吉訶德告訴士兵他心中的女神達辛妮亞是何等美麗，連桑丘都不禁納悶他們村裡真有這樣的美女嗎？

竟勝於上帝？」士兵問道。

「你有所不知，」唐吉訶德回答，「騎士在冒險之前，必須祈求一位美人的祝福，這是所有騎士都必須遵循的規定。但這並不表示他們棄上帝於不顧，他們仍然會向上帝禱告，只是沒有大聲唸出來罷了。」

「騎士規章的確有這條規定沒錯。但是，每位騎士心中都擁有一位愛慕的女子嗎？」士兵又問。

「當然，」唐吉訶德說，「這道理跟『星星在夜晚出現』一般正常，每一部騎士小說都能證明這點——只要是合法騎士都必須擁有一位愛戀中的女子。」

「噢——」士兵迫不及待地又問，「想必你也有一位囉，請描述一下你的愛人吧！」

「唉！」唐吉訶德深深歎了一口氣，說道，「我摯愛的達辛妮亞已經離我好遠好遠了。她就住在風光明媚的托波左，她是全世界最美麗的女孩。她金黃色的秀髮如飛瀑，披灑在纖細的雙肩上；雙眸明亮如彩虹，臉頰則像玫瑰花般粉嫩；還有珊瑚般的嘴唇，珍珠白的牙齒，更有那凝脂似的皮膚。唉，她的美，言語無法形容出萬分之一。」

唐吉訶德說完，隨即陷入思念的情緒裡。士兵見他不再說話，便也歇了嘴，只把他剛剛那番對女子的形容當做瘋話，不以為意。倒是走在後頭的桑丘，由於對主人所說的話深信不疑，因此正費勁地回想著，「托波左村裡，有那麼一位絕色美人嗎？」

終於，他們來到了山腳下，葬禮正

杜雷／版畫，1863年

唐吉訶德看到因癡戀美女而抱憾殉情的年輕人，不禁感嘆起來。

要舉行，克立索斯的屍體就擺在軟木樹下的架子上。

　　唐吉訶德走近屍架，低頭注視那動人愛情故事中的主角——只見一位面貌英俊、身材挺拔的年輕男子，雙眼緊閉、全身僵硬地躺在架子上。他的身上撒滿了鮮花，幾本書籍和紙卷則零零落落地擺在旁邊。

　　「可惜呀，年紀輕輕就這麼死了。」唐吉訶德嘆道。

　　「這些詩都是死者寫的嗎？」士兵問著。唐吉訶德抬起頭來，只見方才向他問話的那位士兵，手上握著從屍架上拿起來的一卷紙卷，正在翻看著。

　　「是的，那正是死者癡心的見證，上頭寫的都是他對那個絕情佳人的真心情意。」死者的好友安普羅西回答。

　　「克立索斯在遺囑中特別交代，要將他的屍體和他所寫的詩卷，全部葬在初次遇見瑪賽拉的地方，也就是這裡。」安普羅西哀傷地說道，「這裡也是他被狠心瑪賽拉拋棄的地方。」

　　「千萬不可，」士兵說道，「你若真把這些詩稿燒毀，才真的是對不起你的好友。心碎之人的話怎可當真？何況他早已無生存的意念，思緒必然失去了理智。你瞧，這詩寫得多麼錐心泣血、令人感動，應該保留下來，讓其他追求者看過之後都能引以為誡，避免再受瑪賽拉的蠱惑。」

　　「那一卷你就拿去吧！但是其他的，我得按照克立索斯的交代予以焚毀，因為死者的話必須尊重。」安普羅西如此回答著。

13 瑪賽拉的選擇

堅貞獨立的美麗女子宛如一把利劍、一團烈火，只要離她遠一點，就不用害怕被傷害。每個人都喜歡美好的事物，但美麗的東西實在太多了，永遠追求不完。況且，我並不是物品，憑什麼要我為了迎合男人的慾望，犧牲自己的快樂？

「那麼，在你們掘土挖墳的同時，我就來唸唸死者的泣血之詩吧！」士兵說完，隨即朗誦起〈克立索斯之歌〉──

既然妳，狠心的女郎，逼迫我
四處宣揚妳勝利的嘲諷，
就讓鬼魂拿起悲傷的詩句，
觸動我哀慟的胸懷，喧擾我的歌喉，
讓我碎成片片的心，
融合口中哀傷的調子，
傳達我綿延不絕的愁思，
彰顯妳擺布的伎倆。
那麼請仔細聆聽，切莫匆忙，
因為這不是協調的歌聲，
而是我內心呻吟的餘音，
來自我沉悶的心底，
用來撫慰撕扯般的劇痛。

獅吼、狼嚎、蛇鳴、鴉啼，
巨浪怒嚎、孤鳥悲鳴，
和著地獄幽魂的嘶吼，
這一切全發自我淒苦的靈魂，
我的神智渺渺茫茫，
已無言可表達我那悲傷的心。

我深情的承諾融化不了妳眼裡的冰雪，
妳語帶嫌惡，化做一把利劍，
刺向我的胸膛。
我絕望的歌聲盤旋在幽深的山谷，
在無人跡的小徑，
在眾人之間。

我不再懷抱希望，
我坐在深深的絕望裡，
啃食著苦楚，不怨、不怒，
接受她判處的死刑。
戀愛之人是幸福的，
受愛情束縛的靈魂最自由。
讓我的死終結妳的侮辱，
屍體與絕望的歌聲一起埋葬。
當妳聽見我的死訊，
可會流下一滴眼淚？
抑或，唉，我想，
就只是微微一笑，從此不再想起。

「唉──」聽完克立索斯的詩作，眾人無不發出一陣陣嘆息，「多麼感人哪！瑪賽拉一定是個鐵石心腸的女人，不然任誰聽見這首詩，應該都會被感動才對呀。」

就在眾人議論紛紛的當兒，忽聽得安普羅西發出一陣怒罵：「妳來幹什麼？人都被妳害死了，妳竟然還有臉來這裡？」

眾人循著安普羅西的目光看去，發現有位美若天仙的女子站在岩石上，她正以水汪汪的眼睛注視著眾人。原來，她就是傳說中的牧羊女——瑪賽拉。

「瑪賽拉的美貌果然名不虛傳，」唐吉訶德暗自驚嘆著，「難怪有這麼多人被她迷得神魂顛倒。」

「我來，是為了替自己澄清。」瑪賽拉泰然自若地說，「對於克立索斯的死，我也覺得難過，但這件事並不能怪我呀！難道上天賜予我美貌，我就得接受每一個追求者的愛意嗎？」

「為了尋求自我，我選擇到田野去過自由自在、無拘無束的牧羊生活；但卻有一大堆自稱愛慕者的男子，不時地在我背後追逐，嚴重干擾了我的生活。

「我早就說過，不會答應任何一名男子的追求，我想要的，是跟一群牧羊女生活在一塊兒，終生過著獨身的日子。但偏偏就是有人想不開，克立索斯就是其中一個。你們不能因為我長得美，就說我到原野中牧羊是蓄意勾引男人吧？

「堅貞獨立的美麗女子宛如一把利劍、一團烈火，只要離她遠一點，就

無情的美女

法蘭克・考柏(Frank Cadogan Cowper, 1877～1958) / 油彩・畫布，1926年 / 私人收藏

難道天生麗質也是一種錯誤？瑪賽拉不禁出面替自己澄清——她無意勾引任何人，是克立索斯過於癡迷想不開。正如同毒蛇再毒，只要遠遠避開，又怎麼會害人喪命呢？

不用害怕被傷害。就像毒蛇天生擁有毒液，但除非被打擾，否則不會亂咬人。

「每個人都喜歡美好的事物，但美麗的東西實在太多了，永遠追求不完。況且，我並不是物品，憑什麼要我為了男人的慾望，犧牲自己的快樂？倘若今天我長得很醜，是不是也可以怨恨那個我喜歡的男人自私、狠毒，不來追求我呢？」

瑪賽拉說完這番話，便頭也不回地往山林走去，留下眾人傻愣愣地站在原地。一會兒，幾個愛慕瑪賽拉的男子從人群中跑了出來，他們並未將瑪賽拉這番義正詞嚴的自我剖白聽進心坎裡，仍

打算前去追尋她的芳蹤。

　　只見唐吉訶德拿出劍來，向他們喊道：「你們沒聽見瑪賽拉說的話嗎？她並不打算接受任何人的追求，克立索斯的死，自然也不是她造成的。因此，不准你們再去騷擾她。」

　　就這樣，所有在場的男子只得留下來參加克立索斯的葬禮。他們為他立了一塊墓碑，上頭刻著──「*美麗的女郎，鐵石心腸，良善的男子，意亂情迷；真心換絕情，拿命來還，可憐癡心漢，屍骨埋藏。*」

　　待葬禮結束後，唐吉訶德便向前

無情的美女
華特‧克雷恩(Walter Crane, 1845～1915) / 油彩‧畫布，1865年 / 私人收藏

美麗卻無情的女郎，依舊吸引心儀的年輕人亦步亦趨，士兵朗誦克立索斯為愛癡狂的泣血詩作，眾人不禁為之嘆息。

一晚招待他的幾個牧羊人告別。由於瑪賽拉方才說的那番話深深感動了他，他覺得自己有義務去幫助她，為她貢獻心力、解決煩惱。因此，與牧羊人分手之後，他便領著桑丘前去山林荒野尋找美麗又獨立的瑪賽拉。

微風輕吹，傳來了小母馬迷人的氣味，吸引著洛基南特往前走去。雖然牠的個性相當馴良，但求偶的本能是天生的，也不能怪牠莽撞衝動。牠興奮地跑向其中一匹年輕母馬，在牠身邊來回走動，向她求歡。

瑪賽拉是一個自我意識很強、很有主見的女孩，她總是不拘時間，喜歡隨性地移動，四處牧羊。因此，唐吉訶德和桑丘在樹林裡轉了半天，一直未能發現她的蹤跡。

「騎士老爺，」桑丘要求著，「天氣這麼熱，我們找個樹蔭休息一下，等太陽不那麼灼人時，再去找瑪賽拉小姐吧！」

此時，他們剛好經過一條小溪，於是唐吉訶德回答：「也好，就讓洛基南特和驢子去點喝水，你看看袋子裡還剩下什麼，拿些東西出來吃。」說完便跳下馬，自己先趴到溪邊喝水。

等桑丘也喝完水，兩人便坐到一片嫩綠的草地上，一邊歇歇腿休息，一邊享用午餐。

正當主人們舒舒服服地享受著午後的悠閒時光時，洛基南特卻悄悄地走開了。

原來，微風輕吹，傳來了小母馬迷人的氣味，吸引著洛基南特往前走去。雖然牠的個性相當馴良，但求偶的本能是天生的，也不能怪牠莽撞衝動。當牠走到一片濃密的樹林，有群馬兒正聚在那兒的草地上吃草，牠興奮地跑向其中一匹年輕母馬，在牠身邊來回走動，向她求歡。

小母馬正低頭吃草，對於不速之客的出現，完全不加理會；洛基南特更加殷勤，頻頻示好，甚至用身體去摩蹭她。這惹得小母馬相當不高興，於是用腳踹牠，並發出一陣嘶鳴。馬鳴聲引起了小母馬的主人注意，那是一群運送貨物的馬夫。

他們從樹蔭下跑出來，看見一匹瘦骨如柴的陌生馬兒混在馬群裡，正在騷擾自己的馬匹；不由分說，眾人拿起棍子便是一陣猛打，直把牠打得摔倒在草地上爬不起來。

這時，唐吉訶德和桑丘已發現洛基南特不見，正循著馬叫聲追來。當唐吉訶德看見自己的愛馬被人重毆，渾身是傷地倒臥在地上，頓時怒火中燒，氣沖沖地對桑丘說：「快點！跟我去教訓那群惡徒。」

桑丘一臉為難地回答：「老爺，他們有二十幾個人哪！我們只有兩個人，怎麼可能打贏他們？」

「別怕，我的力量足以應付一百個

原野上的馬匹

保羅‧波特(Paulus Poter, 1625～1654) / 油彩‧木板，1649年 / 荷蘭阿姆斯特丹國立博物館

公馬追逐小母馬乃受到求愛本能的驅使，不料卻因此引發一場禍事。

「什麼？就這兩個人嗎？」「可惡！竟敢惡意刺傷我們的夥伴，一定要找他們報仇。」「對呀！對呀！才兩個人，沒什麼好怕的。」眾人議論紛紛，最後一致同意回去收拾入侵者。

可以想見，唐吉訶德和桑丘的下場有多麼淒慘。他們不但像洛基南特一樣慘遭亂棒毒打，骨頭更被打斷了好幾根。原想為愛馬報仇的主僕二人，經歷一場艱苦的奮戰，終究寡不敵眾，滿身是傷地倒臥在血泊之中，像死了一般。眾人直打到氣消才歇手，他們看見二人動也不動，以為犯下了殺人重罪，便連忙把貨物搬上馬背，頭也不回地逃走了。

「嗚……」，不知過了多久，只聽見一聲哀號，桑丘甦醒過來了，「痛死我了！我發誓，以後不管遇到任何人，都不再與他對抗，管他是國王或奴隸，絕無例外。」

「嗚嗚……別這麼說，嗚嗚……」唐吉訶德雖然渾身痛苦不堪，但聽見隨從這番自暴自棄的話後，仍氣若游絲地勸道，「如果你想闖出一番大事業，就必

人。何況他們並非正式的騎士，只是一群地痞無賴罷了，你儘管出手幫我。」唐吉訶德說完，立刻拔出劍來，朝馬夫們奔跑過去，一邊大聲吼叫，「你們這群惡賊，快點給我住手，小心我取你們的性命替我的馬報仇。」

唐吉訶德英勇無比的氣勢，激起了桑丘的勇氣，於是他也跟在主人背後衝進敵人陣地。

只見唐吉訶德一陣亂揮，一個站在最前面的倒楣馬夫，被唐吉訶德從背後一劍刺穿肩膀，血流不止。其他人被這突如其來的攻擊嚇得往後奔逃，直跑到一段自認為安全的距離外才停下來。

他們驚魂未定地往背後看，發現攻擊他們的是一個身著盔甲的怪人，和一個矮胖的男子。

杜雷／版畫，1863年

唐吉訶德與桑丘趴在池邊喝水，看來主僕二人和他們的坐騎都累了，是該找個樹蔭好好休息一下。

杜雷／版畫，1863年

這是一場寡不敵眾的戰役，儘管唐吉訶德具有大無畏的勇氣，終究落得渾身是
傷，就連愛馬和隨從桑丘也無法倖免。

杜雷／版畫，1863年

不僅唐吉訶德的愛馬受了重傷，連他自己也只能無力地趴在驢背上，桑丘雖然還能勉強行走，身體卻也垮成彎弓型。這支傷兵二人組只能繼續前進，尋找休息、治傷的地方。

坐起來，我們得趕緊找個旅店，治療一下傷口才行。」

「幸好我早就有心理準備，知道所有的騎士都會經過這種煉獄般的修練，才能勉勵自己要以意志力來支撐痛苦。否則，以我這副從沒吃過苦的身子骨，遇上這種事早就一命嗚呼了。」唐吉訶德一邊自我安慰，一邊呻吟著坐了起來。

「希望這種試煉可別太多才好。」桑丘強忍住疼痛，先將主人扶上驢背，再把奄奄一息的洛基南特從地上拉起來，拿出一條繩子，把牠和驢子綁在一塊兒。自己再從背後握住繩子，拉著洛基南特的韁繩往前走去。

「這都要怪我，就因為我一時莽撞，不遵守騎士規章，動手跟下等人作戰，才會激怒上天降下如此嚴重的懲罰。」唐吉訶德雖已趴著癱倒在驢背上，卻仍在為自己的失敗找尋藉口。

但桑丘並不理他，只顧著往前走。因為他已耗盡體力，幾乎就要昏倒，根本沒有心思聆聽主人到底在說些什麼了。

須忍耐這麼一點疼痛。你可知道，要想治理一座島嶼可不是隨隨便便的人都可以辦到的。振作起來吧，你一定沒問題的。」

「是，騎士老爺。日後，我一定會遵照您的要求儘量去做，但是現在能否先請賜給我幾滴魔法藥水，我渾身上下都痛得要命呢！」桑丘虛弱地說。

「哎——」唐吉訶德無奈地回答，「我也很想讓你喝點藥水，但是此行匆促，我根本來不及調製。請你先忍一忍，等我們找到安頓的地方和每一種材料，我一定會趕緊調配藥水，幫助你復原身體。」

「看來也只能這樣了，老爺。」桑丘蹣跚地從地上爬起，喚來驢子，將牠牽到唐吉訶德的身邊，說道，「請您試著

無妄之災

「你在幹什麼？」馬夫驚覺有異，從床上爬起來，竟看見唐吉訶德和自己的女朋友抱在一起，一時醋勁大發，氣沖沖地將唐吉訶德按在床上，拚命用腳踹他。

走了一段路，太陽下山之前他們終於找到一家旅店。唐吉訶德堅持稱它是一座城堡，桑丘則辯稱：「明明就是一間旅店嘛！」

正當二人為此爭論不休時，旅店老闆從屋裡走出來，笑逐顏開地問道：「客人是要住宿嗎？還是來吃晚餐的？」當他走近二人，才發現他們傷痕累累，於是急忙朝屋裡喊著，「老婆快來呀！來了兩個受傷的客人，快出來幫忙。」

只見屋裡陸續跑出了三名女子。一個是旅店老闆那心地仁慈的妻子，一位是他們夫妻倆美麗的女兒，另一個則是在此店幫忙的女傭。四人一陣手忙腳亂，將唐吉訶德和桑丘攙扶到店內，安排他們住進一間客房，與一位馬夫同住。

待二人都安頓妥當之後，老闆娘忍不住問道：「你們遇到強盜了嗎？怎麼會傷得這麼嚴重？」

「不是、不是。」桑丘連忙解釋，「我的主人是因為爬山不小心，從山頂滾落下來，才弄得全身是傷。」

「這樣啊！走山路時可要小心點才好。」老闆娘一邊說，一邊把手上的跌打損傷膏藥往唐吉訶德身上貼去。

「夫人，」桑丘急忙要求，「請留下幾張膏藥給我，我的身體也痛得要命哩！」

「噢──你也跌傷了嗎？」站在旁邊掌燈的女傭，聽見桑丘如此要求，不禁好奇地問。

「不是啦！我是因為看見主人跌倒，想拉住他，結果一不小心自己也扭到腰了。」桑丘不太好意思地答道。

這時，唐吉訶德開口說道：「謝謝您，高貴的夫人。承蒙您和美麗善良公主的厚待，安排我們住在這麼舒適的地方，又細心地照顧我們，這恩惠我會牢牢記在心裡。若不是因為達辛妮亞早已占據我全部的心神，否則我一定會把您們兩位擺在我心中最重要的位置。」

唐吉訶德這番古怪的話，聽得老闆娘一頭霧水，為了避免招惹麻煩，她留下膏藥後，便匆匆忙忙領著女兒和女傭離開了。

夜幕降臨，唐吉訶德和桑丘由於傷口陣陣發疼，兩人都無法成眠。而與他們同房的車夫，原來是店裡女傭的男朋友，正等著女傭前來與他幽會，所以也興奮地睡不著。

當旅店裡最後一盞燈吹熄，一團黑

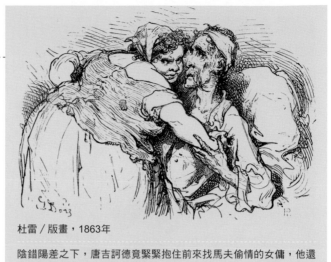

杜雷／版畫，1863年

陰錯陽差之下，唐吉訶德竟緊緊抱住前來找馬夫偷情的女傭，他還以為是美麗的公主前來對自己傾吐愛意呢！

影悄悄地溜進三人合住的客房。原來是女傭前來尋找她的情人了。

她摸黑往裡頭走去，一不小心摔了一跤，正好跌落在唐吉訶德的身上。唐吉訶德心中大喜，以為是美麗的公主前來向他傾訴愛意，於是伸手抱住她。

女傭用力掙扎著想爬起，卻被唐吉訶德緊緊抱住無法掙脫，她害怕被旅店老闆發現自己在這兒，不敢出聲，只好拚命扭動身體藉此擺脫束縛。

「你在幹什麼？」馬夫驚覺有異，從床上爬起來，竟看見唐吉訶德和自己的女朋友抱在一起，一時醋勁大發，氣沖沖地反將唐吉訶德按在床上，拚命用腳踢踹他。

旅店的床舖早已老舊，經不住一陣陣用力的撞擊，瞬間便崩落倒塌，發出一聲驚天動地的巨響。

「發生什麼事啦？老頭子你快點出去看看。」老闆娘嚇得從床上跳起，伸手用力推搡丈夫，要他出去查看一下。

旅店老闆睡意正濃，硬生生被人吵醒壞了美夢，一時怒不可遏，氣極敗壞地從床上爬起。他點燃一枝蠟燭來到客房，在晃動的燭光中，竟看見女傭的臉龐。

「三更半夜的，妳在客人房間裡做什麼？」旅店老闆氣得暴跳如雷，伸手便要來抓女傭，打算賞她一拳。女傭嚇得躲進桑丘的被子裡，把他給吵醒了。

「是誰呀？快滾開。」桑丘發現有人鑽進他的被子，大吃一驚，迅速踹出一腳，用力把人踢了出去。

「好痛啊！幹嘛踢我？」女傭立即動手還擊，兩人於是展開一陣扭打。此時，旅店老闆手上的燭火被風吹熄了，眾人便在黑暗中打來打去，亂成一團。

一名保衛隊隊長今晚剛好投宿在這家旅店，他聽見旅店一角傳來喧鬧的聲音，以為是強盜來搶劫，於是拿起武器，跑到唐吉訶德等人所住的那間客房，朝裡頭大喊：「全部不許動，否則休怪我刀劍無情。」

杜雷／版畫，1863年

馬夫為了女傭大吃飛醋，最後眾人打成一團，原先身上已經帶傷的唐吉訶德和桑丘，這下真是痛上加痛，殊不知往後還有更慘痛的際遇等著他們。

　　眾人一聽，嚇得不敢亂動。但屋子裡漆黑成一團，根本看不清楚強盜的長相，於是保衛隊隊長又恫嚇道：「給我乖乖地待在原地，等會兒我再回來收拾你們。」

　　趁著保衛隊隊長離開，前去尋找

燭火的當兒，旅店老闆和女傭一溜煙地跑回自己的房間。馬夫也連忙爬回自己的臥舖躺平，假裝睡著。只有倒楣的唐吉訶德和平白無故挨打的桑丘，重傷未癒，這會兒又新添了幾處瘀傷，痛得趴在地上不斷呻吟。

噩運連連 16

桑丘成了替死鬼，不但被旅店的夥計牢牢抓住，還被粗暴地拖到後院，像個布袋般被人丟來丟去。「救命啊——騎士老爺，快回來救我啊！」桑丘的身體尚未復原，又遭到眾人殘酷的懲罰，不由得嘶聲叫嚷。

「嗚——桑丘，你睡著了嗎？」唐吉訶德輕輕揉著後腰，疼痛難當地問，「我剛剛遭受到巨人的攻擊，脊椎好像被打斷了。」

「嗚嗚——主人，我也沒比你好到哪裡去。剛才，有四百多個摩爾人在我身上落下一陣陣雨點般的拳頭，我根本來不及還手，就被揍得鼻青臉腫。嗚——真倒楣，我又不是正式的騎士，為什麼老是平白無故地挨打？」桑丘委屈地回答。

「別擔心，」唐吉訶德試著安慰桑丘，「我待會兒就會製造神奇的魔法藥水，等你喝下它，身體很快便能康復了。」

就在兩人互相鼓勵，聊著調製魔法藥水的方法時，「篤！篤！篤！」一陣腳步聲走近，「砰」的一聲，房門被推開了，瞬間，燭光照亮了房間，只見一個一臉凶巴巴拿著燭臺的男人。

「喂！老頭，剛剛那群強盜到哪裡去了？你們兩個是不是他們的同黨？」聽見男人如此無禮的叫喚，唐吉訶德頓時忘記身上的疼痛，大聲吼著：「你說什麼？我可是鼎鼎有名的騎士哩！你才是惡賊呢。」

「什麼？你竟敢說我是賊，真是個有眼無珠的笨蛋！看清楚，我乃是大名鼎鼎、專門抓賊的保衛隊隊長。」保衛隊隊長大怒，拿燭臺用力朝唐吉訶德丟去，正好命中，唐吉訶德的額頭霎時腫了一大塊。

「哎呀！」唐吉訶德慘叫一聲，伸手摀住疼痛欲裂的額頭，想反擊，卻施展不出力氣，只好眼睜睜看著保衛隊隊長離去。

「騎士老爺，您還好吧？」桑丘緊張地問。

「我的頭痛死了，你趕快照我剛才告訴你的藥方，去把那幾樣必備的材料找來吧！我必須儘快喝下魔法藥水，否則就要一命嗚呼了。」唐吉訶德哀號著。

桑丘強忍著身上的疼痛，從地上爬起，蹣跚地步出房間。過了好一會兒，才帶著主人交代的幾樣藥材回來，有油、鹽巴、迷迭香和葡萄酒等各式各樣的東西。「騎士老爺，這些是您交代的東西。您趕緊調製藥水吧，我全身也痛得厲害哩。」桑丘說道。

「拿過來吧，我的好夥伴。」唐吉訶

德勉強打起精神，他先把桑丘帶回來的一盞蠟燭放在床頭，再把所有的藥材一字擺開，檢查了一下，「嗯——沒錯，一樣也沒少。」然後，只見他口中喃喃自語，唸著從書上看來的咒語，一邊動手調配藥水。其實，說穿了也很簡單，不過是把所有東西都倒在一塊兒，隨便攪拌一番罷了。

「完成了！」唐吉訶德拿著杯子高興地說，「我先來試喝一下，你待會兒再喝。」說完，馬上往嘴巴灌進一大口他所謂的靈藥。過了一會兒，藥力似乎發作了。只見唐吉訶德抱著肚子，滿頭大汗地在地上翻滾，「噢——我可能喝太多了，胃裡像是插了千萬把利劍。」

話剛說完，唐吉訶德開始嘔吐，且劇烈地拉肚子，就像吃了一大瓶瀉藥，直拉得全身虛脫才停止。但是也奇怪，吐吐拉拉之後，他竟覺得身體舒服多了，不像先前那般疼痛，也能夠站起身來。

「你瞧瞧，這藥水多麼靈驗呀！我覺得好多了，你也快點喝下去吧！」唐吉訶德說道，一邊伸手將杯中剩下的藥水遞給桑丘。

「好的，老爺。」見到主人迅速恢復了精神，桑丘信心大增，立刻將唐吉訶德遞過來的藥水，一口氣全部吞進他圓滾滾的肚子裡。

哪知，這藥水只適用於調配它的人，桑丘喝下後，竟像喝了毒藥，腹痛如絞，久久未能嘔吐出來。歷經數小時的折磨之後，桑丘終於開始狂瀉肚子，但這並沒有讓他好過一點，他虛弱地說著：「老爺，我就快要死了。」

「嗯——」唐吉訶德沉思了一下，露出恍然大悟的表情說道，「我猜，可能是身分上出了點問題。這藥水應該只適用於正式的騎士，隨從是不能夠隨便亂喝的。」

「哎呀，騎士老爺，您這不是存心要我的小命嗎？您為什麼不早一點想起來呢？」桑丘聽見主人這麼說，臉色登時刷地變得慘白，內心的委屈與身體的疼痛，讓他忍不住哭了起來，「早知道會這樣，我就不跟您出來冒險了。嗚嗚——黃臉婆、孩子們，爸爸再也見不到你們了。」

「別胡說，」唐吉訶德生氣地說道。身體好不容易恢復了元氣，急欲闖出一番名堂的唐吉訶德，立刻就想展開另一場冒險之旅。無奈桑丘仍病奄奄的，這讓他感到很不愉快，「再過幾分鐘你就會好起來了。我先去幫洛基南特上馬鞍，準備一下，等會兒我們就上路。」

「嗚嗚——騎士老爺，唉……」桑丘已經虛弱得無法站立，面對主人無情的

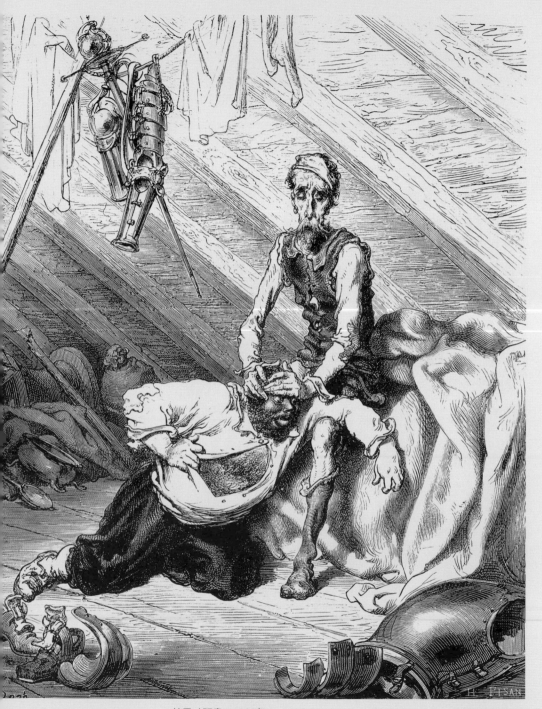

杜雷／版畫，1863年

喝了唐吉訶德調配的「魔法藥水」，桑丘腹痛如絞，吐也吐不出，感到生不如死。他開始後悔跟著騎士老爺出征了。

杜雷／版畫，1863年

唐吉訶德想離開旅店，卻遭店主攔下要求付清房費，這在唐吉訶德看來是騎士小說中
不曾發生的情節，但他全然不顧現實世界和冒險故事的差異，硬是策馬離去。

杜雷／版畫，1863年

來不及隨唐吉訶德逃跑的桑丘成了替死鬼，被旅店眾人以床單拋上拋下，這一番折騰不禁讓他連連喊痛哀號。

命令，他也只能無奈地呻吟著。

唐吉訶德走出客房，此時外頭天已大亮，經過昨夜的折騰，旅店老闆顯得有些疲倦，仍一臉睏意地蹲在井邊打水，老闆娘則在屋裡等著他提水進去，要給客人們準備早餐。

「早啊！」唐吉訶德精神飽滿地向旅店老闆打招呼。

「早安！客人，你看起來比昨天好多了。」旅店老闆禮貌性地應了一聲。

「是呀！託您的福。承蒙您和夫人、小姐昨天慷慨的招待，日後如果您有需要我們效勞的地方，別客氣，儘管派人送信給我，我一定義不容辭馬上趕來為您效力。」唐吉訶德誠懇地說道。

「為我效力？這倒不必了，我想店裡的事我自己還可以應付得來。倒是在你們離開之前，請記得先把昨天的房錢付給我。」旅店老闆客氣地要求。

「什麼？」唐吉訶德露出一臉困惑，「對於騎士們四處奔波、為弱者打抱不平的義行，理應受到所有城堡主人的讚許，甚至張開雙臂、熱情接待，免費供應他們吃住才對呀。」

「我不懂你在說些什麼，不付錢就不准離開。」旅店老闆以為唐吉訶德故意編造藉口賴帳，於是提高嗓門說道。

唐吉訶德不理他，自顧自地從馬廄牽出洛基南特，為牠裝上馬鞍，然後再牽著驢子回到客房外頭，將奄奄一息的桑丘從屋裡拖出來，扶上驢背。

此時，旅店老闆已經找來幾個夥計擋在大門口，以防唐吉訶德逃走。

「真是個吝嗇的城主。」唐吉訶德滿心不悅，伸腿用力蹬了一下洛基南特的腹部，瞬間躍過人牆，急馳而去。跟在

杜雷／版畫，1863年

滿懷濟弱扶傾豪情的唐吉訶德，卻因一身笨重裝備，只能隔牆叫罵，任由自己的
隨從遭到眾人戲弄欺負。

他背後的桑丘則成了替死鬼，不但被旅店夥計們牢牢抓住，還被粗暴地拖到後院，像個布袋般被人丟來丟去。

「救命啊──騎士老爺，快回來救我啊！」桑丘身體尚未復原，又遭到眾人殘酷的懲罰，不由得嘶聲叫嚷。

「咦──哪裡傳來的求救聲？」唐吉訶德聽見淒慘的呼救聲，原以為是另一場濟弱扶傾冒險的開端，仔細一聽，驚覺是自己隨從的聲音，這才發現桑丘並未跟上前來。於是他調轉馬頭，急忙奔回旅店；遠遠地，便看見一個矮胖的身影，在牆頭忽隱忽現。待他走近，便發現可憐的桑丘正被一群人上上下下地丟著玩。

「住手！你們這群魔鬼，快點放了他。」唐吉訶德站在馬背上，雙手攀住圍牆，努力地想爬進去。無奈一身笨重的裝備壓著他，讓他無論如何使力都爬不進去。最後，他只好趴在牆頭不斷怒罵，想大聲喝止這群人的惡行。

無奈眾人玩上癮了，根本沒人理會唐吉訶德的吼叫聲。夥計們一直要弄到每個人都盡興了，方才罷手，然後嘻嘻哈哈地走進屋裡喝酒去。

桑丘跌坐在地上，痛苦地抽搐著。旅店女傭瞧見他可憐兮兮的模樣，忍不住動了惻隱之心，拿了一壺水出來要給

杜雷／版畫，1863年

旅店女傭十分同情傷重得奄奄一息的桑丘，於是餵他喝了點水。而前一刻絲毫未能幫上忙搭救隨從的唐吉訶德，此時竟拚命阻止，只因擔心水中有毒。

他喝。

「不，你不能喝。」唐吉訶德攀在牆頭大喊著，「這水裡有毒，她想害死你哪！」

「騎士老爺，你行行好，再不讓我喝點水，我便要虛脫了。」桑丘哀求道。說完，便張口咕嚕咕嚕地灌下一大口水，直喝得壺底朝天為止。

喝完水之後，桑丘覺得舒服多了，便央求女傭扶他重新爬回驢背，旅店老闆此時也不再擋住他的去路。「唉！我受了那麼多苦，竟只抵了一晚的房錢，真是倒楣透頂。」他以為自己受到的凌辱被用來抵銷欠債，便無限委屈地踱出旅店，前去與唐吉訶德會合。

其實，在他被夥計們拋著玩時，旅店老闆已經悄悄拿走他綁在驢子身上的行李，做為前一晚的房錢嘍！

17 大戰群羊

桑丘隨著主人登上山丘，發現所謂的兩軍交戰，不過是兩群羊會合所捲起的煙塵罷了。「騎士老爺，咱們看錯了，不過是兩群羊呀！」「噢——我膽小的隨從，」唐吉訶德回答，「你內心的恐懼遮蔽了你的雙眼。平原上戰鼓喧天，你難道沒聽見嗎？」

「我說，小老弟，」唐吉訶德略顯不快地說，「你怎麼能喝城堡裡的人倒來的水呢？那可是一座被施了法術的城堡啊，難保水中沒被下毒，你真是太粗心大意了。」

「騎士老爺，」桑丘無奈地回答著，「當時，我覺得自己就快要死了，所以就算喝了毒藥又如何？反而可以提早解脫身上的痛苦哩！」

唐吉訶德看見桑丘臉色蒼白、眼神渙散，虛弱得連驢背都坐不穩，於是轉換語氣，以較為柔軟的語調說道：「嗯——你也知道，我並非袖手旁觀，存心讓你獨自面對那一群惡人。只是城牆高聳，又被下了咒語，無論我多麼努力都爬不上去啊！」

「是嗎，老爺？」桑丘語帶嘲諷地說，「我不知道那面牆是否被下了咒語，但我敢肯定，那群惡人絕對不是什麼厲害的魔法師，因為我聽見他們互相叫著對方的名字如『約翰』『彼得』等等，那不過是些普通人的名字罷了。」

聽見桑丘語帶怨懟，唐吉訶德也就識相地轉移話題，不再提剛剛發生的事。就這樣，兩人一路聊著一些無關痛癢的無聊話，直走到一處大草原。

「哇！我成就大功業的機會來了。」唐吉訶德興奮地喊著，「桑丘，你看，前面煙塵彌漫，有兩隊大軍正在交戰哩。」

桑丘見前方黃沙滾滾，的確像是兩支軍隊在混戰，也就信以為真，於是緊張地問道：「騎士老爺，我們是不是要趕緊找個地方躲起來，以免受到戰事波及？」

「不，千萬不能躲。這可是上天賜給我們建立功勳的機會，這一戰將使我們的名聲傳揚開來，並取得數座城堡和島嶼，你治理海島的日子就要到了，還不快點振作精神，跟我到對面那片山丘去觀察一下戰況。」唐吉訶德說道。

桑丘隨著主人登上山丘，卻失望地發現所謂的兩軍交戰，不過是兩群羊會合所捲起的煙塵罷了。於是他直率地開口說道：「騎士老爺，咱們看錯了，不過是兩群羊呀！」

「噢——我膽小的隨從，」唐吉訶德回答，「你內心的恐懼遮蔽了你的雙眼。平原上戰鼓喧天，你難道沒聽見嗎？」

桑丘閉上眼睛仔細聆聽，但除了羊叫，他根本沒聽見任何打仗的聲響，於是他不得不懷疑：「主人的腦袋一定是壞了。」因爲他早已領教過唐吉訶德的固執，所以便保持沉默，不想與他發生無謂的爭辯。

桑丘只聽見身旁的唐吉訶德喃喃自語著：「那邊那個身穿黃金盔甲的騎士，就是英勇無比的拉爾卡科，拿著綠色盾牌的是柯可連波。噢──就連阿拉伯的白蘭達也來啦！」他說的都是騎士小說中的知名人物。

「好了！我決定幫助較弱的那一方，這樣才能展現我非凡的能力。喝──拉曼查的唐吉訶德來啦！」他突然大吼一聲，策馬便衝下山坡，桑丘來不及阻止，只能拚命地喊著：「天哪！騎士老爺，快點回來呀──那是羊群，不是騎士啊！」

唐吉訶德滿腦子騎士、盾牌、盔甲，哪聽得見桑丘如雷般的叫聲，才一會兒工夫，他就已經衝進羊陣，揮舞著手中的長矛四處亂砍。

「你在做什麼？快點住手。」牧童們發現有人在傷害羊群，連忙聚集過來，「住手！住手！你刺傷我的羊了。」他們發出一陣陣驚慌的叫聲，爲了拯救羊群，只能拚命撿起地上的石頭，用力丟

耶利米
夏卡爾(Marc Chagall, 1887～1995) / 油彩·畫布，1956年 / 法國尼斯夏卡爾美術館

許多宗教畫作都會出現驢子的身影，因為當初耶穌就是騎驢進入耶路撒冷城的。「驢」在聖經中可用來計算財富、耕作農稼、載負重物等等，甚至也拿驢子和馬當對比，騎馬者較威風、張揚，相形之下騎驢者較謙遜、溫和。

向唐吉訶德。

唐吉訶德雖然遭到石頭雨的猛烈攻擊，卻沒有罷手的意思，反而越戰越勇，一連刺死了好幾頭羊：「來吧！你們這群愚蠢的騎士，竟敢和舉世無雙的唐吉訶德爲敵，看我怎麼教訓你們。」

就在唐吉訶德說著大話的同時，一顆大石頭擊中了他的胸膛，打斷兩根肋骨，痛得讓他幾乎掉下馬來。他勉強挺起胸膛，正要罵出聲，第二顆大石頭又命中他的嘴巴，打落好幾顆牙齒。接

著，第三顆石頭擊來，終於讓他落下馬背，摔了個大跤。

趁他昏死在地、無力爬起的當兒，牧童連忙抬起死羊，趕著羊群匆匆忙忙離去。

「騎士老爺，您怎麼了？」桑丘從山丘上跑下來關心著，「早就跟您說那是羊群嘛！您就是不信。現在好了，您被石頭打得滿臉是血，骨頭也斷了，這該怎麼辦才好？」

「沒關係，我還撐得住。」身體的疼痛並未讓他放棄腦海中的幻想，「你還記得我之前提過的那一個魔法師嗎？他不但搶走了我的書房，還不讓我有建立功勳的機會，剛剛就是他把騎士大軍全部變成羊群，並且趁我不注意時把他們趕走了。」

「別說了，您的嘴巴還在冒著血水呢！我去拿膏藥來幫您擦擦。」桑丘說完，轉身爬回山丘，這才發現綁在驢子身上的行李已經不翼而飛了。「怎麼這麼倒楣，這下連吃的東西都沒有了。」

「什麼？連行李都不見了？這一定也是那個魔法師幹的好事。」唐吉訶德聽完桑丘的泣訴後，肯定地說著。

「騎士老爺，我們還是回家吧！這種悲慘的騎士冒險生活，我還真是過不慣哩。況且，咱們兩人已經一身病痛，再往下走，情況只會變得更糟。」桑丘央求道。

「不行，」唐吉訶德堅決地回答，「我得闖出一番功業才行。走吧！扶我上馬，我們去找個地方投宿。」

趕羊
理查・安斯戴爾(Richard Ansdell, 1815～1885) / 油彩・畫布，1881年 / 私人收藏

羊群是人們賴以為生的經濟命脈，看到有人無故傷害寶貝的羊群，也難怪牧羊人會氣急敗壞了。

杜雷／版畫，1863年

誤把羊群當成敵人大軍的唐吉訶德，長劍一揮英勇地衝入「敵陣」，急得牧羊人
拚命撿石頭打他，不讓唐吉訶德傷害羊群。

18 白衣騎士

一群身穿白衣的騎士來到他們眼前，後面還有輛蒙著黑布的馬車；馬車的後方，有六個穿喪服的人騎在騾背上跟著。桑丘不禁打了個寒顫，渾身發毛，心想：「果然是地獄來的鬼怪，這次我們死定了。」

主僕二人不斷地走著，直走到太陽下山仍不見任何旅店的影子。桑丘忍不住埋怨道：「我們再這樣漫無目的地走下去，一定會餓死在異鄉的。」

「這是上天對我們的考驗，要想成為優秀的騎士，當然得先學會習慣挨餓受凍的生活。」唐吉訶德回答。他雖然被人打斷了幾顆牙齒，雙頰腫脹疼痛，卻仍然沉迷在騎士的美夢之中。

「騎士老爺，您不是說過，有些野草是可以吃的嗎？我們找一些來充充饑吧！」桑丘說。他的肚子早已餓得咕嚕咕嚕叫，現在滿腦子想的都是吃的東西，所以哪怕是草莖或什麼口感粗糙的食物，他都願意吞進肚子裡。

「忍著點，小老弟。天色太暗了，我根本看不清楚草長在什麼地方，遑論加以辨識哪種可以吃、哪種不能吃。我們還是繼續往前走，先找到住的地方再說吧！」唐吉訶德回答。

「也只好照您的話做了。」桑丘垂頭喪氣地說。

走了一會兒，桑丘彷彿想到什麼，抬頭便問：「騎士老爺，您想，我們之所以會這麼倒楣，會不會和您違背了自己的諾言有關？您曾經發誓，不在餐桌吃飯、不在床舖睡覺，但是您都未曾遵守。」

「唔——的確有這個可能。」唐吉訶德點頭承認，「下回你要負責提醒我，絕對不可以再犯。」

就在這個時候，一群手持火把的白衣騎士出現在漆黑的道路上，朝著他們急速移動而來。

「不好了，騎士老爺！」桑丘驚慌地喊著，「恐怕是您說的那個魔法師，派魔鬼大軍來殺我們了。」

「別慌張！我們退到路旁，先觀察一下再說。」唐吉訶德示意桑丘把坐騎趕到路邊。

過了一會兒，一群身穿白衣的騎士來到他們眼前，後面還跟著一輛蒙著黑布的馬車；馬車的後方，則有六個穿喪服的人騎在騾背上跟著。騾子全身從頭到尾也都被黑色的布包裹著，布足長達腳踝，兩顆大大的騾眼於漆黑的夜晚透出一股冷冽的寒光。

桑丘不禁打了一個寒顫，渾身發毛，心想：「果然是地獄來的鬼怪，這次我們死定了。」

但唐吉訶德並不這麼認為，他心裡所想的是：「馬車裡運著的是一具英勇騎士的屍體，他曾經拯救廣大的苦難民眾，卻被惡人陷害冤死。如今，唯有我——偉大的唐吉訶德，才有能力為他洗刷冤屈。」

於是唐吉訶德騎馬飛奔到隊伍的最前方，站在馬路中央不讓他們通過，只聽見唐吉訶德威風凜凜地問道：「你們是什麼人？要把馬車裡的屍體載到哪裡去？這個人是不是你們殺死的，快點從實招來。」

隊伍被迫停下，一名白衣騎士生氣地回答：「關你什麼事？快點讓開，我們還要趕著到旅店去呢！」

「看來，不讓你們嘗點苦頭，你們是不會坦白招認的！」唐吉訶德說著便舉起長矛衝了過去。白衣人大吃一驚，從馬背上滾下來，跌坐在地。

其他白衣騎士見狀，紛紛想上前阻止，但畏懼唐吉訶德胡亂揮舞的長矛，再加上洛基南特此時突然也生出勇氣，竟能按照主人的指示，上上下下靈活地跳躍著轉動方向。這群人本來就是懦弱之輩，見長矛無眼，只好四處潰散，自己逃命去了。

唐吉訶德走到摔倒在地的白衣人身邊，用長矛指著他的喉嚨說道：「知道我的厲害了吧！還不快點投降。」

「我投降！我投降！求求你，千萬別殺我，我並不是壞人，我可是擁有學位的傳教士呢！」白衣人跌斷了一條腿，痛苦萬分地哀求著。

「哦——既然你是一名傳教士，為什麼要到這個偏僻的地方來？馬車裡的人，又是被誰殺死的呢？」唐吉訶德略顯懷疑地問道。

「躺在馬車裡的是一名鄉紳，得了黑死病死了，我們依據他的遺囑，要把他的屍體運回故鄉安葬。而這條路，正是通往他故鄉的必經之路呀！」白衣人戒慎恐懼地回答。

「看來，這場戰事是一場誤會哩！但也不能怪我啊，誰叫你們不早一點表明身分。」唐吉訶德並未對自己魯莽的行為表示歉意，反倒責怪對方。

「哎、哎、哎，算我倒楣。但能否請你扶我一下，我的腳斷了，爬不上馬背。」白衣人要求著。

「桑丘，快點過來幫忙。」唐吉訶德大聲喊道。

「好的，騎士老爺，我這就來了。」桑丘目睹主人在戰場上威風八面的模樣，佩服得五體投地。他則趁著敵人潰敗之際，趕緊跑去搶奪他們掉落下來的糧食袋子，做為戰利品。

兩人扶白衣人上了馬背，臨走之前，唐吉訶德對他說：「雖然這次的事錯不在我，但基於騎士的禮節，還是麻煩你代我向其他騎士們致上深深的歉意。祝你一路順風！」

桑丘也補充說道：「請你告訴他們，我的主人就是──拉曼查的唐吉訶德，又叫做『苦臉騎士』。」

一直等白衣人走遠了之後，唐吉訶德才轉頭問道：「我說小老弟呀，我什麼時候又多了一個什麼『苦臉騎士』的別名哪？」

「我是根據您現在的模樣隨口取的。您瞧，『愁眉苦臉的騎士』不就是您此刻的寫照嗎？您看起來蓬頭垢面、眉頭鬱結、臉頰腫脹，給人的感覺就是一臉愁苦呀！」。

「聽你這麼一說，還真的很貼切哩！好吧，從今天開始，我的別名就叫做『苦臉騎士』。日後如果遇到一個好的工匠，我要請他在我的盾牌上畫一張愁眉苦臉的人像，以符合我的別名。」

「何必這麼麻煩，只要看看您那張臉，自然就明白『苦臉騎士』的意思

身材瘦削的苦臉騎士
陳嘉雯攝影／西班牙「唐吉訶德之路」旅程中

桑丘看到主人蓬頭垢面、臉頰腫脹，順口便幫唐吉訶德取了個詼諧的別名──「苦臉騎士」。

啦！」桑丘笑嘻嘻地說。

唐吉訶德被隨從的幽默給逗笑了，但他還是暗中決定，有朝一日，一定要用一張愁苦的臉，做為自己的盾徽。

悚然之夜

他們正處於山林深處，周圍淨是高聳入雲的巨木，月光透過樹葉間的縫隙，在草地上映下斑駁的樹影。在這樣的時刻，桑丘是絕不會讓主人離開他身邊的，主要並不在於他擔心主人的安危，而是出於一股沁入心靈深處的恐懼感。

「苦臉騎士老爺，」桑丘高舉手中的糧食袋子問道：「經過這一場光榮的勝仗之後，我們是不是可以找個地方，享受一下豐富的戰利品呢？」

「好主意，我的肚子還真有點餓了。走吧，去找個落腳處吃東西。」。

主僕二人走進山林，找到一處長滿綠草的窪地，便決定留在此地過夜。桑丘迅速從驢背上卸下糧食袋，兩人像餓虎撲羊般狼吞虎嚥起來，把一整天漏吃的早餐、午餐、點心和晚餐一口氣補足，全都吞進肚裡去。

正當唐吉訶德吃得約莫九分飽時，突然覺得喉嚨很乾，很想喝點葡萄酒，於是對隨從說道：「桑丘，幫我倒杯葡萄酒。」

「唔——老爺，我這就去辦。」嘴裡塞滿食物的桑丘含糊地回答著。他抓過糧食袋子，將裡面的東西一件件掏出來，但是翻了半天，連一滴水也沒瞧見，更遑論葡萄酒。

「抱歉，騎士老爺，我們的戰利品中，獨缺『水』這樣東西哩！」桑丘又說道，「這一帶的青草長得如此嫩綠豐美，我想附近一定有灌溉它們的溪流或泉水。我們去找水源地好嗎？總比因為口渴而痛苦得睡不著覺，睜眼直到天明好啊！」

「也好，就當做是另一場冒險吧！」唐吉訶德爽快地回答。

就這樣，一人牽馬、一人拉驢，往山林深處走去，尋求水源。「嘩啦——嘩——嘩啦——」主僕二人約莫走了兩百步，忽聽見從樹林某處傳來嘩啦啦的流水聲。

「騎士老爺，您聽，是水聲哪！」桑丘高興地喊著。

唐吉訶德還來不及反應，便又聽見另一種沉悶的聲響。緊接著，唐吉訶德一面跨馬，一面精神振奮地說道：「桑丘，你別高興得太早，照我看來，這水源處一定有怪物把守。戰神的號角已經吹響，又該是我再度上場建功立業的時候了。」

「別呀，騎士老爺，天色這麼暗，恐怕您還沒瞧見敵人的影子，就遭到暗算了。我勸您還是等到天亮再行動吧！」桑丘一臉驚惶地說。

此時，他們正處於山林深處，周圍淨是高聳入雲的巨木，月光透過樹葉間

的縫隙，在草地上映下斑駁的樹影；山風吹過林間，使枝條相互撞擊，發出窸窸窣窣的摩擦聲，再加上不知從何處傳來的聲響，為黑漆漆的山林更添詭異的氣氛。

在這樣的時刻，桑丘是絕不會讓主人離開他身邊的，主要並不在於擔心主人的安危，而是出於一股沁入心靈深處的恐懼感。

「身為一名正式受封的騎士，應當要有勇往直前的決心，就算前方有數以萬計的敵人埋伏，也不能退縮。你留在此地等我三天，若三天後我沒回來，就請你到托波左去一趟，將我英勇戰死的消息告訴達辛妮亞，並把我一直以來對她的濃情密意予以傳達，最重要的一句話，你千萬別忘了說，那就是——『我的主人直到臨死前的最後一刻，內心仍在懸念著妳呢！』」

「可我不想失去您哪！」桑丘急忙說道，「當初，您曾經答應我，要征服一座島嶼送給我治理。而今，島嶼的影子還沒瞧見，您就急著拋開我，去從事那黑夜中無人知曉的莫名冒險。就算您不在乎自身的安危，也該為我想想呀！」

「你放心吧，小老弟。在我倆尚未出發冒險之前，我就已經先立好了遺囑，裡頭交代著要償付給你的金錢。我死

後，你可以直接到拉曼查去領取你應得的報酬。」唐吉訶德平靜地說道。

「騎士老爺——」沒想到主人早就為自己安排了退路，桑丘感動地差點掉下眼淚，這讓他更加堅持——絕對不能讓唐吉訶德摸黑去冒險。於是，桑丘悄悄繞到唐吉訶德的背後，拿繩子牢牢繫住洛基南特的後腳跟。這樣一來，洛基南特便無法往前跑出半步了。

「走吧，洛基南特，讓我們去消滅可怕的敵人。」唐吉訶德意氣風發地喊著，一邊用力踢馬兒的肚腹。但兩隻後腳跟被繩子緊緊縛住的洛基南特，雖然也想努力往前走，卻只能待在原地上下跳躍，邁不開步伐。

「您瞧，騎士老爺，這是天意啊！連上天都要阻止你，不讓您白白丟了性命哩！」桑丘連忙說道。

唐吉訶德又試了幾次，都無法往前一步。最後，他也只好放棄了。

「騎士老爺，您別一臉無奈嘛！」桑丘為了讓唐吉訶德忘記冒險的事，機警地想到一個好主意，「我來說個故事，幫您解解悶好嗎？」

「唉——既然啥事都做不成，聽個故事也不錯，你就說吧！」唐吉訶德不太感興趣地回答道。

「有一個年輕的牧羊人，愛上了村

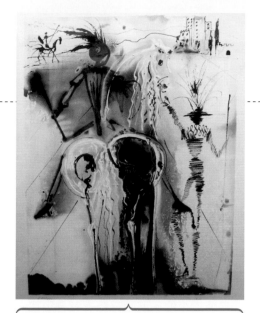

唐吉訶德
達利(Salvador Dali, 1904～1989) / 油彩‧畫布，1959年

黑漆漆的山林，轟隆隆的聲響，林中深處彷彿有怪獸看守著水源。達利的超現實畫作，頗能呈現唐吉訶德異於世人的觀點和視野。

子裡一位有錢地主的女兒，經過一番苦苦追求，卻始終得不到女孩的回應。終於有一天，他決定放棄了。可是就在這個時候，一件奇怪的事發生了。騎士老爺，您猜到底發生了什麼事呢？」桑丘故意提高聲調說道。

「別囉嗦！接著往下說便是。」唐吉訶德說道。

「那個有錢人家的女兒呀，一知道牧羊人放棄對自己的追求，竟然反過來乞求他的愛。這不是很奇怪嗎？但愛情本來就是盲目的，也不用太計較合不合理。總之，換成女孩開始跟隨在牧羊人的背後，希望求回他的愛意。但牧羊人此時已鐵了心，對女孩不再存有任何一點感情，為了擺脫女孩的追隨，他把羊群趕到河邊，打算渡河。」桑丘清清喉嚨繼續說道，「可是，當時河面只有一艘小船，一次只能載一頭羊。因此，牧羊人便把一頭羊先運過河去，再回來運第二頭過河，再回來運第三頭過河，再回來運第二十二頭過河……」

「好了、好了，到底有幾頭羊啊？這一段直接跳過去就行了。」唐吉訶德不耐煩地說。

「不行呀，騎士老爺。」桑丘嚴肅地說，「如果不算清楚，這個故事就說不下去了呀！」

「好吧、好吧，那你就數吧。」唐吉訶德回答。

「那麼，我剛剛數到哪兒啦，騎士老爺。」桑丘故作慌張地說，「我不小心給忘了。」

「我怎麼知道你算到第幾頭！」唐吉訶德不悅地回答著。

「哇！那我沒辦法往下講了。」桑丘說，「我再從頭數一遍好了！」

就這樣，兩人整晚數著羊的數目直到天亮。其間，桑丘因為在唐吉訶德背後拉肚子，弄得臭氣沖天，讓主人數落了幾句。但為了確實掌握主人的行蹤動向，桑丘一步也不敢離開，所以無論主人怎麼罵他，他可是一點也不在乎哩！

瀑布底下的怪物

兩人在樹林間走著，不久，來到一處岩石構成的丘壑，一道瀑布從高高的峭壁上傾瀉而下，形成一條溪流，溪水穿過山壁下幾間破屋的殘跡，直流到草原上去。「騎士老爺，您聽，怪聲就是從破屋那邊傳過來的。」

　　終於，曙光透過樹梢，在黑漆漆的林間灑下淡淡的光芒。桑丘見天色已亮，便解開縛在洛基南特腳跟上的繩子。洛基南特顯得相當開心，立刻便活動了起來。

　　唐吉訶德發現愛馬已經能夠活動，於是對桑丘說道，「好了，惡夜的魔咒已除，我應當要出發了。至於你，就依照我昨晚所說的，留在此地等我三天吧！你應該記得我住的房子，若三天後我沒回來，就往那兒領酬勞去吧！我的姪女會招呼你的。」

　　「騎士老爺，」桑丘略帶感傷地說，「您這說的是什麼話？身為您的貼身隨從，見您去冒這麼大的危險，豈有冷眼旁觀的道理？就讓我隨您一塊兒上路吧！」

　　唐吉訶德為桑丘的忠心所感動，但臉上並未顯露出來，只見他雙腳一蹬，驅策愛馬往前走去。桑丘則牽著驢子，緊緊跟在後面，因為天雖然亮了，但在濃密的巨木間行走，聽見那不知從何處傳來的聲音，還是教人心驚膽顫哩！

　　兩人在樹林間走著，不久，來到一處岩石構成的丘壑，一道瀑布從高高的峭壁上傾瀉而下，形成一條溪流，溪水穿過山壁下幾間破屋的殘跡，直流到草原上去。

　　「騎士老爺，您聽，怪聲就是從破屋那邊傳過來的。」桑丘縮著背脊，從洛基南特的兩腿間隙望向山岩說道。

　　「好！咱們過去瞧瞧。」唐吉訶德說完，便往瀑布走去。他們來到山腳下，穿過破敗的屋子，拐了一個彎，來到瀑布底下。桑丘突然大聲喊道：「騎士老爺，您看！一臺砑布機。」

　　原來，整夜傳來的可怕怪聲，不過是從一臺棄置在水中的砑布機所發出的，此刻，只見它仍順著水流，以六根木槌輪流敲打著一疋布，不斷發出聲響哩！

　　唐吉訶德瞧見自己口中的怪物，竟然只是一臺砑布機，不禁愣在當場，哭笑不得地瞪著那臺砑布機。

　　桑丘則是鼓漲著腮幫子，強忍住快要衝出口的狂笑，因為他想起昨晚主人所說的那番慷慨激昂的話──「……照我看來，這水源一定有怪物把守。身為一名正式受封的騎士，應當要有勇往直前的決心，就算前方有數以萬計的敵人

杜雷／版畫，1863年

天空才剛露出曙光，唐吉訶德就帶著桑丘在林中前進，尋找怪聲的來源。但四周濃密的林木和陰影，營造出駭人的恐怖氣氛，依舊教人感到膽顫心驚。

埋伏，也不能退縮⋯⋯」

　　桑丘終於還是忍不住，大聲笑了出來：「哈哈──哈──哈，騎士老爺，這就是會讓您送命的東西嗎？」

　　「住嘴！桑丘。」唐吉訶德生氣地說，「我就是對你太過仁慈了，才會讓你忘記自己做為一名隨從的身分，

你好大的膽子，竟敢隨便嘲笑主人。」說完，便舉起長矛往桑丘的肩膀戳了兩下。

　　「對不起，騎士老爺。」桑丘連忙改口，「我是在笑自己，怎麼會讓幾根木槌嚇得渾身發抖啦！」就這樣，一場不知其詳的大冒險就這麼結束了。

杜雷／版畫，1863年

原來，唐吉訶德所謂看守瀑布的怪獸，只是一部棄置在水中的矺布機，這讓一路
提心吊膽的主僕二人不禁愣在原地，哭笑不得。

搶奪黃金頭盔

「哈哈——我的機會來了。」唐吉訶德指著遠方有個騎在驢背上的理髮師說道，「你瞧，有一名騎士朝我們走來了，他頭上那頂黃金打造的頭盔，是我朝思暮想，一直想得到的呢！這回，它可跑不掉了吧！」

就在唐吉訶德仍因隨從嘲笑自己而生著悶氣的當兒，天空下起毛毛雨來。

「騎士老爺，我們到房子裡避避雨吧！」桑丘用手指著瀑布下那幾間殘破的屋子說道。

「不，這一點點雨算什麼？繼續往前走。」唐吉訶德寧願淋得全身濕答答，也不願跨進那幾間讓自己受辱的屋子。於是，桑丘只好陪主人淋雨，牽著驢子朝右側方向走去。

在唐吉訶德和桑丘冒險的樹林附近，有兩個村落；大村子的理髮師，每隔一段時間就要到小村子去幫客人修剪頭髮和鬍子。今天正好是理髮師前往小村子的日子，但因半路下雨，他忘了攜帶雨具，只好拿理髮用的銅盆蓋在頭上擋擋雨。

「哈哈——我的機會來了。」唐吉訶德指著遠方騎在驢背上、朝他們走來的理髮師說道，「你瞧，有一名騎士朝我們走來了，他頭上那頂黃金打造的頭盔，是我朝思暮想，一直想得到的呢！這回，它可跑不掉了吧！」

「唔——」桑丘伸長了脖子往前張望，「騎士老爺，前面的路上只有一個頭戴銅盆的人，並沒有你說的什麼黃金騎士呀？」

「哎呀呀，你看仔細一點，人就在前面呀，就是騎著一匹長鬃駿馬的那一位啊！」唐吉訶德擺出一副信心滿滿的備戰姿態說道，「你如果害怕，就留在這裡吧。我將以迅雷不及掩耳的速度制伏對方，等著瞧吧！」說完，便舉起長矛往前衝去。

「快點投降，否則讓你見不到明天的太陽。」唐吉訶德大聲吼著。

「救命啊！」理髮師看見一個手執長矛的怪人向自己襲來，以為遇見了強盜，嚇得從驢背上滾下來，一溜煙便跑得不見人影。

桑丘見主人這回不費吹灰之力便贏得勝利，高興地奔向前來，幫主人撿起落在地上的戰利品——銅盆。「騎士老爺，您朝思暮想的黃金頭盔就在這裡啊！」

唐吉訶德驕傲地接過銅盆，立刻便往頭上戴：「嗯——好像太大了些，沒關係，等我找到一個鐵匠，再叫他改小一點。」

桑丘看見主人把銅盆戴在頭上的滑

稽模樣，忍不住又笑了出來。但為避免主人看出自己又在嘲笑他，連忙解釋道：「對呀！騎士老爺。我猜，這頂絕佳黃金頭盔的前一任主人，一定有顆超級大頭哩！」

唐吉訶德不斷調整銅盆的角度，但由於它實在太大了，以至於不停地在頭上滑來滑去，無法服貼。

「我想，這一定是一頂被施了魔法的黃金頭盔，讓不知道它價值的人奪了去，一半鎔成黃金賣錢，另一半則做成現在的樣子，也就是你之前說的──銅盆的模樣。雖然如此，我還是看得出它潛藏的價值，有一天，我一定要讓它恢復原本的模樣。現在，暫且用它來擋擋石頭吧！」

「嗯──」桑丘附和地說：「擋擋小石子當然沒問題，但如果碰到像上回那群牧羊人的石頭雨攻擊，可就沒什麼用了。」

唐吉訶德
杜米埃(Honore Daumier, 1808～1879) ／ 油彩・畫布，1868年 ／ 德國慕尼黑新繪畫陳列館

唐吉訶德總是以常人無法理解的角度看待現實的世界，於是──理髮師成了黃金騎士，理髮師手上所拿的平凡無奇銅盆便成了稀有罕見的黃金頭盔。

「我啊，是犯了『戀愛』的罪行！」「別聽他胡說，他愛上的可都是些沒有生命的衣服。而且，當官兵抓住他時，他手上還緊緊抱著從別人那兒偷來的衣服呢！」

當唐吉訶德和桑丘細數著黃金頭盔的種種功用時，有群人正往這邊走來，他們的脖子被一條長長的鐵鏈拴在一起，手腕和腳踝也分別戴著手銬與腳鐐，那模樣一看便知是一群罪犯。

「騎士老爺，您瞧，前面來了幾個犯人。看樣子，應該是要被押解到船上去服刑抵過吧！」桑丘說道。

「我們去瞧瞧，看看其中有沒有人是被冤枉的，因為替人伸張冤屈，也是身為一名雲遊騎士的責任呢！」唐吉訶德說著，隨即勒住馬頭，轉身往押解罪犯的兩名官兵走去。

「官差大爺，您們好呀！」唐吉訶德先向馬背上的官兵禮貌地打聲招呼，「請問這群人都犯了些什麼罪？他們又要往哪兒去呢？」

官兵瞧見唐吉訶德頭戴銅盆，以為遇見了一個瘋子，為避免另生事端，於是也假意有禮地回答：「噢，您好啊，騎士先生。我們四個人身受國王的任命，負責押送這十二個罪犯到海邊去，他們得登船服刑，以划槳服苦役來贖罪。至於他們各自犯下什麼罪行，就請您親自去問問他們吧！」

唐吉訶德滿意地點點頭：「謝謝您！我這就去問問，也許有人需要我為他們伸冤哩！」

他騎著馬慢慢地走到隊伍的最前端，向第一個囚犯問道：「老兄，你犯了什麼罪啦？怎麼會無精打采、一臉狼狽呢？」

「想到要上船做苦工，誰還笑得出來呢？」這第一個犯人約莫二十多歲，他抬起頭來說道，「我啊，是犯了『戀愛』的罪行！」

「什麼？」唐吉訶德驚訝地喊道，「戀愛如果也算犯罪，那我早就被判死刑了。可知，我對達辛妮亞的愛，比世界上任何人的愛情都要來得深哪！」

「別聽他胡說，」第二個囚犯搶著說道，「他愛上的可都是些沒有生命的衣服。而且，當官兵抓住他時，他的手上甚至還緊緊抱著從別人那兒偷來的衣服呢！」

「對呀！我就是喜歡跟別人的漂亮衣服、布定談戀愛。但就為了這點喜好，竟然被法官判刑三年，背上還被鞭子抽打了一百下呢！」第一個囚犯毫無愧色地說道。

「那你呢，你犯了什麼罪？」唐吉訶德向第二個犯人問道。

杜雷／版畫，1863年

唐吉訶德遇上一群押解中的囚犯，特意上前詢問每個人所犯何罪，這是因為替人
伸張冤屈，正是騎士該有的俠義精神。

「他呀，是因為成了一隻金絲雀，才被判刑六年的。」輪到第一個囚犯搶著替他回答。

「這話怎麼說呢？」唐吉訶德滿臉疑惑地問著。

「意思是說，官兵其實並沒有掌握他犯罪的實證，他自己卻因為忍受不了刑求逼供，便像金絲雀唱歌般把罪行全供了出來，承認自己偷了牛。」

「這在我們這些罪犯的眼裡，可是一種非常懦弱的表現，因為任何人遇上這種查無罪證的情形，只要他的舌頭夠硬，法官是判不了他的罪的。所以他雖然被鞭子打了兩百下，又被判刑六年苦役，我們卻沒有一個人同情他，這都是他活該、自己找罪受呀！」第一個囚犯嘲諷地說。

「對呀，如果是我，才不會因為一點皮肉之苦就輕易招供！」第三個囚犯附和地說。

「噢──是嗎？那麼想必你是犯了什麼了不得的大罪嘍？」唐吉訶德問他。

「其實也沒什麼啦！」第三個囚犯大刺刺地說，「當初，如果有人肯資助我十個金幣，我就能聘請律師以他的三寸不爛之舌，幫我在法官面前脫罪了。」

「如果我早些遇到你，也許就能幫上你的忙，因為我會很樂意送你二十個金幣哩！」唐吉訶德說道。

就這樣，唐吉訶德一路往下探問，終於來到最後一個囚犯面前。「唔──你一定是個大人物，身上才會比別人多纏了好幾圈鐵鏈。」唐吉訶德打量眼前這個三十來歲，鬥雞眼、神情狡詐的男子問道。

「沒錯！他就是惡名昭彰的江洋大盜──希內斯。」一名騎在馬背上的官兵轉頭大聲說道。

「閉嘴！用不著你替我回答。」希內斯惡狠狠地說。

「看樣子，你也並非自願去服苦役的嘍？」唐吉訶德說道。

「廢話！誰會自己跳進火爐，去承受烈焰的煎熬啊？」希內斯一臉不悅，對這個多管閒事的傢伙深感厭煩。

「既然如此，」唐吉訶德身為騎士的使命感又再度燃起，「我要讓你們重新得回自由。」

「千萬不可呀，騎士老爺！」桑丘急忙勸阻，「這些人可都是被法官判了罪的囚犯呀，你剛剛沒聽見他們說自己都幹下了哪些壞事嗎？」

「他們在人間犯下罪行，死後自會由上帝審判。」唐吉訶德並不理會隨從的勸阻，接著他走到一名官兵面前請求道，「放他們自由吧，官差大爺。沒有

人能夠強迫別人成為奴隸，況且你們與這些罪犯之間也無冤無仇呀！」

「絕對不行！」官兵立刻予以拒絕，「這可是我們的職責，必須確實將這群囚犯押送到船上去服役才行。」

「對呀！快點戴好你頭上那頂可笑的銅盆滾開吧！」另一名官兵聽見唐吉訶德這番可笑的要求，忍不住說道。

「什麼！你竟敢嘲笑我神聖的黃金頭盔，你將為此付出沉痛的代價。」唐吉訶德生氣地說著，隨即舉起長矛刺向話語甫落的這名官兵。

「哎呀！」只聽見官兵慘叫一聲，從馬背上掉落下來，重重摔在地上。

其他三名官兵見狀，連忙衝過來想抓住唐吉訶德。但囚犯們動作更快，早就趁著行伍大亂，順勢從地上撿起大大小小的石頭攻擊官兵們。桑丘也在主人的指示下，從官兵身上搶得鑰匙，而且也解開了大盜希內斯的鎖鏈。

這下可好了，希內斯果然不是省油的燈，只見他身手矯捷地跳上馬背，把官兵一個個從馬背上推下來。眾囚犯立刻一擁而上，搶走官兵手上的武器，並踢打得他們抱頭鼠竄、倉皇而逃。

「嗯──雖然我不知道你救我們的目的為何，但還是要謝謝你，免去我十年的苦役。」希內斯對唐吉訶德說道。

「沒什麼，我只是在盡一個雲遊騎士的責任罷了。」唐吉訶德回答，「不過，有一件事請你們務必執行。那便是在你們離開之後，請先扛著鐵鏈到托波左去一趟，向我的愛人、也就是美麗的達辛妮亞，訴說我輝煌的戰績。」

「別開玩笑了，我們可是罪犯耶，躲都來不及了，怎麼可能一群人光明正大地走在路上，向官兵自曝行蹤。況且，還要我們把鐵鏈盤在身上？簡直是瘋了。」希內斯代表眾人說道。

「既然如此，」唐吉訶德怒氣沖沖地說，「我就把你們這群忘恩負義的傢伙重新鎖進鐵鏈，送到船上去服苦役。」

「那我倒要看看，你這所謂的騎士有沒有這個本事。」希內斯眼露凶光，一臉鄙夷地回答，「夥伴們，上！給這個瘋子一點教訓。」

眾人聽命，又紛紛彎腰撿起石頭，換了一個目標，繼續展開凌厲的攻擊。

唐吉訶德左閃右躲、無處遁逃，最後還從馬背上摔了下來，被罪犯們奪去身上的衣服和配件，就連桑丘的外套也被搶走了。然後這十二名罪犯才終於罷手，往四面八方逃去。

杜雷／版畫，1863年

唐吉訶德救了囚犯，竟一廂情願地要他們答應去見自己的愛人達辛妮亞，轉述他的輝煌戰績，但忙著逃命的囚犯哪裡肯做這等傻事？

杜雷／版畫，1863年

唐吉訶德好心沒好報，反遭凶狠至極的囚犯攻擊，連衣物都被搶走，下場實在很狼狽。

山中奇遇

桑丘忙著把這些被丟棄在路邊的金幣裝進自己的口袋，對於唐吉訶德的猜測，他只是隨便敷衍兩句。因為對桑丘來說，與其探討金幣主人的下落，還不如直接接收他的金幣來得實在哩！

「唉──」唐吉訶德發出一聲沉重的嘆息，「我該把你的話聽進耳朵裡去的。我解救這群墮落的人，就好像把水倒進大海，一點用處也沒有呀！」

「沒錯，騎士老爺。當初要是您肯聽我的勸，我倆就不會躺在地上哀號了。不過，現在不是後悔的時候，我們得趕快離開這裡，免得追捕隊的官兵帶救兵回來。若讓他們逮住，恐怕除了皮肉之痛，我們還得上船服苦役哩！」桑丘緊張地說道。

「的確，這些官兵恐怕是不懂得尊重騎士的。雖然我並不害怕與他們交戰，但既然你怕成這樣，我就應你的要求避開他們吧！」唐吉訶德說道。

「那麼，我們就到附近的黑山裡去好嗎？」桑丘徵詢主人的意見，「山裡有許多岩洞，我們可以帶著剩下的糧食，在洞穴中躲一陣子。」

「嗯──好吧，就照你的意思辦。」唐吉訶德接受了桑丘的建議，從地上爬起，稍微整理了一下身上所剩無幾的衣飾，之後便騎上馬往黑山走去。

天色變暗之際，兩人已然來到山林深處。唐吉訶德轉頭對桑丘說道：「今晚我們就在這樹林裡過夜吧！兩旁的巨大岩壁可以幫我們擋擋風。」

「是，騎士老爺，剛好我的肚子也在咕嚕咕嚕地唱歌呢！」桑丘回答。接著他便從袋子裡拿出食物來，兩人就著夜色，一邊觀察地形，一邊吃晚餐。

歷經了白天那一場大戰，再加上匆忙趕路，主僕二人感到相當疲憊。胡亂解決晚餐之後，他們便躺下來休息，才一會兒工夫，就聽見兩組鼾聲一應一答地相互唱和著。

雖然唐吉訶德主僕二人躲開了追捕隊的追緝，但霉運卻緊跟在他們後頭。原來，那群囚犯鳥獸散之後，便各自尋找出路，其中最凶猛、最狡詐的大盜希內斯也逃到黑山來了，而且就躲在唐吉訶德和桑丘休憩的樹林附近。所以，從他們倆進入樹林到休憩睡覺的一舉一動，他全都看得一清二楚。

「好啊，我的運氣來了。算他們倒楣，自投羅網替我送坐騎來。」希內斯觀察了一會兒，不禁喃喃說道，「這馬瘦巴巴的，別說騎來逃命了，恐怕連賣都沒什麼人要呢！唔──我看還是偷那匹驢子好了。」就這樣，桑丘仍沉浸在

杜雷／版畫，1863年

唐吉訶德仗義解救囚犯之舉弄巧成拙，由於擔心官兵回頭帶人追捕，這位騎士老爺於是聽從桑丘的建議，前往黑山躲避。

睡夢中時，他的驢子已經被人牽走了。

翌日一早，天色還濛濛亮，便聽見桑丘一陣大喊：「我的驢子、我的驢子呢？」原來，他經過一夜的酣睡，早早便神清氣爽地醒來。他想先餵飽牲畜，待主人一醒來，兩人就可以立刻動身了。誰知，他來到昨晚綁著牲畜的那棵樹下，只見洛基南特用馬蹄刨著地面，卻不見驢子的蹤影。

「騎士老爺、騎士老爺，不好了，我的驢子不見了！」桑丘神情慌張地跑到唐吉訶德面前說道。

「先別急，四周找找看，也許是繩子鬆了，牠跑進林子裡去了。」唐吉訶德打了一個大呵欠，伸伸懶腰，從草地上坐了起來。

「我到處都找遍了，就是沒瞧見牠的影子。嗚……嗚嗚……牠一定是被狼吃掉了，或者也可能掉進了山溝。」桑丘急得哭了出來，「牠可是我們全家人的寶貝呀！嗚……我該怎麼跟家裡的黃臉婆交代，這下我可慘了！」

「唔——」唐吉訶德不耐煩地說道，「你有點志氣好嗎？為一頭驢子就哭成那樣，丟不丟臉哪？等我們結束騎士冒險之旅後，到我家去領三頭小驢子當做

杜雷／版畫，1863年

主僕二人來到山林深處，決定在巨大的岩壁旁過夜；由於他們的衣物、外套都被
囚犯搶走了，有了這高聳的岩壁至少還能擋擋風。

杜雷／版畫，1863年

受了一整天的折騰，疲憊不堪的唐吉訶德和桑丘當晚早早就寢，渾然不知惡徒大
盜希內斯也逃入了黑山，趁他們主僕二人熟睡之際，伺機偷走了桑丘的驢子。

補償吧！」

「謝謝騎士老爺！謝謝騎士老爺！」桑丘聽見主人賞給自己三頭小驢子，立即破涕為笑，心想：「等我們這趟旅程結束，那三頭小驢子可能已經長成大驢子了。太好了，以一換三哩！」

一場鬧劇結束之後，主僕二人再度上路，往山林更深處走去。

「咦——那是什麼東西？桑丘你去看看。」唐吉訶德望向山路旁一團黑漆漆的東西說道。

「唔——我這就去。」桑丘塞了滿嘴的食物說道。這一路上，他跟在主人背後，就這麼邊前進、邊從袋子掏出東西來吃，以彌補失去寶貝驢子的遺憾。

他走到那堆東西前面，彎腰撿起地上的樹枝，用來翻了翻，原來是一副馬鞍和一只腐爛的皮箱。「哇！騎士老爺，是金幣耶！」桑丘高興地喊著。

「不要淨顧著拿金幣！趕緊把箱子整個翻開，看看裡頭還有些什麼。」唐吉訶德命令著。

「騎士老爺，還有幾件衣服，看起來質料不錯！嗯，還有一本記事簿，裡頭密密麻麻寫滿了字，不知道都寫些什麼？」桑丘回答。

「拿過來我看看。」唐吉訶德伸手接過桑丘遞過來的本子。他翻開第一頁，只見裡頭是一首十四行詩，寫著——

不知道我的愛意？
還是冷酷的心腸視若無睹？
抑或我自找罪受，
活該受到痛苦的煎熬？
命運之神已決定了我的死期，
無人找得到我的病因，
只有奇蹟才能把我治癒。

「嗯——這應該是一個被愛人拋棄的男子所寫的情詩，」唐吉訶德繼續往後翻了幾頁，「除了前面這首失魂落魄的詩，後面還有許多用散文寫的文章，你聽聽：

妳違背了我倆的誓約，使我落入悲慘的命運。今天，我離開了妳；日後，妳將先知悉我死亡的消息，再聽聞我對妳的怨言……

多麼哀怨的文字呀！這些東西應該就是他所遺留下來的。我猜，他不是傷心過度、選擇自殺，就是遇上山賊、被殺死，屍體給扔到山岩下去了。

「但我看第一種可能性比較高。您想想，哪有山賊不愛金幣，還留給別人去撿呢？」

桑丘忙著把金幣裝進自己的口袋，對於唐吉訶德的猜測，他只是隨便敷衍兩句。因爲對桑丘來說，與其探討金幣主人的下落，還不如直接接收他的金幣來得實在哩！

「說的也是，就讓你保有那些金幣吧！至於這本記事簿，就交給我保管，路途中也好解解悶。」唐吉訶德說道。

「太好了，騎士老爺，您眞是一位慷慨大方的主人哪！」桑丘開心地說道：「先前受到那麼多苦難，總算獲得一些補償了。」

待桑丘將全部的金幣都收進袋子裡後，兩人便繼續往前走。走沒多遠，突然，一道人影閃過他們的視線，有個滿臉鬍鬚、上半身赤裸的男子在岩石之間跳來跳去。

「站住！」唐吉訶德大聲喊著，但男子頃刻便消失在樹叢裡。

「我看，這個男人應該就是箱子的主人。」唐吉訶德說道。

「既然如此，我們還是趕快走吧！」桑丘著急地說，「煮熟的鴨子，我可不想讓它飛了哩！可別叫我把金幣還給他唷，騎士老爺。」

「小老弟，怕什麼呢？等我幹下一番大事業，還愁沒有成堆成堆的金子嗎？撿了別人的東西，本來就該物歸原主，這樣才能求得自己內心的安寧。」唐吉訶德笑著回答。

但是主僕二人在崎嶇不平的山路上追趕了半天，卻沒能再見到那名神祕男子的蹤跡，就連他的腳印都不得見。

「騎士老爺，您看，」桑丘指著前方的一具騾子屍體喊道，「這可能是剛剛那個人的騾子呢！」

唐吉訶德往前走去，看著躺在地上的騾子說道：「應該沒錯。眞慘，半個身體都被野狗給叼走了呢！」

突然，一群山羊從他們左側的山徑走了下來，有個上了年紀的牧羊人在後面緊跟著。「你們好啊！迷路了嗎？要不要我替你們指點一下路徑？」牧羊人親切地問道。

「謝謝您！我們沒有迷路，只是在找一個人。」唐吉訶德禮貌地回答著老人，「請問您在山上有沒有瞧見一個裸著上半身的男子？」

「噢——」牧羊人好奇地問，「你們找他有什麼事嗎？」

「我們在前面的山谷發現了一只皮箱，猜想是那個神祕男子丟的，所以想物歸原主。」唐吉訶德回答。

「那些東西丟在那兒已經有半年多嘍！幾乎每個牧羊人都見過，但大家都儘量避開它，怕引禍上身。」牧羊人

杜雷／版畫，1863年

唐吉訶德和桑丘意外發現了一只皮箱，但唐吉訶德對箱裡的記事本比較感興趣，便任由
桑丘拿取了裡頭的所有金幣。

杜雷／版畫，1863年

主僕二人在深山裡驚鴻一瞥，看見一名長滿鬍鬚、裸露上半身的神祕男子，不禁趕緊追上前去。

杜雷／版畫，1863年

唐吉訶德和桑丘沿路搜尋，一直沒能找到那名神祕男子，卻發現一具驢子死屍。

杜雷／版畫，1863年

正當牧羊人講述著神祕男子的故事時，藏匿在樹洞裡的山中野人登時現身了。

熱心地說道，「至於你說的那名神祕男子，我也曾經從其他牧羊人那兒聽說過他的一些事哩！」

「請您跟我們說說好嗎？」唐吉訶德熱切地要求著。

「其實我知道的也不多，」牧羊人回答，「聽說，半年前曾經有個年輕男人騎著一匹騾子到村裡去，向村民探聽山中最隱密之處，從此便失去蹤影。過了一陣子，有個牧羊人在山中牧羊，突然遭到山中野人的襲擊，身上所有食物都被搶去。這件事驚動了村民，大家組成一支自衛隊到山中尋找野人。找了好幾天，終於在一棵大樹的樹洞中找到他。

「沒想到他不但沒攻擊大夥，反而非常有禮貌地走出樹洞，向大家打招呼。

眾人一瞧，認出此人原來就是半年前的那名年輕男子，於是勸他不要再搶奪牧羊人的食物，若餓了，直接到村子裡去，村民自會供給他食物。

「但聽說，那人當時雖然對眾人說了許多感激涕零的話，可是他彷彿被瘋病纏身似的，病情時好時壞，經常一會兒對人謙恭有禮，一會兒又凶悍地衝出來搶奪路人的食物。」

「難道這村子裡沒有人肯替他請個醫生治療？」桑丘好奇地問。

「怎麼沒有？但前提是，要他自己願意接受醫治才行呀！」牧羊人回答。

就在三人聊著這名神祕男子時，當事人突然出現了。他從岩石間的縫隙鑽出，神情愉悅地朝他們走來。

24 神祕男子

只見山中野人一改先前的溫文儒雅，見著食物便立刻狼吞虎嚥起來。唐吉訶德、桑丘和牧羊人，三人站在旁邊看得目瞪口呆。「他一定是餓了好幾天了。」牧羊人同情地說道。

「你們好啊！」山中野人溫文有禮地向三人打招呼。

「你好！」唐吉訶德一邊回答，一邊迅速地從馬背上跳下，往前迎去。他伸出雙臂，緊緊擁抱山中野人，彷彿想藉由身體的接觸，將心中的關懷全部傳遞給他。

「嗯——對不起，這位先生，我們以前見過面嗎？」山中野人輕輕推開唐吉訶德。對眼前這名陌生男子過於親密的舉動，他感到有些難以招架。

「沒有。」唐吉訶德回答，「雖然我們是初次見面，但打從聽說你的事蹟起，我便在心中暗暗決定，一定要找到你，並爲你解決內心的煩惱。」

「謝謝你！你眞是一位仁慈善良的好人。但在我陳述煩憂之前，可否先給我一些東西吃？」山中野人說道。

聽見山中野人的要求，桑丘不等主人吩咐，立刻從糧食袋掏出所剩無幾的食物，跟牧羊人一起拿出來的乾糧和麵包同時遞給他。

只見山中野人一改先前的溫文儒雅，見著食物便立刻狼吞虎嚥起來。唐吉訶德、桑丘和牧羊人，三人站在旁邊看得目瞪口呆。「他一定是餓了好幾天了。」牧羊人同情地說道。

不一會兒，山中野人便把所有的食物都掃進肚裡去了。他抿抿嘴，心滿意足地對三人說道：「走吧！跟我去一個地方，我跟你們說說我的悲慘故事。」

山中野人將他們帶到小溪邊的斜坡。待四人傍著山壁並排坐下後，他便開始說道：「我叫做卡爾德尼，出生於安達魯西亞的某個城鎮，家境還算富裕，雙親都是地方上有名望的人士。噢，對了，有件事我要先交代一下，當我敘述自己的故事時，請你們切勿插嘴。倘若我被人打斷，便無法再繼續往下說了。」

「放心，我們絕不會擾亂你的，請你繼續說下去吧！我實在非常好奇，你怎麼會到這黑山來。」唐吉訶德回答。

「唉——」卡爾德尼嘆了長長地一口氣，說道，「如果、如果我從未認識費南多就好了。你們一定很好奇，這個叫費南多的是誰吧！不過，整件事我得從頭說起，才能讓你們聽得明白。」

「在我出生的故鄉，有個美麗溫柔的女子，名叫露芯達。我倆是青梅竹馬，

杜雷／版畫，1863年

山中野人向唐吉訶德等人訴說自己悲慘的愛情故事，聽者全都屏氣凝神專心聽著。

從小就玩在一塊兒，雙方的家長也都相互熟識，並默許了我們的書信交往。

「原本一切都進行得很順利，我們甚至已經談到結婚的事。但錯就錯在我擱下婚事，先進了西班牙最有權勢的貴族里嘉圖公爵宅邸工作，擔任他大公子的隨身侍從。就在那裡，我遇見了費南多，他是里嘉圖公爵的二公子，為人豪爽，對我也很好。不久，我們就變成無話不談的好朋友。

「有一天，費南多神情憂鬱地對我說：『我為了一個農家女，和父親鬧得很不愉快，真想離開這裡。』聽見他這麼說，我突然想到可以邀請他到家鄉作客，我也能順便見到朝思暮想的愛人。於是，我便開口邀請他，而他也很爽快地答應了。

「唉──我哪裡知道原來費南多是個花花公子。他早就和那名農家女有了非比尋常的親密關係，並且為了逃避責任和父親的責備，才會這麼樂意隨我去故鄉躲一陣子呀！

「就這樣，我毫無戒心地熱情招待他，還把露芯達寫給我的書信給他看。最糟糕的是，我竟然帶他去認識露芯達。當他見過露芯達之後，便深深為她的美貌著迷，三番兩次向我打探她的事情。當時，我竟然笨得一點也沒察覺他的企圖？

「總之，自從他見過露芯達之後，便常常要我將她寫來的書信唸給他聽。記得有一回，露芯達向我借《高盧的

無情的美女
迪克西(Frank Dicksee, 1853～1928) / 油彩‧畫布,1902年 / 英國布里斯托市立畫廊

騎士和美女之間的愛情故事向來受到大眾喜愛,只是沒有人像唐吉訶德如此沉溺著迷。

阿馬迪斯》,因為讀騎士小說是她的嗜好⋯⋯」

「真的嗎,我也很喜歡讀騎士故事呢!由此看來,她應該是一位非常聰慧的小姐。」唐吉訶德興奮地衝口而出,竟忘了先前的承諾。

「⋯⋯」只見卡爾德尼低頭不語,不再往下說。

「啊!對不起,請恕我一時衝動,打斷了你的話,能否請你再繼續說下去呢?」唐吉訶德察覺自己的失態,連忙向卡爾德尼道歉。

就在此時,說時遲那時快,卡爾德尼撿起一顆石頭丟向唐吉訶德,正好打中他的胸膛。

「哎唷!」唐吉訶德慘叫一聲,登時仆倒在地。

「快住手!」桑丘嚇了一跳,正想出拳制止卡爾德尼,反而被他推倒在地,緊接著肚子便受到連番踩踏,痛得他哀號不已。

牧羊人也沒能倖免,被這野人當成馬兒來騎。收拾了三個人之後,卡爾德尼便拍拍褲子,頭也不回地離開了。

光屁股騎士

唐吉訶德迅速脫下盔甲、褲子，在草地上跳來跳去，一會兒仰頭大叫，一會兒又雙腳倒立，露出光禿禿的屁股。看完這場瘋狂的表演，只見桑丘搖搖頭，不可置信地說道：「老天哪！我的主人真的瘋了。」

「快、快！」唐吉訶德從地上爬起，大喊道，「桑丘，我們快點去追他！我還想聽下面的故事呢！」

「哎呀，騎士老爺，他早就跑得不見蹤影啦！」桑丘揉揉肚子，語氣無奈地回答。

「對呀！他的腳程可快著哩！」牧羊人說道，「你要是有心想聽完整個故事，恐怕得翻山越嶺去找他嘍！我還要趕羊，就此與你們分別了。」

牧羊人離開之後，唐吉訶德和桑丘便往山中最崎嶇的地方走去。唐吉訶德一心一意想找到卡爾德尼，以知道故事的後續發展，但桑丘卻一點興趣也沒有，只聽見他語帶埋怨地說：「騎士老爺，別人的事情我們幹嘛知道那麼多？何況是各說各話的感情問題，我們更不方便插手吧！」

「你懂什麼！」唐吉訶德生氣地說，「身為一名雲遊騎士，路見不平怎能放手不管？眼睛放亮一點，仔細找找卡爾德尼到底藏在哪裡。」

「騎士老爺，我們幹嘛自找罪受？如果我們找到他時，他剛好又犯起瘋病，我們豈不是又得挨他一陣毒打？何況，

除了在山裡胡亂打轉，我們就沒有其他事可做了嗎？」桑丘說道，仍試圖改變主人的心意。

「唉，小老弟，」唐吉訶德無奈地回答，「我就老實告訴你吧！我之所以留在這黑山中，並不只是為了尋找卡爾德尼，聽聽他的愛情故事而已。主要目的，乃是要在這裡成就一番大作為，讓全天下的人知曉我——拉曼查之唐吉訶德的偉大名聲。」

「那麼，我們即將展開一場大冒險嘍！」桑丘心驚膽顫地問道。

「嗯——我看，」唐吉訶德平靜地說道，「還是先跟你說說阿馬迪斯的故事，再來說明我即將從事的冒險行動。」

「想必你也聽說過，高盧的阿馬迪斯是騎士中的精英，他勇敢、堅毅、聰敏，且善於分辨是非善惡。因此，我選擇他做為自己效法的對象。

「當初，他曾經因為愛人奧麗雅娜的刻意疏遠，而隱遁到深山裡去。現在，上天讓我有機會深入這座黑山，正好可以效法阿馬迪斯的行徑，在山中磨練一番。」

聽到這兒，桑丘忍不住插嘴問道，

杜雷／版畫，1863年

唐吉訶德執意要找到山中野人，聽他說完下半段故事，但少了坐騎的桑丘不免抱
怨叨念如此這般在山裡亂轉實在沒有意義。

杜雷／版畫，1863年

唐吉訶德決心仿效偉大的騎士阿馬迪斯，在深山中孤獨承受愛情帶來的思念折磨。

「這阿馬迪斯隱居在深山裡時，都做些什麼事呢？」

「嗯──不外乎悲傷、哭泣，埋怨奧麗雅娜的冷酷無情吧！」唐吉訶德回答。

「那麼，騎士老爺，你根本不需要學他呀！因為達辛妮亞小姐並不曾公開表示討厭你啊！」桑丘說道。

「正因為如此，我的行為才更加有意義啊！」唐吉訶德解釋道，「你想，她尚未嫌棄我，我就已經痛苦萬分，若她真的開始嫌棄我，我不就傷心地連命都可以不要了嗎？這可以充分顯示我對她的情感是多麼真摯感人！」

桑丘見唐吉訶德心意已定，便不再相勸，但他突然想到：「咦？當騎士老爺在為愛人傷心悲嘆時，我該做些什麼呢？總不會叫我站在旁邊發呆吧？」

但不等桑丘開口發問，唐吉訶德又接著說道：「至於我這場冒險是勝是敗，就要看你了。」

「什麼！我？」桑丘嚇了一大跳，連忙問道，「您為何這麼說呢？」

「因為在我待在山裡的這一段日子，我將派你前去托波左拜見達辛妮亞，將我所寫的一封滿懷愛意的信交給她。而她交給你的回信將決定我是生或死。如果她回應了我的愛情，我便能夠以勝利者的姿態走出黑山；但若那是封拒絕的書信，我便會繼續留在山中，每日以淚洗面，最終痛苦不堪地孤獨死去。」唐吉訶德說道。

「那好吧！」桑丘說道，「既然您如此決定，就請您把洛基南特借給我，否則若要我單靠這雙腿去送信，等我回來時，您恐怕早就餓死在山裡了。」

「沒問題。」唐吉訶德說完，馬上拿出卡爾德尼丟棄在山中的記事本，從裡頭選擇一面空白頁，開始埋頭寫著──

美麗的達辛妮亞，我的摯愛：

與妳分別已有數月之久，這段期間，我四處漂泊，歷經了無數次艱難的冒險，並贏得多場勝利。我心中對妳的

強烈思念，並不因距離遙遠而稍有減損，反而與日俱增，已經到了茶不思飯不想的境地。

懇求妳同情我，接受我這顆熱情的心；若妳仍決意拒絕，我只能藉死來表明我的心意。

把生命交付予妳的苦臉騎士敬上

信寫好之後，唐吉訶德將信的內容也唸一遍給桑丘聽，並對他說：「你要好好記住信的內容，萬一半路上不小心弄丟了信，就將我寫的內容一字不漏說給達辛妮亞聽。」

「天哪，騎士老爺，這不是要我的命嗎？」桑丘大叫，「這輩子除了自己的名字，還沒有哪個東西能在我的腦袋裡待上一分鐘哩！」

「好吧，那你千萬要把信保管好。」唐吉訶德皺著眉頭說著，一臉不放心的表情。

「對了！騎士老爺」桑丘問道，「我要把信送到托波左的什麼地方？我並不知道達辛妮亞小姐住在什麼地方呀？」

「嗯——」唐吉訶德想了一下，回答道，「你就把信送到勞倫斯家吧！」

「勞倫斯？您說的那位達辛妮亞小姐，莫非就是勞倫斯先生的女兒——愛朵紗‧勞倫斯？」桑丘驚訝地問。

「沒錯！就是她。她母親的名字是雅丹沙。」唐吉訶德回答。

「可是，我所知道的愛朵紗‧勞倫斯可不像您形容的那麼溫柔美麗哩！」桑丘感到啼笑皆非，「她呀，嗓門大得不得了，我曾經聽過她喊叫工人的聲音，哇，那可是百里之外都聽得見哩！嘿嘿嘿——而且呀，她的身材又高又壯，根本稱不上纖細柔美。」

「閉嘴！」唐吉訶德被桑丘這番嘲笑的話給激怒了，忍不住大聲吼道，「你知道什麼，你看見的是被壞魔法師施過法術之後的達辛妮亞，你根本沒見過她真正的容貌。」

過了一會兒，等氣稍微消了點，唐吉訶德才繼續說道：「好了，在你離開之前，請先觀賞我施展幾招瘋狂的舉動，以便如此向達辛妮亞訴說：『我英勇無比的主人——拉曼查之唐吉訶德，因為對妳思念過度而變得瘋癲了。』」

話一說完，唐吉訶德便迅速脫下盔甲、褲子，在草地上跳來跳去，一會兒仰頭大叫，一會兒又雙腳倒立，露出光禿禿的屁股。

看完這場瘋狂的表演，只見桑丘搖搖頭，不可置信地說道：「老天！我的主人真的瘋了。」然後便跨上洛基南特，朝目的地前進。

杜雷／版畫，1863年

為表現自己思念愛人到幾乎要發狂，唐吉訶德脫掉盔甲和褲子，表演雙腳倒立，
成了光屁股騎士。

26 神父的計謀

我們可以偽裝成一個落難公主和她的隨身僕人，刻意坐在他必經的路上。待他出現時，哀求他為我們報仇雪恥。我相信吉哈達先生一定會一口答應，因為騎士是不能拒絕幫助弱者的。

　　桑丘離開之後，唐吉訶德也結束瘋狂的舉動，他思考著，「在等待的日子裡，我該做些什麼事呢？嗯——先模仿阿馬迪斯向上天禱告好了。」於是，他靜靜地坐下，在草地上誠心禱告，祈求上天讓他忠實的隨從帶回好消息。

　　接下來的日子裡，唐吉訶德寫了好幾首詩，內容不外乎思念、苦惱、哀嘆……，其中有一首是這樣寫的——

噢，參天巨木，嫩綠芳草，
生長在山林深處，
若願為我解去心中煩擾，
就請細聽我泣訴悲傷事。
但切莫受我哀痛的影響，
致使你們葉兒落青草枯。
藉淚水來洗淨我心坎的愁悶，
這全是因為我與托波左的達辛妮亞相隔
遙遠。

　　這首詩算是語意比較清楚明瞭的一首，其他的就不一一贅述了。

　　另一方面，桑丘身負主人重託，正一路騎著洛基南特往托波左前進。翌日，他已然來到先前在此受辱的那家旅店，被眾人惡意拋擲取樂的陰影仍盤據在他心中。「哎呀，怎麼又來到這兒？」他不禁暗自祈禱，「希望沒人認出我才好。」

　　但偏偏事與願違，當你越想逃避某些事，它反而越會黏著你。就在他準備經過旅店大門的當兒，一個聲音喊住他：「桑丘‧潘薩兄弟，請停下腳步，我們有話問你呢！」他看見兩個人匆忙跑出了旅店，原來是唐吉訶德的好友——神父和理髮師。

　　桑丘與他們住在同一個村子，這兩個人他自然是認得的。於是他勒住洛基南特的韁繩，露出尷尬的表情問道：「有什麼事嗎？貝瑞斯神父、尼古拉斯先生。」

　　「我們想向你打聽吉哈達先生的下落，聽說，他與你一塊兒離開了村子。」神父問道。

　　「噢——請恕我無法奉告，」桑丘回答，「唐吉訶德先生曾經交代我，不可以向任何人透露他的行蹤。」

　　「真的是這樣嗎，莫非你已經殺了他，不然洛基南特怎麼會在你手裡？大家都知道，牠可是吉哈達先生的愛馬

騎士遊俠
米雷(John Everett Millais, 1829～1896) / 油彩・畫布，1870年 / 英國倫敦泰特畫廊

所謂「遊俠」是中世紀騎士小說裡經常出現的人物，指的就是像唐吉訶德這類的人，他們遊遊四海、懲凶扶弱，藉著冒險旅程證明自己是一位真正的騎士。

哩！」理髮師語帶威脅地說道。

「什麼？」桑丘驚駭地回答，「請你不要亂說，我才不是一個殺人犯，確實是騎士老爺要我保密的呀！若不信，你們自己到黑山去問他，自然就會明白了。」

「這麼說來，吉哈達先生是在黑山裡嘍！」理髮師開心地說道。

「噢，老天，我怎麼會這麼不小心，一下子就暴露了騎士老爺的行蹤？」桑丘握拳猛捶自己的頭，感到懊惱不已。

「我說桑丘・潘薩兄弟，」神父說道，「你也無須自責，我們這趟出遠門，就是為了尋找在外頭流浪的吉哈達先生，也就是你說的唐吉訶德騎士。你跟著他也有一段時間了，應該發現他有些瘋癲，這都是因為他過度沉迷於騎士小說的緣故。若我們不早點把他帶回家醫治，只怕他會做出危險的事來呀！」

「是啊，如果你能幫助我們把吉哈達先生帶回村裡去，便是做了一件天大的好事哩！」理髮師說道。

「唔——」桑丘支支吾吾地說，「依我的觀察，騎士老爺有時的確會說些瘋話，也常做出一些傻事，但根據他的說法，那都是被壞魔法師施法的緣故呀！不過，讓騎士老爺回家也是個不錯的主意，這樣我就不用害怕再挨拳頭，也能

提早領到那三頭小驢子了。」

神父見桑丘傻呼呼的，對於騎士故事彷彿也有那麼點相信，因此對他說道：「是呀、是呀！我保證，只要你帶我們去黑山找到吉哈達先生，並且順利將他帶回家，我一定會要他的姪女馬上把三頭小驢子送給你。」

「那好吧！待會兒我就帶你們去找他。但在我們出發之前，能否請你們到店裡幫我買點熱食，我已經好一陣子

沒吃到熱騰騰的食物了，舌頭想念得緊哩！」桑丘說道。

「我們何不進到店裡面，我招待你吃一頓豐盛的大餐。」理髮師說道。

「不了、不了，我比較喜歡待在外面，你們隨便替我弄點吃的就行了。」桑丘連忙揮手婉拒，他可不想再見到旅店老闆那張臉！

神父和理髮師雖然覺得奇怪，但也沒多說些什麼，只是按照桑丘的要求，幫他拿了一些吃的東西。三人坐在旅店外頭，一邊吃東西，一邊聊著唐吉訶德最新的冒險計畫。

「那麼，你這回是準備替吉哈達先生送信到托波左給達辛妮亞小姐嘍！」神父問道。

「是啊！」桑丘驕傲地回答，「這可是一項極為重要的任務哩，關係著騎士老爺的生死。」

「我想到一個好主意！」神父高興地說，「就讓達辛妮亞小姐當餌，把吉哈達先生釣回家吧！」

「你的意思是……？」理髮師問道。

「我們可以先請桑丘‧潘薩告訴吉哈達先生，就說達辛妮亞看了他所寫的信之後非常感動，有番心裡話要對他說，請他親自到托波左走一趟。」神父接著又說，「然後，我們再偽裝成一個落難

公主和僕人，坐在他必經的路上。待他出現時，哀求他為我們報仇雪恥。我相信吉哈達先生一定會一口答應，因為騎士是不能拒絕幫助弱者的。」

「等他上鉤我們便直接把他帶回村子裡去，對吧！」理髮師恍然大悟地說。

「沒錯、沒錯！就是這樣。」神父笑著說道。

有了這麼一個計畫周詳的主意，三人都想立刻執行。於是，桑丘趕緊吃著食物，神父和理髮師則進入旅店向老闆娘討教化妝的方法，並向她借了一套裙裝和一把假鬍子。

前往黑山的路上，神父問著桑丘：「這一路上，你隨著主人冒險，到底都做過哪些事？」

「很多啊！」桑丘回答，「跟風車、白衣騎士和羊群大戰、奪取黃金頭盔、解救一群囚犯……嗯，還碰上癡心漢為牧羊女殉情的事、遇上山中野人等。」桑丘把他們主僕從離開村子到黑山這一路上的所有冒險事蹟，都一一加以說明。唯獨漏掉自己在旅店被夥計們作弄拋上拋下的那件事。

神父聽了，不禁連番搖頭說道：「我看吉哈達先生的瘋病，可真是越來越嚴重了。桑丘‧潘薩兄弟，可不可以把你原本要送去給達辛妮亞小姐的那封

信，拿給我們看看？」

「噢——我找找看，」桑丘摸遍身上所有的口袋，就是找不到那封信，「奇怪？我明明記得擺在身上，到底放哪裡去了？」

「不然，既然你說曾經聽吉哈達先生唸過內容，就直接口述吧！」理髮師說道。

「讓我想想，」桑丘為難地說。他左思右想，絞盡腦汁，終於想出了一兩句，「什麼『我的摯愛，四處漂泊，冒險，思念，茶不思、飯不想』啦，又是

要『藉死表明心意』啦這類的話。」

「嗯——好像還滿像回事的。」神父憂慮地說道。

就這樣，三人一路聊著天，轉眼已經來到黑山。

「你們就先留在這裡等候吧！我先去探探騎士老爺的想法，看能不能直接把他引到這邊來，你們也好省去一番深入山林的氣力。」桑丘說道。

「也好！我們就留在這邊，練習一下假扮成落難公主時的臺詞吧！」神父回答。

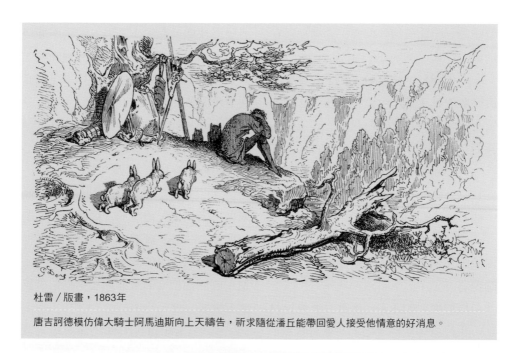

杜雷／版畫，1863年

唐吉訶德模仿偉大騎士阿馬迪斯向上天禱告，祈求隨從潘丘能帶回愛人接受他情意的好消息。

27 心碎的婚禮

新娘身上的禮服相當華麗，金黃色的頭髮裝飾著閃閃發亮的寶石，將露芯達宛如天使的美麗臉孔襯托得更加耀眼，令人不禁怦然心動。她走到神父面前，低著頭站在費南多身旁，當時費南多看她的眼神……噢！我恨不得衝過去殺死他。

目送桑丘進入山林深處之後，神父和理髮師便從騾背上下來，走到清澈的溪邊，餵騾子喝了些水。然後，兩人找到一處樹蔭，舒舒服服地躺下來休息。

正當兩人準備編造落難公主的臺詞時，突然聽見一陣悅耳的歌聲，歌詞像由一首首悲傷的詩所組成，不斷泣訴著背叛、失戀的痛苦。

「這唱歌的人，歌喉還真是一級棒呢！」理髮師說道。

「是啊！沒想到在這麼偏僻的地方，竟能聽到宛如天籟的歌聲。」神父附和地說。

兩人靜靜地躺著，又聽了一會兒，直到歌聲越來越小，直轉成隱隱約約的哭泣聲。此時神父開口說道：「走吧！我們去瞧瞧那個唱歌的人。」

他們離開樹蔭，循著哭聲傳來的方向找去，終於在一塊岩石的背後，看見一個形容枯槁、眼神渙散的年輕人。

「我猜，這個人應該就是桑丘·潘薩提過的那個山中野人卡爾德尼。」理髮師說道。

「我也這麼認為，我們去跟他說說話，也許能夠幫他一把。」神父回答。

神父隨即走到卡爾德尼身邊，說道：「你的歌唱得可真好聽，這樣才華出眾的年輕人卻隱沒在這荒山野嶺無人聞問，真是太可惜了。不如，你跟我們一塊兒下山好嗎？」

卡爾德尼聽見聲音，原本低垂在兩腿之間的頭顱抬了起來，發現有兩個陌生人站在自己面前，不禁回答：「陌生人哪，你們又怎能了解我內心的痛苦。要我回到人群之中面對眾人不屑的眼光，倒不如留在山林裡挨餓受凍，我反而覺得快樂一點呢！不過，這也不能怪你們，因為你們並不知道我的過去呀！倘使你們聽過我那段悲慘的往事，想必便不會再勸我振作起來的。」

「那就請你說給我們聽聽吧！這樣我們便能斷了要你擺脫山林生活的心意。」神父道。

「也好。」卡爾德尼回答，「我叫做卡爾德尼，出生於安達盧西亞的某個城鎮，……」就這樣，卡爾德尼把他曾對唐吉訶德說的故事，又從頭說了一遍，直到他把《高盧的阿馬迪斯》借給露芯達那一段。

「……還記得有一回，露芯達向我

借《高盧的阿馬迪斯》，讀騎士小說是她的嗜好，因此我立刻把書交給她。過了幾天，她差遣一名貼身女侍把書送回來，裡頭夾著一封信，寫著——

親愛的卡爾德尼：

你的愛，我未曾有過一絲懷疑。在你遠離故鄉，前去里嘉圖公爵宅邸任職的期間，思念宛如巨浪，時時擊打著我的心扉，讓我更加堅定與你共度人生的信念。現在該是你履行誓約的時候了：我的父母都很愛我，只要你請伯父來我家提親，相信他們都不會拒絕才對。

深愛你的露芯達

「當我讀這封信時，費南多就站在我旁邊，也跟著看了信的內容。當時，他一臉不解地對我說道：『卡爾德尼，你有這麼一位美麗的愛人，怎麼會拖到現在還不跟人家結婚呢？』

「『費南多，你有所不知。我何嘗不想早些把露芯達娶進門，但是我的父親卻希望我先立業、再成家。因此，我才會一直拖到現在。』卡爾德尼無奈地回答。」

「『這樣好了，我去跟你的父親說說，勸他先讓你與露芯達結婚。至於事業，只要你跟在我父親和哥哥身邊，一

定會有功成名就的一天呀！』費南多鼓勵地說道。

「聽到費南多的這番話，我開心得差點跳起來。當時，我根本不知道他是個卑鄙的小人，因此接受了他的另一個要求——也就是，在他勸說我父親的那段期間，我先回公爵家向大公子請領款項，說是要拿來購買六匹駿馬。

「我實在太愚蠢了，掉入他的陷阱還不自知。記得出發的前一晚，我還高高興興地跑去找露芯達，告訴她公爵的二公子費南多要出面幫助我們的好消息。但不知是否感覺到了什麼異樣，原本性情樂觀開朗的露芯達，聽完我的話之後竟莫名其妙流下了眼淚。問她，她也說不出個所以然。就這樣，眼淚竟預示了我倆的分離。

「回到公爵家，大公子彷彿故意似的一直不肯給我買馬的錢。我雖然急得像熱鍋上的螞蟻，但面對這些權貴卻也無可奈何，只能焦急地空等。有一天，一位來自故鄉的人，拿了一封信到公爵家給我，上頭寫著——

我的摯愛卡爾德尼：

當你看到這封信時，我可能已經成為你好友費南多的妻子了。他欺騙了你，自己來到我家向我父親要求婚事。

而我的父母，則由於對方的家世是有錢有勢的貴族，便很高興地同意了。婚禮就訂在兩天之後，你能否趕在婚禮舉行前回來呢？

　　　　　　心急如焚的露芯達

　　「這封信宛如晴天霹靂，幾乎讓我昏厥過去。『怎麼會這樣？露芯達除了要你送來這封信，還有沒有說些什麼？』我急不可待地詢問送信人。

　　「『沒有！這封信是一位小姐偷偷從二樓窗臺遞給我的。當時我正好從樓下經過，她叫住我，請求我把這封信拿給你，並給了我一些錢。我因為同情她，噢，當時她的臉色蒼白得要命，雙眼也哭得紅腫，於是我便快馬加鞭地將信送過來給你了。』送信人說完，便頭也不回地走了。

　　「『費南多！你這個可惡的魔鬼！』我在心中狂烈地咒罵著，並立即跳上驢子，奔往故鄉。我心急如焚，一分鐘也不敢停下，總算趕在婚禮舉行的前一刻到達。

　　「『露芯達！露芯達！』我跑到窗臺下，朝她的房間著急地喊著。終於，她推開窗戶露出臉來。但她看到我，臉上卻無一絲喜悅，反而冷冷地說道：『你來得太遲，一切都來不及了，卡爾德尼。婚禮就要開始了，所有的人都在大廳等我。但請你相信我，我會以死來誓守對你的諾言。』說完，她便關上窗戶消失了。

　　「我不甘心就這麼失去她，於是偷偷地溜進房子，躲在大廳的窗簾後頭，從縫隙窺看即將讓我心碎的一場婚禮。

　　「不久，可惡的費南多進來了，穿著竟和平日無異，他顯然並不特別重視與露芯達的結合。露芯達的表哥跟在他後面，看來準備當婚禮的男儐相。

　　「漸漸地，觀禮的人逐漸多了起來，卻大半都是女方的親戚。『伯父、伯母啊──你們睜眼看看，費南多根本就不重視這椿婚姻，你們為了貪圖富貴，竟然狠心出賣自己女兒的幸福。』當時，我內心雖然不斷吶喊著，卻沒有勇氣出面阻止，所以此刻我必須為自己的儒弱付出痛苦代價……」

　　說到這裡，卡爾德尼停頓了一下，臉孔因過度自責而扭曲。神父和理髮師謹記著唐吉訶德被毆打的教訓，所以依舊保持著沉默，以免引發他的瘋病。

　　還好，卡爾德尼的思緒仍然清醒，過了一會兒，他又開始說道：「我躲在窗簾後頭，看著所有的人忙進忙出，熱鬧滾滾地準備婚禮，內心實在有如刀割，痛苦不已。我真後悔，如果早一點

杜雷／版畫，1863年

露芯達從二樓陽臺託人送信給愛人卡爾德尼，信中泣訴卡爾德尼遭到好友背叛，那可恨的公子哥兒費南多即將迎娶自己。

向露芯達求婚，如果沒有引狼入室，如果……但現在就算知道一千個『如果』也無濟於事了。

「突然，一陣喧譁打斷我的思緒，我悄悄拉開窗簾往大廳望去，『啊！多麼美呀！』我不禁發出一聲讚歎──露芯達在兩位侍女的攙扶下，緩緩步入禮堂。新娘身上的禮服相當華麗，金黃色的頭髮裝飾著閃閃發亮的寶石，將她宛如天使的美麗臉孔襯托得更加耀眼，令人不禁怦然心動。她走到神父面前，低

著頭站在費南多身旁，當時，費南多看她的眼神……噢！我恨不得衝過去殺死他。可惜，當時我沒有那麼做，唉！」

卡爾德尼再次停頓，接著又續道：「等他們兩個都站定位置之後，我便聽見神父開口問道：『露芯達，妳願意成爲費南多的新娘，終生遵守對上帝的誓約嗎？』

「『嗯……』露芯達先是猶豫了一會兒，接著便以顫抖的聲音回答，『我願意。』聽見她說出這三個字，我的心

杜雷／版畫，1863年

昏厥過去的不只是新娘露芯達，接連遭遇友情的不堪考驗、愛情的背叛傷懷，更是令卡爾德尼受傷的心一直無法清醒過來。

崔斯坦與伊索德
沃特豪斯(John William Waterhouse, 1849～1917)
／油彩・畫布，1911年／私人收藏

騎士崔斯坦的故事在中世紀廣為流傳，描述的正是
騎士一生為愛情所苦的悲劇。

霎時揪痛不已。此時，我又聽見費南多高興地說『我願意！』

「聽到了這些話，讓我連一分鐘也無法再待下去。於是，我轉身從窗戶跳了出去，像逃難般遠離婚禮現場。在離開的當兒，依稀聽見眾人一陣驚呼，好像是露芯達昏倒了。但是我再也不願回頭去看，便這樣遠遠離開了自小與露芯達相識、相知、相戀的故鄉。

「露芯達的背叛，讓我失去了生存的勇氣。我騎上驢子，頭也不回地往深山裡去，打算在山林中放逐自我。如果上天要我死，我便死；倘若上天讓我活，我就活。但我一定要徹徹底底遺忘過去，否則即便是活著，也只是一具沒有靈魂的軀體罷了。

「所以，別試圖勸我回到人群中，因為那會使我想起愛人的背叛，想起友情的虛假，想起充滿謊言的人生……」

卡爾德尼陳述了悲傷的過往後，便安靜下來，深深陷入愁緒之中。

28 愛情騙子

就這樣，我既無力抵抗費南多的力氣，又被他的甜言蜜語所軟化，終於在聖母像和女僕的見證之下，成為了他的人。翌日晚上，費南多又再度潛進我的臥房，但自那之後，我便再也沒有見過他了。

神父和理髮師聽了卡爾德尼不幸的愛情故事，不禁為他掬了一把同情之淚。正想開口安慰他，忽然聽見附近傳來一個悲哀的聲音：「蒼天哪！感謝您賜予我這一片隱蔽的山林，讓我可以安心待在這兒對山石樹木傾訴愁思。對於人，唉，我再也無法相信這世上還有善良的人可以指引我、安慰我，甚至將我從痛苦的深淵拯救出來。」

這番話說得如此哀怨神傷，激起神父、理髮師和卡爾德尼三人強烈的好奇心，於是他們不約而同站起身來，往聲音傳出的方向找去。

走了約莫二十步，便在一塊大岩石後方看見一個年輕的農夫正彎著腰、坐在溪邊洗腳。只見那雙腳白皙得活像透明水晶，深深吸引三人的目光。

年輕人洗完腳後，從腰際解下一條白毛巾專心地擦拭著，並未發現後方來了三個人。擦乾腳上的水珠後，只見他握緊雙手，用力扭乾毛巾，再重新綁回腰上。

然後他抬起頭，摘下頭上的帽子——站在後方窺視的三人，不約而同發出一聲低嘆：「好美呀！」原來，這位農夫裝扮的年輕人是個絕色美女，在她拿下帽子的同時，一束金黃秀髮宛若飛瀑躍下，覆於她美麗的背脊直達腰際，那眩人眼目的光彩，恐怕連太陽神阿波羅都要自嘆弗如了。

「奇怪了！這麼一個漂亮的女子，怎麼會打扮成農夫模樣獨自待在深山呢？我們過去問問，或許她需要我們的幫助！」神父對其他二人說道。理髮師和卡爾德尼皆點頭贊成，於是三人走向前去，打算和女孩攀談。

此時，女孩正用手指輕輕梳理頭髮，當聽見一陣腳步聲從後方傳來，不禁嚇得跳起身，隨手抓住身旁的一個小布包拔腿就跑。可是溪邊的小石頭又尖又硬，她赤著雙腳跑沒幾步便絆倒了。「哎呀！」只聽見她驚叫一聲，隨即跌倒在地上。

三人連忙趕上前去，神父向她說道，「妳別怕，我們不是壞人，只是路過此地，剛好聽見妳的哀嘆，想過來幫助妳罷了。」

女孩望著眼前三個陌生男子，心中充滿疑惑與恐懼，只是不住地顫抖。「既然你們沒有惡意，又為什麼要追我

呢？」女孩害怕地問道。

「妳千萬別誤會。」神父趕緊回答，「我們是看妳摔倒了，怕妳受傷，所以才跑過來看看。如果妳不想接受我們的幫忙，我保證，我們絕不會阻止妳離開。妳就別再慌張地亂跑了，這樣很容易受傷的。」

「我就姑且相信你們的好意吧！」女孩說道，「反正，我也沒有什麼好失去的了。親人、愛人、名譽……唉，何況就算你們知道了我的悲慘遭遇，也無法免去我的痛苦。只求你們千萬別把我的事說出去就行了。」

「如果妳願意告訴我們，我們一定會盡力想法子幫助妳，而不會將妳的私事傳揚出去。」神父回答。

「那好吧，先讓我穿上鞋子再說。」女孩說著，接著便從地上爬起。她拍拍身上的沙子，重新回到溪邊，找了一顆大石頭坐下，一邊穿上鞋襪。神父和其他二人也分別找了個地方坐下，準備聆聽女孩的故事。

「我叫做多蘿賽亞。在我的故鄉，有一位西班牙貴族名叫里嘉圖。他有兩個兒子，大兒子無論個性或為人都承繼了他的父親，而且是家業的合法繼承人。至於小兒子，唉，他究竟承繼了什麼，我想恐怕只有狡詐和虛偽吧！而他，

就是我所有痛苦的根源。」女孩開口說道，語氣中滿是哀嘆。

聽到「里嘉圖」這名字，卡爾德尼的心不禁震盪了一下，對於接下來的故事，他心裡已經有了底，但他並未多說什麼，只是靜靜地聽著。

女孩接著又說：「雖然我的雙親只是里嘉圖公爵統轄領地內的普通百姓，但他們是十分有錢的。而由於我是獨生女，家中產業未來將全數由我繼承，因此自小我便接受了很好的教育和照顧。長大之後，我不但善於管帳、管理，家中大大小小的事更要經過我的同意才能辦理。閒暇之餘，我喜歡讀書和彈琴，以此消磨時間。」

「或許，你們會覺得我說這些話是想炫耀自己的能耐，其實不然，我只是想告訴你們，以前那麼美好的生活對比於我現在的境遇，實在很不堪呀！

「當時，我每天都很忙碌，父母對我的言行管教也相當嚴格。除了上教堂，我幾乎足不出戶，外人是見不著我的面孔的。但美貌還是為我引來了銳利的愛情之眼——費南多，也就是里嘉圖的二公子。

「他不知怎地發現了我，竟為我的美麗著迷，於是展開源源不絕的追求攻勢。不但送貴重的禮物給我的父母、親

杜雷／版畫，1863年

神父等人在小溪邊發現了絕色女子多蘿賽亞，她似乎也有滿腹哀怨的心事。

杜雷／版畫，1863年

多蘿賽亞不敵費南多的甜言蜜語，終於以身相許，誰知費南多竟是個始亂終棄的花花公子！

戚，還日日夜夜派人在我居住的巷子裡唱情歌，吵得鄰居不得安寧。他寄給我的情書更有如雪片般飛來，幾乎快淹沒了我的房間。

「但由於我們倆身分懸殊，他是貴族，而我只是平民百姓，因此父母告誡我千萬不能與他交往。我自知分寸，也嚴格遵守父母的交代，所以總是拒絕他的追求，從不給他一點接近的機會。

「可是，上天偏偏捉弄我。一天夜裡，負責守衛房門的女僕竟被收買，她幫助費南多潛進我的房間。當我發現時已經來不及了，費南多從背後抓住我，嚇得我發不出聲音來，只能僵硬地被他緊緊抱住。

「他流著淚溫柔地對我說：『請原諒我以這種方式接近妳。打從我見到妳的第一眼便深深為妳著迷，以至於當我知道妳的父母正在幫妳物色對象時，我感到痛苦不已，無計可施，最後只好選擇以這種下流的手段來得到妳。別怪我，這都是因為我太過愛妳的緣故呀！』

杜雷／版畫，1863年

城裡貼出懸賞告示，要追緝離家出走、疑似與農人私奔的多蘿賽亞，失了節的她再也無顏回到家鄉。

杜雷／版畫，1863年

熱心助人的農夫來到罕無人煙的荒山野嶺後竟露出了猙獰面目，意圖侵犯美麗的多蘿賽亞，情急之下，她只好將農夫誘騙至山岩邊，一把將他推落山澗。

「聽他說完這番話,我稍稍冷靜了下來,以嚴肅的語氣對他說:『別以為你是貴族就可以隨便玷辱別人的名節。我雖是受你父親治理的平民,卻不是你的奴隸,你沒有權力擁有我。即使你以暴力強占我的身體,你仍舊得不到我的心,因為唯有透過合法的婚姻關係才能得到完整的我。』

「然後,只聽見費南多附在我耳畔說道:『如果妳要的是這個,那好吧!就讓桌上的聖母像為我倆做見證,讓我們成為合法的夫妻吧!』就這樣,我既無力抵抗費南多的力氣,又被他的甜言蜜語所軟化,終於在聖母像和女僕的見證之下,成為了他的人。翌日晚上,費南多又再度潛進我的臥房,但自那之後,我便再也沒有見過他了。

「但他並未履行諾言前來迎娶我,而是娶了臨近城鎮一位名叫露芯達的女孩。知道他結婚的消息,我非常憤怒,為了不讓父母知道我失節一事,我決定自己去找他報仇。

「於是,我獨自前往他與另一名女子結婚的那個城鎮,半途遇見一個好心的農夫,他聽了我悲慘的遭遇後,決定陪我去找費南多。

「於是我便換上他借給我的這套衣服,我們花了兩天的時間,終於來到露芯達的家。當時,費南多和露芯達的婚事已鬧得滿城皆知。我們向露芯達的鄰居打探費南多的消息,只聽見他說道:『哎呀,誰知道他跑哪裡去了。婚禮當天,他從昏倒的露芯達身上搜出一封信和一把匕首,信中說她是被父母強迫嫁給費南多的,她依然深愛著卡爾德尼,並打算在婚禮過後拿匕首了結自己的生命。這讓費南多的面子很掛不住,氣得當場舉起匕首想刺死露芯達,還好周遭親友及時出手阻止,才免去了一場血腥。但費南多立時便消失了,沒有人知道他上哪兒去。更奇怪的是,露芯達在隔天也跟著失蹤了。現在,所有人都在尋找他們倆呢!』

「知道費南多迎娶露芯達不成,我打從心底感到一絲希望升起。就在此時,忽然聽見路人在談論我失蹤的消息,原來是我的故鄉正在懸賞追緝我,謠傳我與一名年輕農夫私奔了。於是,我知道自己失節的事可能已經敗露,我無顏回鄉,只好跟隨同情我的那名農夫往深山走去。

「誰知,屋漏偏逢連夜雨,原本因為可憐我而陪伴在旁的那個年輕農夫,在我倆走到杳無人跡的山林深處時,卻突然現出他猙獰的面目,意圖侵犯我。我使用拖延戰術,想辦法將他拐騙到山岩

門栓
福拉哥納爾(Jean-Honore Fragonard, 1732～1806)
／油彩‧畫布，1777年／法國巴黎羅浮宮

年輕男子帶著甜言蜜語闖進房裡，這是最容易讓人
心旌動搖、意亂情迷的時刻。桌上的蘋果和右上方
的門栓，都暗示著即將發生的事。

邊緣，並趁他不注意時，從背後一把將
他推下山澗裡去。

「後來，我在山中遇到一位牧羊人，
他雇用我擔任他的助手。但後來當他發
現我是一名女子之後，竟也和先前那位
年輕農夫一樣起了歹意。我只好趕緊匆
匆逃離，躲在更隱密的山岩之間，從此
不再相信任何人。」以上這就是我悲慘
的故事。

29 同病相憐

這不是妳的錯，愛上一個人並不犯法；只要不傷害其他人，沒有人有權利阻止一顆
熾烈的心去愛。何況，妳為我帶來了好消息，讓我乾涸的心又再度流動起來。既然
知道露芯達仍然愛著我，我便有勇氣面對人群。

聽完多蘿賽亞悲傷的往事，卡爾德尼忍不住開口說道：「唉，這麼說來，妳和我一樣是愛情的受害者！」

多蘿賽亞擦乾眼淚，抬頭凝視眼前這位衣衫襤褸的男子，問道：「請問你是？」

「我就是露芯達信中所提到的愛人卡爾德尼。」卡爾德尼回答，「我把費南多當成好朋友，對他推心置腹、毫無隱瞞；但他卻刻意欺騙我，奪走我最深愛的女人。好友的欺騙和愛人的背叛使我痛不欲生，為此我拋開一切，躲到深山裡，試圖以這嶙峋的岩石，磨去我內心所有的痛楚。」

「對不起，嗚嗚⋯⋯」多蘿賽亞聽見卡爾德尼提起費南多，又不禁傷感地淚流滿面說道，「雖然你的痛苦並非由我造成，但我所愛的人把你害得這麼慘，我必須代他向你道歉，唯有如此我才能感覺好過一些。」

「快別自責了，」卡爾德尼連忙安慰道，「這並不是妳的錯，愛上一個人並不犯法；只要不傷害其他人，沒有人有權利阻止一顆熾烈的心去愛。何況，妳為我帶來了好消息，讓我乾涸的心又再度流動起來。既然知道露芯達仍然愛著我，我便有勇氣面對人群；我一定要找到她，實現我倆相守一世的諾言。但在那之前，我要先幫助你尋找費南多，無論使用什麼方法，哪怕是決鬥，都要讓他實現對你的承諾。」

「嗚⋯⋯謝謝你。」多蘿賽亞感激不已，屈膝跪下，欲親吻卡爾德尼的雙腳。

「別這樣，」卡爾德尼連忙彎腰扶起多蘿賽亞說道，「希望我們兩個人都能尋得所愛。」

看見卡爾德尼和多蘿賽亞都重新振作起來，神父和理髮師兩人都很高興，便趁機勸他們回到家鄉的村子裡去，他倆也都同意了。

心情一掃陰霾之後，卡爾德尼不但拋開了瘋病，還關心起身旁的人，問道：「神父，您們為什麼要到這麼偏僻的山野來呢？這裡並無人煙，您絕不可能是來傳教的吧！」

「不、不，」理髮師笑著搶幫神父回答，「我們是來拯救一個好朋友的。」接著，便把唐吉訶德沉迷於騎士冒險的事情，一五一十描述給二人聽，並說出神父擬定的落難公主計畫，希望能順利

將唐吉訶德帶回故鄉去。

「就且讓我代替你裝扮成落難公主吧！」多蘿賽亞建議，「我曾經讀過許多騎士小說，知道該如何說服英勇的騎士心甘情願爲落難者效勞。更何況，以外貌來說，我比你更具說服力呀！」

「太好了！」理髮師和神父一致贊同，認爲有了多蘿賽亞的加入，一定能讓原先的計畫更加順利。

於是，多蘿賽亞從包袱中拿出一套華麗的衣裙，躲到巨岩後方換上，並戴上名貴的耳環和項鍊。當她再走出來時，果然豔光四射，美得宛若仙女下凡。三人看得目瞪口呆，卡爾德尼更忍不住說道：「唯有妳的美貌足以與露芯達媲美呀！」

就在此時，附近傳來一陣叫喊聲。「神父、神父，你們在哪兒呀？」原來是桑丘回來了。

「噢——是桑丘・潘薩的聲音，我們快去找他吧。」神父說道。四人連忙走回原先約定的地點，發現桑丘正一臉著急地四處張望。「桑丘・潘薩——」神父喊道，「我們在這裡。你找到唐吉訶德了嗎？他的情況如何？」

「糟透了！我的主人渾身上下瘦得只剩皮包骨，嘴上卻仍在叨叨惦念著達辛妮亞！」桑丘擔心地說道。

「你沒有告訴他，達辛妮亞要他前去托波左與她見面嗎？」理髮師問道。

「有啊！但騎士老爺說，在他尚未建立大功業之前，不應該出現在美麗的達辛妮亞面前。我們現在該怎麼辦呢？」桑丘憂心地回答。

「看來，只好執行落難公主計畫了。」神父轉頭對多蘿賽亞說道，「多蘿賽亞，就請妳跟著理髮師前去說服唐吉訶德吧！」

「沒問題，一切都包在我身上。」多蘿賽亞微笑著回答。

此時，桑丘才驚覺眼前站著一位絕色美女，不禁問道：「這位是？」

「忘了跟你介紹，」神父說道，「這是遠從米口米口王國來的米口米口娜公主。她千里迢迢趕來這裡，是想請求唐吉訶德前去米口米口國一趟，幫助她消滅一位強據在那兒的巨人。你快點領著她去見唐吉訶德吧！」

「太好了！」桑丘高興地說，「這下終於有場眞正的冒險了。希望我的主人能夠達成使命，屆時，就算沒有海島，也會有一位公主的侍女可以賞賜給我吧？」

看見桑丘沾沾自喜的模樣，又聽他說出這番可笑的話，眾人總算明白桑丘爲何願意一路跟隨唐吉訶德吃苦冒險，因爲，他也是個愚蠢之人哪！

杜雷／版畫，1863年

桑丘再度回到黑山時，發現主人唐吉訶德竟因沉溺於思念愛人的痛苦，整個人瘦成了皮
包骨。

瞄瞄眼王子

我是米口米口國的公主米口米口娜，兩年前，我的國家被巨人國的瞄瞄眼王子霸占了。幸好我的父親在臨終前已預料到巨人國的野心，他曾事先加以警告，並要我前去拉曼查尋找一位唐吉訶德騎士，說是只要有他的幫忙，我一定能收復國土。

接著，多蘿賽亞在神父的攙扶下騎上騾子；理髮師也趕緊拿出事先備好的一把假鬍子，貼在下巴上。待兩人都準備妥當，便由桑丘帶路前去面見唐吉訶德。神父與卡爾德尼則遠遠跟在他們後面，打算見機行事。

一行人約莫走了三分之一哩路，便瞧見一個瘦得只剩皮包骨的男人站在岩石上，仰望著天空長吁短嘆。

「那位就是我的主人——唐吉訶德老爺。」桑丘轉頭對多蘿賽亞說道。

「好！我們快點過去拜見他。」多蘿賽亞說完，隨即揮動鞭子往前趕去，理髮師也加快騾子的步伐，緊跟在後。

不一會兒，他倆便來到唐吉訶德面前。理髮師連忙躍下騾子，趨向前去將多蘿賽亞從騾背上扶下。

「尊貴的騎士大人，我終於找到您了。求求您，救救我的國家吧！」多蘿賽亞奔到唐吉訶德面前，雙膝跪倒在地，語氣哽咽地哀求著。理髮師也學著她的動作，迅速在她背後跪了下來。

「嗯——」唐吉訶德低頭看著這個跪在他腳下的陌生女子，一臉疑惑地說道，「美麗的小姐，我雖然不認識妳，但身為一名正派的騎士，我絕對不會坐視妳的苦難不管，所以請妳快些站起身來吧！」

「不、不，在您尚未允諾我的要求之前，我是絕對不會站起來的。」多蘿賽亞搖著頭回答。

「我希望，妳的要求不會損及我的國家、故鄉，更不可以傷害到我的心靈堡壘達辛妮亞，否則即便賜給我一個王國，我都不會答應妳的。」唐吉訶德嚴肅地說道。

「我保證，這件事絕對不會傷害到任何人、任何一方。」多蘿賽亞急忙澄清地說道。

此時，桑丘也走到唐吉訶德身旁勸說：「騎士老爺，您就答應她吧！您所需要冒的險，不過是打敗一個笨手笨腳的巨人罷了。」

「好吧！以騎士的名譽發誓，我答應妳了。」唐吉訶德說完，彎腰扶起仍跪趴在地的多蘿賽亞，一邊問著，「妳有什麼要求，請儘管說出來吧，我一定會盡全力幫助妳的。」

杜雷／版畫，1863年

多蘿賽亞和理髮師慢慢步向唐吉訶德。遠遠只見有個瘦骨嶙峋的男人，正站在岩石上仰
望著天空長吁短嘆。

「謝謝您！」多蘿賽亞抹抹眼角，露出感激的神色說道，「我是米口米口國的公主米口米口娜，兩年前，我的國家被巨人國的瞄瞄眼王子霸占了，他還企圖抓我做他的王妃。幸好，我的父親在臨終前已經預料到巨人國的野心，他曾事先警告我，並要我前去拉曼查尋找一位唐吉訶德騎士，說是只要有他的幫忙，我一定能收復國土。」

「父親並且預先為我安排了一支精良的防衛隊，讓我能在他們的保護之下，平安逃離瞄瞄眼王子的魔掌。但是……嗚……嗚嗚……」說到這兒，多蘿賽亞假裝傷心地哭了起來，停頓一會兒後，她才又繼續往下說，「沒想到，我們的船在海上遇到暴風雨，所有士兵都讓海水淹死了，只剩下我和身旁的這個大鬍子——船隻被巨浪打翻時，我們兩個正好抓住了一塊木板，隨之漂流到一座小島，這才得以撿回一條命。」

「之後，我們輾轉從路人口中問得您的住處，歷經千辛萬苦、長途跋涉之後，終於來到拉曼查。但當我們得知您已出門雲遊天下、下落不明時，頓時感到心灰意冷，差點就要做出傻事。」

「幸好，上天仍眷顧我這個可憐的孤女。就在我們主僕二人漫無目的地在山野中前行時，正好遇見從托波左回來的桑丘‧潘薩，他聽了我的故事後十分同情我，便領著我們前來拜見你。現在，有了您的親口承諾，我終於能充滿信心地回到米口米口國，去對付那巨人國的瞄瞄眼王子了。」

「原來如此，妳放心，我絕對會幫妳殺死那個可惡的巨人，呃——叫什麼眼來著的？」唐吉訶德問道。

「『瞄瞄眼』，騎士大爺。因為他老是斜著眼睛瞄人，所以大家就叫他瞄瞄眼。」多蘿賽亞回答。

「好吧！桑丘，快來幫我穿戴裝備，我要儘快幫米口米口娜公主奪回她的王國。」唐吉訶德朝桑丘精神百倍地喊著。

桑丘連忙拿來盔甲和頭盔，幫唐吉訶德穿戴整齊，並扶他坐上洛基南特。

「走吧！讓我們前去成就一場偉大的冒險，延遲只會招來更多的危難。」唐吉訶德振奮地大喊，之後便引領隊伍浩浩蕩蕩地朝山下出發了。

神父和卡爾德尼悄悄跟在隊伍後面，想著該如何出現在唐吉訶德面前。

「有了！」神父開心地說，「卡爾德尼，快點披上我的黑色斗篷。」

神父一邊說，一邊從行囊掏出一把剪刀，「喀嚓！喀嚓！」將卡爾德尼臉

杜雷／版畫，1863年

充滿正義感的唐吉訶德答應了落難公主米口米口娜的請求，同意前去打敗瞄瞄眼王子，
從巨人手中拯救米口米口國。

上如雜草般的鬍子全剪得乾乾淨淨。卡爾德尼經過一番整理，現出了原本俊美的臉孔，與先前山中野人的外貌判若兩人，任誰也認不出來了。

「走吧！」神父趕緊領著卡爾德尼抄小徑奔往山下。面對崎嶇不平的山路，步行要比騎牲畜快上許多。於是，他們趕在唐吉訶德的隊伍之前，率先跑到山下，坐在原野上佯裝成休息的路人。

待唐吉訶德走到他們身邊時，神父先是裝作不認識地抬頭望了他一會兒，繼而高興地大喊：「哎呀！這不是吉哈達先生嗎？聽說你雲遊四海去了，真高興能在這裡遇見你。」

唐吉訶德低頭猛瞧著神父，一會兒才想起來，說道：「噢——是神父呀！哈哈，您怎麼會在這兒，而且身上還穿得這麼單薄？」

「唉——說來話長啊！」神父嘆了一口氣說道，「你介意我跟你的隨從擠一擠嗎？前面不遠的地方有間旅店，等我們到了那兒，我再跟你細說吧！」

「當然、當然！」扮成大鬍子隨從的理髮師連忙說道，「騎士大爺，就讓您的朋友與我共騎一匹騾子吧！」

由於桑丘的驢子已經被人偷走，唐吉訶德便點頭同意大鬍子的提議。於是，大鬍子跳下騾背，讓神父先坐到前面；但當他跨腳欲再次攀上之時，卻被騾子一腳踹到地上。

未料，理髮師臉上所貼的假鬍子，經不起這麼一撞竟掉了下來，落在地面。理髮師見狀，連忙機敏地用雙手摀住下巴，哀號著說道：「哎呀，好痛哪，我的牙床都給摔掉了。」

神父趕忙從驢背上下來，撿起假鬍子，衝到理髮師面前，一邊動手將假鬍子黏回理髮師的下巴，一邊唸唸有詞：「唧呼哩——哇哇——唧唧咕嚕——哇！」，像是在唸咒語似的。然後，一長串的咒語隨著他「哇！」的一聲結束，理髮師的鬍子又原封不動長回下巴了。

「嘖嘖——」唐吉訶德看得目瞪口呆，說道，「神父，你一定要教我這招讓鬍子重生的咒語，這真是太神奇了。摔傷的下巴竟然連一滴血也沒流，這咒語肯定能治癒任何傷口。」

「沒問題！找個時間，我來教大家這套咒語。」神父雖然故作鎮定笑著回答，內心可是捏了一把冷汗呢！

杜雷／版畫，1863年

為了把唐吉訶德騙回家鄉，眾人陪著他演了一齣戲，浩浩蕩蕩的隊伍假意要前往米口米
口國，趕走占據米口米口國的瞄瞄眼王子。

失而復得

突然，一名身著吉普賽服裝的男子朝他們走來，只聽見桑丘大聲叫嚷：「那是我的驢子！噢——我的寶貝，你可回來了。」桑丘高興地緊緊抱住他那失而復得的驢子，開心得簡直就要流下眼淚。

眾人繼續往前行進，此時唐吉訶德悄聲對桑丘說道：「你跟我來，我有話要問你。」說著，便策馬往前騎去，與眾人拉開一小段距離。桑丘也小跑步跟上主人。

「騎士老爺，你有什麼話要問我？」桑丘問道。

「這還用說嗎？當然是問你達辛妮亞的事情呀！跟我說說她的近況。」唐吉訶德回答。

「噢——她呀，過得很好啊！」桑丘心虛地說道。

「怎麼個好法？你看見她時，她正在做什麼呢？是不是正在拭擦寶石，還是穿著華麗的衣裙，攬鏡自照呢？」唐吉訶德心急了，語氣顯出一絲不悅。

桑丘被逼急了，腦袋裡竟擠出一些故事來說道：「沒有啊！我見到她時，她正在幫農人篩麥子呢！我告訴她，我偉大的主人——唐吉訶德騎士，此刻正為了她在杳無人煙的黑山苦修哩！我為主人送來一封信要獻給她。」

「那她怎麼回答你？」唐吉訶德著急地問。

「她愣了一會兒，隨即又篩起麥子來，並對我說道：『你回去告訴他，叫他直接到托波左來見我，因為我根本不識字，怎麼看得懂信裡面寫些什麼呢？』」

「聽她這麼一說，我頓時想起您曾經交代，倘若信件弄丟了，就將內容一字不漏背給達辛妮亞小姐聽。於是，我便將腦袋記得的所有內容，一一唸給她聽，她聽了之後，還感動地流下眼淚呢！不過，她還是希望你親自去見她一面。」桑丘回答。

「唉……」唐吉訶德嘆了口氣，彷彿沉浸在戀愛的苦澀中，接著便說道，「可是我已經答應米口米口娜公主要幫助她奪回國家，實在抽不出時間跟美麗的達辛妮亞見面哪！」

「騎士老爺，依我之見，您大可別理會達辛妮亞小姐。因為米口米口娜公主曾經說過，只要您幫她奪回米口米口國便能成為她的丈夫，與她一塊兒統治米口米口國。何況，以外貌來說，米口米口娜公主可要比達辛妮亞小姐漂亮好幾百倍哩！」桑丘忘形地說道。

「你說什麼？」唐吉訶德生氣地喊著，「你竟敢批評我的愛人達辛妮亞，

看我怎麼修理你！」說完，便拿起長矛，眼看就要刺向桑丘。

眾人一陣驚呼，趕緊衝上前來制止唐吉訶德的攻擊之舉。可憐的桑丘，竟因為說了實話而被主人刺倒在地，痛得哀聲慘叫。

「騎士先生，請您息怒。桑丘·潘薩先生一定是被壞魔法師矇住眼睛了，才會說出這麼失禮的話來，請您看在我的面子上原諒他吧！」多蘿賽亞出面打圓場，試圖化解這場爭端。

「是啊，騎士老爺。」桑丘從地上爬起，前去親吻唐吉訶德的手，哀求地說道，「請原諒我啊，我不是有意要說達辛妮亞小姐壞話的，一定是魔法師對我施了法，故意讓我說出這些話來。其實在我心裡，達辛妮亞小姐的美與米口米口娜公主是不分上下的，也許還要更美一些哩！」

「好吧！壞魔法的確無所不在，我就不跟你計較了。以後請小心自己的言語。」唐吉訶德氣消了一些，說道，「你要知道，達辛妮亞雖遠在托波左，但她可是我從事冒險的力量泉源，是她賦予了我無窮的勇氣，她是我心靈的主宰。因此，我絕不允許任何人冒犯她，就讓我前去砍下瞄瞄眼巨人的頭，帶回去獻給她做禮物吧！」

就這樣，一場鬧劇結束了。突然，一名身著吉普賽服裝的男子朝他們走來，只聽見桑丘大聲叫嚷：「那是我的驢子！」

男子聽見此番叫喊，立刻嚇得從驢背上滾下，頭也不回地往小路逃走了。原來，強盜罪犯希內斯偷了桑丘的驢子之後，又搶了一個吉普賽人的衣服。他喬裝成吉普賽人，打算把驢子騎到鎮上去賣，沒想到在半路遇到唐吉訶德一行人，自知寡不敵眾，便心虛地逃跑了。

「噢——我的寶貝，你可回來了。」桑丘高興地緊緊抱住他那失而復得的驢子，開心得簡直就要流下眼淚。

「好啦、好啦，快騎上你的寶貝驢子吧，我們還得趕路呢！我先前許諾要送你的三頭小驢子，仍舊會給你的。」唐吉訶德說道。

「騎士老爺……嗚……您真是對我太好了。」桑丘實在太開心了，他盤算著，現下除了擁有四頭驢子，還有米口米口國的官位等著他去做呢！

一行人繼續往前走，經過一條小溪時，理髮師喬裝成的大鬍子，建議大家休息一下吃點東西。於是，大夥紛紛各自找了一方舒服的草地躺下。神父也拿出袋裡的食物分給大家吃。

當神父走到唐吉訶德身邊時，唐吉

杜雷／版畫，1863年

桑丘直言落難公主比騎士老爺的愛人達辛妮亞漂亮不知幾百倍，氣得唐吉訶德拿起長矛刺向他，引起眾人一片驚呼，趕緊上前解圍。

訶德向他問起衣服的事。神父早就想好說詞，便立刻答道：「我的衣服和錢財是被一群江洋大盜搶走的。聽說，這群大盜原本是要被押解到船上服苦役，但是在半途遇見一個自稱騎士的人，他不但打傷了官兵，還私自釋放了所有窮凶惡極的罪犯，以此感到洋洋得意，自以為是解救痛苦的英雄哩！他哪裡知道，他個人的愚蠢行為可是害了許多善良的旅人呀！」

唐吉訶德聽見神父說的這個人分明就是自己，便一臉凝重地躺在草地上靜默不語地沉思著。此時，桑丘偏偏很不識時務地說道：「神父呀，那個放走罪犯的騎士就是我家主人啦！當時我也曾經勸過他，可是他哪裡肯聽我的。」

「閉嘴！」唐吉訶德臉色發青，氣急敗壞地大喊道。

眾人只得保持沉默，但心中淨暗笑著這對主僕可真是絕配呀！

休息了一會兒，忽見一名少年路經過他們身旁。他走到唐吉訶德面前，張望了老半天，突然開口說道：「騎士老爺，您把我害得好慘啊！」

唐吉訶德登時從草地上坐起，問道：「敢問，你是誰呀？」

「您不記得我了嗎？我之前曾經在樹林裡被主人狠狠鞭打啊！」少年說道。

「噢——是你呀！」唐吉訶德一臉開心地問道，「怎麼樣？那六十三個小銀幣拿到手了嗎？」

「別說了，我不但沒拿到半毛錢，後來又被主人綁起來打得半死，最後渾身是傷地待在醫院療養了好一陣，才恢復過來呢！」少年埋怨地回答。

「怎麼？他竟敢不遵守對我的承諾？快！帶我去找他，這次我一定要教他付出代價。」唐吉訶德氣憤地說道。

「算了、算了！」少年無奈地攤攤手說道說，「您就別再多管閒事了，只消賞我一點吃的東西便成了。」

多蘿賽亞連忙拿出食物分給少年吃。因為她擔心，唐吉訶德若真的衝動地跟著少年離開，原先的計畫可就泡湯了。

幸好，少年對唐吉訶德已不抱任何信心，他只想趕快離開，躲開暴虐的主人和瘋癲的騎士。因此，他拿了多蘿賽亞給的食物之後，便頭也不回地走了。

唐吉訶德與桑丘‧潘薩

杜米埃(Honore Daumier, 1808～1879) / 油彩‧畫布，1867年 / 法國巴黎奧塞美術館

橫躺在唐吉訶德和桑丘眼前的是一具驢子屍體，無論那是誰的坐騎，背後恐怕代表一段壯志未酬的故事，著實令人不勝唏噓。這也更突顯了這對主僕是何等絕妙的搭配，一路上，他們總是互相鼓勵，又不忘互相消遣。

唐吉訶德第二

「那根本不算什麼！」旅店老闆插嘴說道，「你真該讀讀這本《赫曲尼亞之斐雷馬德傳》，斐雷馬德騎士可是單槍匹馬迎戰了五個凶猛的巨人，並把他們一個個攔腰砍斷，動作之迅速俐落有如小孩子剝著豆莢玩一般。」

休息一陣過後，眾人陸續收妥行囊，再次上路。

「當時，我應該親自護送他前去領取工資才對。這個可惡的騙子，要是再讓我碰見，我絕對要他付出代價。」唐吉訶德一路上仍在叨叨唸著，真心想為少年討回公道。

「騎士大爺，」蘿賽拉說道，「我知道您是正義的化身，最愛為弱者打抱不平。但能否請您暫時先拋開這些煩擾的事情，因為您曾經允諾要幫我奪回國家的呀！」

「美麗的公主，請不必太過憂慮，對妳的承諾仍深深刻印在我的心底。我一定會先幫你剷除可惡的瞄瞄眼巨人，之後再去執行其他的騎士任務。請儘管放寬心吧！」唐吉訶德拍拍胸脯保證。

一行人走了一晚，終於在翌日清晨來到唐吉訶德主僕二人先前曾經投宿、且發生過一些爭端的那間旅店。桑丘雖然非常介意自己曾在此被羞辱的事，但礙於眾人的決定，也只好刻意低著頭，隨大夥一塊兒進入店內。

「歡迎、歡迎！」旅店老闆一見客人上門，立刻滿臉堆笑地迎上前來，熱絡地打著招呼。老闆娘和女兒、女傭，也一塊兒出來接待眾人。

「您好啊！請給我一間比上回舒適些的房間，上次那間房太吵雜了。」唐吉訶德先向旅店老闆打聲招呼，隨即主動要求道。

「沒問題！只要您願意多付一點房錢，我保證讓您擁有王子般的享受。」旅店老闆笑嘻嘻地回答。

「就請您遵照吉哈達先生——噢，也就是唐吉訶德先生的吩咐辦吧！房錢我會如數照付的。」神父連忙插嘴說道。

「那麼，請這位騎士先生跟我來吧，我帶您到客房休息。」老闆娘一說完，便領著唐吉訶德來到上回住過的那間客房。原先放在裡頭的床舖，已經換成一張稍微堅固一點的床；靠近床頭的架子上，則擺放了好幾個葡萄酒囊。

唐吉訶德歷經數日的山林苦修，身心早已十分疲憊，因此並未認出這就是他前次住過的那間房。他滿意地對老闆娘說：「謝謝妳！這的確是一間相當舒適的房間，我就住這間房吧！」老闆娘離開之後，唐吉訶德便和衣倒在床上，不一會兒便睡著了。

安頓好唐吉訶德之後，眾人頓時感覺輕鬆不少。他們各自點了喜愛的食物，聚在大廳一邊吃東西，一邊聊著唐吉訶德的種種瘋狂行為。

「他啊，就是因為讀了太多騎士小說，才會變得如此瘋瘋癲癲。」神父感嘆地說道。

「是嗎？那就奇怪了。很多人都喜歡騎士的故事呀！客人總是聚集在我的店裡，聽那些讀過騎士小說的人說故事。有些故事真是精彩極了，連我都捨不得走開去做別的事呢！」旅店老闆說道。

「那倒是！他只有在聽客人說騎士冒險故事時，才會忘記要大吼大叫。不然哪，店裡那些夥計、女傭們的耳朵，可是一分鐘都不得閒哩！」老闆娘打趣地說。

「哈哈——哈哈——」這話引來眾人一陣笑聲。

旅店老闆有些不好意思地說：「現在我房裡就有幾本騎士小說，各位如果有興趣，我去拿過來讓你們瞧瞧。」

「好啊！就請你拿出來讓我們看看吧！」神父說道。

趁著旅店老闆去房間取書的空檔，神父突然想起一件事，他轉頭對理髮師說：「你的假鬍子可以拿下來了，連同我們先前向老闆娘借的那套女裝，也一

併還給人家吧。」

「可是，吉哈達先生醒來之後，我要怎麼跟他解釋呢？」理髮師問道。

「很簡單。」神父說，「就說你剛好也來到這家旅店投宿，遇見了我們。至於米口米口娜公主的隨從大鬍子，則先行回國向百姓們通報救星即將到來。」

「也好，這鬍子戴起來還真是又熱又癢哩！」理髮師笑著說，一邊把假鬍子從下巴扯下，神父也從行李袋中拿出一套女裝，一起還給老闆娘。

此時，旅店老闆正好拿著一只布袋走出來，袋子已經很破舊了，上頭還有一道掛鎖。「瞧——，這裡頭可裝著幾本好書哩！」旅店老闆把布袋往桌上一擺，伸手解開鎖鏈，從裡頭翻出四本書和一疊文稿。

神父指著其中一本名叫《大統領哥多華之岡察羅南傳》的書說道：「這本書還不錯，書中的主人翁岡察羅南既勇敢又睿智，立了不少大功勞，人人都認識這位大統領呢！至於這本《帕拉帝斯之狄亞哥加傳》則差強人意。據說，狄亞哥加的力氣非常大，曾經一個人站在橋頭抵擋一整隊敵人的攻擊哩，他可是個相當知名的英雄人物。」

「那根本不算什麼！」旅店老闆插嘴說道，「你真該讀讀這本《赫曲尼亞

杜雷／版畫，1863年

騎士小說中的英勇騎士狄亞哥加一夫當關，站在橋頭力抗一整隊敵人，這樣令人
血脈賁張的英雄故事怎能不教人神往？

杜雷／版畫，1863年

英勇騎士斐雷馬德一人力戰五個凶猛巨人，不費吹灰之力就把巨人砍成兩截。

杜雷／版畫，1863年

勇敢的騎士薩龍基利躍進河中與巨蛇纏鬥的故事，果然精彩萬分，令大夥聽得欲罷不能。

之斐雷馬德傳》，裡頭的斐雷馬德騎士可是單槍匹馬迎戰了五個凶猛的巨人，並把他們一個個攔腰砍斷，動作之迅速俐落有如小孩子剝著豆莢玩一般。」

「另外，這一本《瑟雷斯之薩龍基利傳》更是精彩得不得了。單單聽薩龍基利騎士在深河歷險那一段，就教人佩服得五體投地。

「故事內容大概是——有一次，勇敢的薩龍基利騎士坐上一艘船，打算渡河。當船來到河中央時，忽然，從水裡冒出一條渾身覆著堅硬鱗片的巨蛇，模樣極為嚇人。一般人要是見到這尾巨蛇，早就嚇得一命嗚呼，遑論出手制伏牠。但勇敢的薩龍基利見到這條巨蛇，不但毫無懼怕之色，反而跳下河去，爬到巨蛇的背上緊緊勒住牠的脖子，直勒得牠喘不過氣來。

「巨蛇為了擺脫薩龍基利，直往河心急潛下去。薩龍基利忍受著水流的衝擊，雙手仍牢牢抓住巨蛇的脖子，絲毫沒有要放手的意思。他隨著巨蛇潛到河底深處，突然，一座美麗的宮殿出現在他眼前；而他緊掐不放的巨蛇，也瞬間變成一位白髮蒼蒼的老人——神父先生，如何，聽到這裡，你是不是也想繼續聽下去呢？」

只見神父搖搖頭，一臉苦笑地說道：「依我之見，你所說的這兩本書都應該丟進火爐裡燒掉。光聽它們的一些片段，就知道又是一些蠱惑人心發狂的書籍。我看，你還是把那兩本書都燒毀為好。」

「不！我寧願燒掉《大統領哥多華之岡察羅南傳》和《帕拉帝斯之狄亞哥加傳》，也不願失去《赫曲尼亞之斐雷馬德傳》和《瑟雷斯之薩龍基利傳》這兩本書。」旅店老闆傲然地說，一邊伸手將書裝回布袋裡去。

「等等——」神父說道，「我想看看那份手稿，可以嗎？」

洛傑拯救安潔莉卡

安格爾(Jean Auguste Dominique Ingres, 1780～
1867) / 油彩・畫布，1819年 / 法國巴黎羅浮宮

英雄殺死妖怪，拯救美女，向來是騎士故事最鍾愛
的題材。

此時，手稿正在卡爾德尼手上，他連忙說道：「剛剛你們在討論騎士小說時，我稍微翻看了一下這份文稿，寫得還不錯呢！我建議由神父一邊翻閱故事，一邊唸出內容給大家聽。」

「好耶！」「好耶！」眾人同聲贊同。雖然，大家都一致認為旅店老闆可能會成為唐吉訶德第二，但他剛剛講述的冒險故事的確非常吸引人。因此，大家都希望能再多聽些故事。

「那好吧！」神父說道，「既然大家都想聽，而倘若旅店老闆不反對，我很樂意唸給大家聽。」

「老實說，這份手稿所寫的故事我已經讀過很多遍了。雖然它並非描寫騎士的冒險故事，而是訴說男女之間的情感試煉，但我還是想再聽一遍，就勞煩神父為大家讀一讀吧！」旅店老闆說完，順手拉了張椅子坐下，準備再次聆聽這個淒美的愛情故事。

待大家都安靜下來，神父便拿起第一張文稿，開始唸道——

愛情試煉

當羅榭里奧對卡蜜拉說話時,她總是嫻靜地點點頭,臉上並未展露開心的笑容,羅榭里奧也只好收起話語,保持沉默。但是,愛情這種東西很奇妙,經常趁人不注意時悄悄潛入他們的內心深處。

義大利的某座繁華城市住著一對非常要好的朋友。一個名叫安森莫,他情感豐富,喜歡浪漫的戀情;另一個叫做羅榭里奧,生性活潑,喜歡運動打獵。他們兩人的感情非常好,時常聚在一起從事各種活動。因此,城裡的人都把他們視為一體,都笑稱只要安森莫在的地方,就能瞧見羅榭里奧的身影。

有一天,安森莫愛上了一位名叫卡蜜拉的女孩,想娶她為妻。於是,他前去徵詢好友羅榭里奧的意見。

「我當然贊成啦!」羅榭里奧聽完安森莫的決定後答道,「卡蜜拉是個美麗善良、又有才華的女孩,跟你相當匹配哩!找個時間,我陪你去向卡蜜拉的父親提親。」

安森莫是個十分富有的紳士,舉止優雅、風度翩翩,沒有哪個父親會拒絕將女兒嫁給這樣的男子。因此,在羅榭里奧的幫助下,安森莫很快便和卡蜜拉結為連理;婚後,他們夫妻之間的感情也相當幸福美滿。

但也許是生活太過平順安逸,安森莫竟想出一個極為荒謬的點子——他想藉第三者來考驗妻子對他的愛。

當他把這個計畫告訴羅榭里奧時,只見好友睜大了眼睛,不可置信地說道:「你瘋啦?幹嘛沒事找事,搬石頭往自己的腳上砸?」

「可是沒有經過試煉的愛情,不算真愛。」安森莫解釋道,「我只是想確定卡蜜拉是不是真的愛我;還是,她是為了我的財富地位才跟我結婚的。如果現在有一個財富地位與我相當的人,或者超過我的人,私下向她熱烈示愛,而她卻毫無所動,這就能夠證明她對我的愛是出自真心的。」

「這太荒謬了!你和卡蜜拉是在上帝的見證下,因相愛而結合的,何須再去考驗她的真心呢?這等於是把一顆經過專家鑑定的極品鑽石,拿鎚子猛敲,考驗它的堅硬度。這根本沒有必要,而且很可能會弄得兩敗俱傷,一點好處也沒有。」羅榭里奧嚴正地說道。

「我知道,」安森莫一臉痛苦地說,「可是,我的內心一直有個聲音在不斷吶喊——『她真的愛你嗎?她真的愛你嗎?』這聲音擾亂了我的思緒,令我食不知味,夜晚也睡不安穩,天天都恍惚不安。就請你念在我倆友誼深厚的份

上，幫我這個忙好嗎？」

「唉──」羅樹里奧自知無法勸醒安森莫，於是問道，「你希望我怎麼幫你？」

「請你去追求卡蜜拉。」安森莫直截了當地說道。

「什麼，要我幫著你去傷害善良的卡蜜拉？這種事我絕對做不出來。」羅樹里奧嚴辭拒絕。

「除了你之外，這件事我並不想讓其他人知道，因為事關我們三人的名譽呀！而且，若由你去追求卡蜜拉，我便能夠百分之百放心，因為我相信你絕不會逾越男女界限的。」安森莫說道。

「唉──」羅樹里奧嘆了一口氣，無奈地說，「你太自私了！你為了滿足自己的荒謬猜疑，不但不顧卡蜜拉的心情，還要陷我於不義。試想，我倆的好交情可是眾所皆知，若由我去向卡蜜拉表達愛意，她會怎麼想我這個人──骯髒、卑鄙之徒？還是色狼、大壞蛋？我可不想壞了自己的名譽。」

「我知道這件事委屈你了！但請你放心，一旦我證實了卡蜜拉的貞潔，我一定會向她坦承整件事都是我一手策畫的，你只是受我之託假扮壞人罷了！」安森莫說道。

「你就不怕卡蜜拉生氣，再也不原諒你嗎？」羅樹里奧問道。

「當然害怕，但我會用加倍的溫柔和愛情來化解她的憤怒。我相信，只要經過一段日子的安撫，她便會忘了這件事。畢竟她已經是我的妻子了，就算她心裡再不高興，又能拿我怎麼樣呢？」安森莫自信滿滿地說。

「明知道你在玩火自焚，卻幫著你點燃火柴，我恐怕從此擺脫不了這場心靈夢魘了。」羅樹里奧搖著頭說道。

「好啦，別再猶豫了，我們明天就開始。天色已經不早了，卡蜜拉還在家裡等我，我得先回去了。明天晚上記得來我家吃晚餐！」安森莫說完，便揮別好友轉身回家。

翌日晚上，羅樹里奧依約來到安森莫家。卡蜜拉如同以往依舊含蓄有禮地招待丈夫的好友，並未察覺自己即將面臨一場殘酷的考驗。

「羅樹里奧先生，喝杯紅茶吧！」晚餐後，卡蜜拉端茶出來招待客人。

「謝謝妳！」羅樹里奧伸手接過茶杯，內心不禁生出一絲罪惡感。他仍然不明白，對於這麼賢淑美麗的妻子，安森莫怎麼會如此不信任地想加以試探她的真心呢？

「糟糕，我想起有件很重要的事沒辦，我現在得出一趟門。」安森莫突然

高聲喊道，假裝慌張地說，「羅榭里奧，你可先別急著回去，留下來喝茶等我回來，有件重要的事想跟你商量一下。」說完，又轉頭交代妻子，「卡蜜拉，妳先幫我招待羅榭里奧，我約莫一個半鐘頭就回來。」

「好的，沒問題，你快去快回吧。路上小心。」卡蜜拉秉性善良，雖然她並不希望丈夫把朋友單獨留在家裡。但她想想，家裡還有許多僕人和女傭，並非孤男寡女同在一室，應該不會招來閒話才對。於是她便溫柔地陪著丈夫走到大門，且叮囑他早些回來。

安森莫離開以後，卡蜜拉遵照先生的交代，留在客廳陪羅榭里奧坐了一會兒。兩人聊了一些家常瑣事，此時羅榭里奧故意打了個呵欠，說道：「請原諒我的無禮，夫人。忙了一整天，我感到有點疲倦，可否容許我趴在桌面小寐一下？」

「既然您累了，何不到客房的床舖躺躺？躺在床上睡總比趴在桌上睡舒服呀！」卡蜜拉溫和地說道。

「不了，這兒就行了。我稍事休息一下就可以了。」羅榭里奧委婉地拒絕後，便逕自彎起肘膀，支在桌面，將臉深深埋進臂彎裡。

卡蜜拉見羅榭里奧已經睡著，便不再

堅持。她輕聲喚來傭人，收拾妥客廳之後，自己也回房去了。

此時，羅榭里奧的思緒仍是清醒的。為了不傷害卡蜜拉，又不想違背自己和安森莫的約定，於是他想出了這個計策——即一方面儘量跟卡蜜拉保持距離，另一方面則告訴安森莫，自己已善盡試探卡蜜拉的責任了。

過了一個小時，安森莫回來了。他一走進家門，竟看見羅榭里奧獨自坐在客廳打盹，而自己的妻子卻不見了。於是他走到羅榭里奧旁邊，搖搖他的肩膀說道：「喂！快點醒醒，跟我一道出去散散步吧！」

「噢——你回來啦！」羅榭里奧揉揉眼睛說道，「我等著等著，竟在不知不覺中睡著了。」他穿上傭人取來的大衣，與安森莫一塊兒步出大廳。

等他們一走進花園，安森莫便迫不及待地問道：「怎麼樣？你對她表示愛意了嗎？她做何反應？生氣、開心、羞赧，還是憤怒？」

「唉——」羅榭里奧無奈地說，「你別那麼急好嗎？過度躁進只會誤事。今晚，我只是小小讚美了卡蜜拉一番，說她的美貌舉國無雙，之後便不再與她攀談了。我可不想第一次就嚇到她呀！」

「也對，就照你的方法進行吧！從

明天開始，每個星期你最少要來我家兩次，我會儘量製造讓你們兩人獨處的機會。」安森莫開心地說。

　　就這樣，羅榭里奧開始頻繁地出現在安森莫家，簡直比待在自己家的時間還要多。安森莫也經常找藉口要妻子留在家中招呼羅榭里奧，有時他甚至會支開所有傭人，讓卡蜜拉和羅榭里奧能夠單獨相處。但由於羅榭里奧總是保持沉默、避不接觸，而卡蜜拉也刻意與他保持距離，因此兩人並無更一步發展。

　　過了一段日子，羅榭里奧對安森莫說道，「這個遊戲該停止了。昨天，當我再度向卡蜜拉表達愛意，並為她朗誦我寫的情詩時，她突然從椅子上站起來，望著我、生氣地說道：『你這個偽君子，若不是看在你是我先生好友的份上，我早就把你轟出去了。請你快點停止這下流的遊戲，離我遠一點。否則我便要告訴我先生，說他最要好的朋友竟蓄意騷擾他的妻子。』」

　　「這倒是個好消息，」安森莫滿臉笑意地說，「這表示言語無法動搖她的貞潔。接下來，我們得試試女人最愛的珠寶、首飾，以及美麗的衣裳。明天，我就拿四千個金幣給你，你去買些漂亮的行頭送她，試試她的反應。」

　　羅榭里奧沒料到安森莫會這麼瘋狂，原本以為這場鬧劇就要結束，竟又有了新的發展。這讓他相當驚愕，並開始煩惱該如何處理那四千個燙手山芋。「算了，就按照我原先的作法，不對卡蜜拉採取任何行動，也不去管這些錢幣就行了。大不了，等事情過後再原封不動將這四千個金幣還給安森莫。」羅榭里奧在心裡盤算著。

　　可是，羅榭里奧這回的如意算盤可打錯了。拿到四千個金幣的當晚，他並不知道安森莫仍然留在家裡，並且躲在某個角落偷窺。

　　於是，羅榭里奧像平常一樣對卡蜜拉保持沉默。時間一分一秒流逝，安森莫見羅榭里奧和卡蜜拉毫無交談，只是遠遠地對坐，做著自己的事情。他不禁火冒三丈，有種被欺騙的感覺。

　　翌日，安森莫大清早便起床，衝到羅榭里奧家去罵他：「你這個騙子，說什麼卡蜜拉堅貞不二，不為甜言蜜語所動，我猜，你大概連一句花言巧語都不曾對她說吧！」

　　羅榭里奧滿臉羞愧，雖然他明知道自己沒做錯事，但面對好友的指責，心中仍感到頗難為情，畢竟自己的確欺騙了他。於是，他滿懷歉意地說道：「對不起！請再給我一次機會好嗎？」

　　「羅榭里奧啊，你可知道這件事對我

杜雷／版畫，1863年

安森莫懷疑妻子的忠貞，硬是要好友幫忙設下情愛陷阱，助他測試卡蜜拉，未料最後不幸弄假成真。

有多重要。如果你不願蹚這趟渾水，不妨直說，我不會強人所難的。」安森莫仍怒氣難消生氣地說。

「不、不，」羅榭里奧試圖解釋著，「我只是還沒做好心理準備，並不是刻意欺騙你。」

「那好吧！我就離家遠一點，讓你有時間空間可以表現。希望在這段日子裡，你能確實遵照約定，幫我完成計畫。」安森莫說道。

翌日早晨，安森莫整理了行囊，準備出發前往鄉下的朋友家作客。臨行前，他交代妻子：「我要出門幾天，但留妳一個人在家我實在不放心，所以我已經拜託羅榭里奧，請他有空便到家裡

來走動走動。妳若遇上什麼難事，儘管找他商量。」

「這樣不太妥當吧！孤男寡女獨處一室，我怕惹來別人的閒言閒語。」卡蜜拉憂心地說。

「胡說什麼！羅榭里奧可是一個正派的君子，而且是我最要好的朋友，如果他到家裡來了，妳可要替我好好地招待他。千萬別再胡思亂想。」安森莫略顯不快地回答。接著，便騎上馬離開，出城去了。

此後，羅榭里奧終於信守承諾，天天到安森莫家探望卡蜜拉。卡蜜拉心中雖頗覺不快，仍依照丈夫的交代，款待他吃晚餐。但儘管羅榭里奧的話比平日

多了些，且主動與她攀談，卡蜜拉仍只是客套地隨意敷衍一下。

當羅樹里奧對卡蜜拉說話時，她總是嫻靜地點點頭，臉上並未展露出開心的笑容，羅樹里奧也只好收起話語，保持沉默。但是，愛情這種東西很奇妙，經常趁人不注意時悄悄潛入他們的內心深處……。

經過多日的相處，縱然舌頭動不了，羅樹里奧的心卻急遽發酵了——他真的愛上了卡蜜拉。這也難怪，卡蜜拉不但端莊賢淑，又很有自己的獨特想法，更是城裡數一數二的大美人，任何男人見到她都會不由自主地怦然心動，更何況是三不五時都能與她見上一面的羅樹里奧呢！

這念頭讓羅樹里奧痛苦不已，他想遠遠地離開這座城市，以免自己的熱情過度氾濫。但是，他捨不得卡蜜拉，一天不見她便宛如陷入火海，痛苦不已。

於是，某一天晚上，當僕人們收拾好餐桌，全都回到廚房用餐休息時，羅樹里奧終於按捺不住心中的熱情，開口對卡蜜拉說：「卡蜜拉，請原諒我的魯莽！但有些話我若不說出來，便會哽住咽喉，令我無法呼吸。」

卡蜜拉驚訝地問道：「您怎麼了，是不是哪裡不舒服，要不要請醫生過來看看。」

「不！」羅樹里奧回答，「我這病是心病，一般的醫生是治不好的，而妳便是我的解藥。我發現自己已經深深愛上妳，愛得無法自拔了。」

「……」卡蜜拉聽見羅樹里奧說出這番話，嚇得面色發白，一言不發，便急急忙忙躲回房間去了。

驚魂未定的卡蜜拉跌坐在床沿，一邊喘氣，一邊輕撫著胸口，對這突如其來的侵犯，她感到既憤怒又難過，不住地在心中罵道：「他怎能說出這種話，真是個下流的傢伙，竟敢打我的主意，虧我還把他當親人款待。不行，我得趕緊要安森莫回家裡來。」

為徹底阻絕羅樹里奧可能再度對她說出無禮的話，卡蜜拉決定叫先生回來，於是，她拿起紙筆，寫了封信給丈夫，信件內容如下——

保羅與法蘭西絲卡

安格爾(Jean Auguste Dominique Ingres, 1780～1867) / 油彩・畫布，1819年 / 法國翁傑美術館

義大利還有個相當知名的不倫戀故事，也就是但丁《神曲》中的保羅與法蘭西絲卡。他們兩人因為一起讀《圓桌武士》，一時忘情便做出背棄丈夫與兄長的事。

34 苦肉計

「原來我在你心中竟是如此不堪的女人。那好，我們就到此結束吧！」說完，卡蜜拉轉身便要離開。羅榭里奧連忙抱住她哀求道：「別這樣，過度炙熱的愛會使人灼傷。我就是因為太愛妳才會失去判斷力呀！」

親愛的安森莫：

距你離家，已有數日之久。我日日獨守空房，望著冷冷清清的床鋪，心中感到既寂寞又孤單。你交代我要好好招待羅榭里奧，我已經確實做到，但分寸的拿捏，別人未必遵守。我說這話，想必你已明白。

我要先回娘家去住一陣子，避避嫌，等你回家時，再順道繞過來接我吧！

卡蜜拉

安森莫看完妻子的來信，明白羅榭里奧已經依約展開行動，心中不由得大樂，於是他趕緊回了一封信給妻子，故作正經地說道——

親愛的卡蜜拉：

我也非常想念妳。我已經加緊腳步，儘快處理這邊的事情了。妳留在家裡等我，別往娘家去，我很快就會到家了。

安森莫

看見丈夫執意要自己留在家裡等他

回來，卡蜜拉沒辦法，只好更加小心，避免單獨與羅榭里奧同處一室。

她有一個從娘家帶過來的女僕，叫做莉歐妮拉，她們從小便玩在一塊兒，所以長大後感情仍舊很好。卡蜜拉喚來莉歐妮拉，悄聲對她說道：「莉歐妮拉，有件事我想拜託妳。這幾天，妳可不可以提早吃晚餐，飯後便留在客廳陪我，別讓羅榭里奧單獨與我相處。」

「怎麼啦，小姐，」莉歐妮拉一臉狐疑地問，「妳是不是感覺到什麼？難道是——羅榭里奧先生對妳心懷不軌？」

「沒有、沒有，妳別胡亂瞎猜。我只是希望有第三個人在場，以排解兩人相對無語時的尷尬氣氛罷了。」卡蜜拉連忙解釋。

「好吧，我儘量。但晚餐過後就是我的休息時間，我可不敢保證天天都能出現在客廳裡，因為我也需要出門透透氣呀！」莉歐妮拉直率地說道。

果然，有了莉歐妮拉的陪伴，羅榭里奧便不敢再明目張膽對卡蜜拉表達愛意。但他總是拿來一首首的情詩，朗誦給她們聽，說是要請莉歐妮拉幫他評評分，看寫得好不好。其實，那情詩分明

就是在對卡蜜拉傾訴無盡的愛意，並歌頌她無與倫比的美貌。

卡蜜拉雖然深愛自己的丈夫，但她畢竟是個感性的女人，也需要愛情的滋潤。丈夫長期在自己的生活中缺席，加上羅榭里奧綿綿不盡的甜言蜜語，終於讓她設防的心慢慢軟化。

幾天之後，卡蜜拉已不再堅持要莉歐妮拉留在客廳陪她，她開始一點一滴掬起羅榭里奧為她灑下的愛情淚水。終於，在安森奧回家的前一晚，她成了羅榭里奧懷中的俘虜，與他共度了一個甜美的夜晚。

安森莫回到家後，並未發現妻子臉上的罪惡感，反而興沖沖地說道：「幾天不見，妳變得更加美麗了。看來，妳信中所提的困擾，應該沒有發生吧！」

「嗯——」卡蜜拉露出甜甜的笑容，心虛地說，「都是我自己太多心了。羅榭里奧並未踰矩，還幫了我不少忙，他果真是個正人君子呢！回房間換套衣服吧，準備吃午餐了。」

陪妻子吃過午餐，安森莫便急匆匆地奔往羅榭里奧的家。才一進門，他便急不可待地追問羅榭里奧：「求愛的結果如何？卡蜜拉有什麼反應？」

「哎哎哎——我說，安森莫老友呀，你別那麼心急嘛！咱們那麼久沒見面，

應該先擁抱一下，打聲招呼才對吧？」羅榭里奧促狹地說道。

安森莫對於自己的急躁，頓時也頗感到不好意思，於是向前好好擁抱了羅榭里奧一番。

兩人進到屋裡，不等安森莫再次開口，羅榭里奧隨即說道：「說真的，我可真是羨慕你。你的妻子不但外貌端莊美麗，內心也同樣毫無瑕疵的貞潔。對於我三番兩次的追求，她總是刻意迴避，到後來甚至連讓我說話的機會都不肯給我。」

聽見羅榭里奧這番話，安森莫開心極了，滿心歡喜地說道：「謝謝你！我總算解開了心中的悶結。以後我一定會好好珍惜卡蜜拉，絕不再懷疑她了。」

羅榭里奧在心中冷冷一笑，對於自己背叛好友的行為，他已毫無愧疚，且自有一番解釋——「這並不是我的錯，是安森莫硬要把我推向戰場，而敵人正是光憑美貌便可殺死一整隊士兵的卡蜜拉，又怎能怪我出手征服她呢？」

接下來的日子，安森莫對待妻子的態度變得更加溫柔了。而羅榭里奧仍時常到安森莫家走動，卡蜜拉依舊像對待丈夫的朋友般，刻意保持拘謹禮貌的招呼。表面上，三個人之間跟以前似乎沒什麼兩樣，但私底下卻暗潮洶湧。

每當安森莫在餐桌上侃侃而談時，羅樹里奧總會趁機深情款款地偷瞄卡蜜拉，而卡蜜拉臉上浮現的甜甜笑靨也全是爲了回應她的新戀人──羅樹里奧。

卡蜜拉的外遇很快便被她那親如姐妹的女僕莉歐妮拉知道了。但莉歐妮拉並不打算揭發她的女主人，反而樂見此事。因爲，她自己也正處於熱戀中，更時常偷帶男友回屋裡過夜。女主人的出軌，正好可以當做籌碼，幫助彼此相互掩護。

有天晚上，羅樹里奧因過度思念卡蜜拉而失了眠。他走出家門，迎著夜色走在冷清的街道上，口中喃喃唸著苦戀的情詩，不知不覺竟走到安森莫家附近。

「唉，親愛的卡蜜拉，想到妳美麗的臉龐正沉沉躺在安森莫的臂膀中，我的心便有如刀割般痛苦！」

突然，一道黑影從安森莫家的側門閃出。羅樹里奧不覺大吃一驚，心想：「這麼晚了，會是誰呢？看那背影，應該是個男人。難道──」

愛情經常矇蔽一個人的理智，也會讓人的心裡生出許多邪惡的想像來。

嫉妒之情逐漸滲入羅樹里奧的心中，使他不禁懷疑起卡蜜拉：「是的，一定是這樣。卡蜜拉呀卡蜜拉，妳是如此迅速就被我的眼淚所俘虜，當然也能輕易投入其他男人的懷抱。我真是太愚蠢了，怎麼會對一個這麼不檢點的女人傾注我所有的情感？實在太可恨了。」

其實，那個黑夜中的男子是女僕莉歐妮拉的情人，他與莉歐妮拉結束了幽會正要回家，卻不巧被羅樹里奧撞見。

此時，無辜的卡蜜拉仍沉浸在睡夢中，殊不知一場大風暴即將向她襲來。

翌日，滿懷恨意的羅樹里奧約安森莫到自己家，對他說道：「安森莫，基於我倆多年的交情，有件很重要的事我必須對你坦白，希望你聽完之後能夠原諒我。」

「嘿，你今天是怎麼啦，有什麼話就直說啊，何必那麼嚴肅。」安森莫一派輕鬆地回答。

「之前，我跟你說卡蜜拉對你堅貞不二，其實是騙你的。她早已落入我的情網，還曾經偷偷對我示愛呢！」羅樹里奧說道。

「什麼？」安森莫十分驚訝好友這番話，一臉錯愕地回應著，「你這是在跟我開玩笑吧？」

嫉妒讓羅樹里奧失去了理智，他不顧一切地說著：「你後天不是要到鄉下去嗎，卡蜜拉已經約了我在你家見面。你要是不相信，大可以躲在臥房的儲衣

間裡偷看，屆時便可知道我所說的一切是否屬實。」

安森莫氣得渾身顫抖。面色鐵青、一語不發，轉頭便離開了羅榭里奧家。

安森莫走了之後，羅榭里奧隨即癱坐在椅子上，雜亂的思緒衝擊著他的腦袋，令他幾乎要發狂。就在此時，僕人走進來通報：「老爺，有一位帽子上罩著頭紗的小姐前來拜訪您。」

「誰？」羅榭里奧從椅子上跳起來嚷道，「快讓她進來。」

僕人領著陌生訪客走進大廳，羅榭里奧看出來人是卡蜜拉，便趕緊吩咐僕人出去，並且把門關上，不得讓任何人進來打擾。

「怎麼啦，你的臉色怎麼那麼蒼白？哪裡不舒服？」卡蜜拉取下帽子，一邊梳理被黑紗弄亂的髮絲，一邊問道。

「沒什麼，妳怎麼來了？」羅榭里奧冷冷地回答著，眼中射出一道道怨恨的寒光。

卡蜜拉並未察覺羅榭里奧的異狀，因為她的心裡也同樣為某件事而困擾著。「我覺得好煩，所以想來找你聊聊天。你還記得我家裡那個叫莉歐妮拉的女僕嗎？」

「知道啊，就是跟你一塊兒嫁到安森莫家那個，她怎麼了嗎？」羅榭里奧好奇地問道。

「她越來越大膽了，三天兩頭便把男人帶到家裡來過夜，為了堵住她的嘴不讓她說出我們的事，我還得幫她掩護呢。可是這情形一天比一天更嚴重，我真怕哪天會被安森莫發現，到時恐怕連我倆的事也會跟敗露呢。」卡蜜拉擔憂地說道。

聽到這兒，羅榭里奧突然一下從椅子上跳起，喊道：「糟了，我怎麼會忘記這件事呢，妳早就跟我提過了呀！這下事情可麻煩了。」

「怎麼啦？發生什麼事了？」卡蜜拉一頭霧水地問道。

羅榭里奧衝到卡蜜拉跟前，緊握住她的雙手說道：「請原諒我！今天凌晨我發現一個男人從妳家裡偷溜出來，誤以為是妳另外的情人，便讓嫉妒矇蔽了心智，一氣之下就向安森莫招認了我們的戀情。」

「你！」卡蜜拉又羞又怒，抽出被羅榭里奧緊緊握住的雙手說道，「原來我在你心中竟是一個如此不堪的女人。那好，我們就到此結束吧！」說完，轉身便要離開。

羅榭里奧連忙緊緊環抱住她，哀求道：「別這樣，過度炙熱的愛會使人灼傷。我就是因太愛妳才失去判斷力呀！」

杜雷／版畫，1863年

為了化解丈夫的疑慮，卡蜜拉演出一場苦肉計，以證明自己的貞潔。

羅榭里奧的深情告白，軟化了卡蜜拉的心，於是她原諒了羅榭里奧，並尋思該如何化解這場災難。

「後天，你就依照原先的約定來我家，我自有方法讓安森莫相信我倆的清白。」沉思片刻之後，卡蜜拉說道。

「妳有什麼計畫？不能事先告訴我嗎？」羅榭里奧問道。

「到時候，你隨機應變就是了。」卡蜜拉回答。

到了那一天，安森莫依照原先說好的行程準備出城，與妻子吻別之後，他便跨上馬背往鄉下而去。半途上，他拉轉馬頭折了回來，將馬匹寄放在朋友家，然後偷偷潛回家中躲進臥房裡的儲衣間。

近中午時分，安森莫豎耳聽見僕人在門外通報：「夫人，羅榭里奧先生來訪。」然後，便是一陣腳步聲和寒暄的話語。

「羅榭里奧，你來啦！真不巧，安森莫剛好到鄉下去辦點事了。」卡蜜拉溫柔自持地說道。

「沒關係，我是來看妳的。」羅榭里奧若有所指地回答著。

「你別這樣，要不是看在你是我先生最要好朋友的份上，我早就發怒了。現在，請你回去吧！」卡蜜拉假裝生氣地回答，並轉身往房間的方向走去。但她一邊走，一邊對羅榭里奧使眼色，示意他跟著自己進去。

待兩人都進了房間後，卡蜜拉假裝回頭，大吃一驚地喊道：「你進來做什麼？快點出去！否則我就要對你不客氣了。」說完，便從桌上拿起一把預先藏好的利劍，往羅榭里奧刺去。

羅榭里奧沒料到卡蜜拉會這麼做，頓時嚇了一大跳，本能反應讓他及時閃過這一劍，並伸手去抓卡蜜拉的手。躲在儲衣間的安森莫也為這驚險的一幕捏了把冷汗。

「放開我！」卡蜜拉掙扎著喊叫道，「你這個卑鄙下流的小人，你不但背叛了安森莫的信任，還意圖玷辱我的名節。雖然我無力殺死你，但我將用自己的鮮血洗去你施加在我身上的污辱。」只見卡蜜拉用力往後仰，利劍順勢往她的肩膀畫下，割出了一道傷口，鮮血登時噴灑出來，染紅了地板。

「卡蜜拉！」安森莫和羅榭里奧同時驚呼。安森莫趕緊從儲衣間奔出，伸手抱住昏厥的妻子，痛苦地說道，「對不起，我再也不會懷疑妳了。」

就這樣，卡蜜拉以苦肉計化解了這場猜忌風暴，同時也穩固取得丈夫對她的信任。

35 玩火自焚

「天哪！」安森莫頹喪地坐在地上，雙手緊抓著頭髮，痛苦地流著淚，「都是我的錯，是我替他們製造了機會，我自作自受、咎由自取，我該死⋯⋯」我原諒卡蜜拉，她並沒有錯，錯的是我無理的試驗，是我為自己求來了恥辱。

故事說到這裡，突然被一陣喧鬧聲打斷。只見桑丘從唐吉訶德的房間急奔出來，一面大聲地喊著：「神父，你們快點來呀！我的主人正在跟巨人激烈地作戰呢！」

神父放下手中的文稿，皺皺眉頭問道：「哪裡來的巨人？我們根本還沒到達米口米口國呀！」

「是真的！」桑丘興奮地說，「我剛剛親眼看見主人把巨人的頭顱砍下來，鮮紅色的血流了滿地呢！你們快點過去幫他的忙呀！」

「鮮紅色的血？天哪，不會是我的葡萄酒吧？」旅店老闆慌張地站起身，急急忙忙衝向唐吉訶德的房間，眾人也跟著他前去看個究竟。

他們來到房間門口，發現房裡一片凌亂，葡萄酒流得到處都是，而唐吉訶德正衣衫不整地站在床上，手上揮舞著長劍，朝床頭的酒囊猛刺，一面大聲地吼著：「別逃！你這個卑鄙的巨人，別以為仗著自己的身型巨大，就可以隨便侵占別人的國家。看我怎麼收拾你！」

「住手、住手，」旅店老闆著急地說，「別再刺啦！我店裡珍藏的葡萄酒

囊都讓你給刺破啦！」

可是，唐吉訶德仍舊猛揮猛砍，絲毫沒有歇手的意思。眾人仔細一瞧，才發現他雙眼緊閉，處於夢遊狀態。

「尼古拉斯先生，麻煩你到井邊提一桶冷水來，好嗎？」神父趕緊對理髮師說道。

「沒問題！」理髮師回答。

然後，神父又示意卡爾德尼與他一塊兒向前衝去，奪下唐吉訶德手中的長劍，並將他壓回床上躺下。神父用力抓緊唐吉訶德的雙手，免得他又爬起來。

唐吉訶德於睡夢之中被人緊握雙手，以為自己圓滿完成了任務，正在領受米口米口娜公主的封賞，於是說道：「親愛的公主，我已經實現對妳的承諾，殺死可惡的瞄瞄眼巨人。今後，妳可以安心地統治米口米口國了。」

此時，理髮師提了一桶水進來，直接從唐吉訶德的頭頂往下倒，嘩嘩的水聲，加上冷水的刺激，終於讓唐吉訶德稍稍醒來，但他的神智仍不大清楚，不一會兒又倒在床上睡著了。

「我怎麼這麼倒楣，竟然被同一個瘋子砸店兩次。」旅店老闆生氣地說道。

杜雷／版畫，1863年

日有所思，夜有所夢。唐吉訶德把葡萄酒囊當成巨人國的瞄瞄眼王子，在睡夢中不斷攻擊巨人的頭顱，醇美的酒液有如鮮血流了滿地。

「對不起，貴店所有的損失我們都會照價賠償，請你放心。」神父說道。

「奇怪──」眾人忙著制伏唐吉訶德的當兒，桑丘卻在房間裡四處搜尋，「我明明看見騎士老爺砍下巨人的頭啊！那嘴巴上的鬍子可長了，一直蓋到巨人的腰部，怎麼會找不到呢？一定是魔法師把他偷走了。」

「什麼巨人的頭顱？那根本就是我的葡萄酒囊。依我看，你的腦袋也有問題。」旅店老闆又被桑丘荒謬的想像力給激怒了。

「桑丘・潘薩先生，」多蘿賽亞連忙出面打圓場說道，「請您放心，等我們回到米口米口國，就可以知道巨人瞄瞄眼王子是否真的被唐吉訶德先生殺死了。屆時，我一定會把米口米口國裡最大的領地賞賜給你。」聽見米口米口娜公主的承諾，桑丘頓時放心不少，便不再追究巨人頭顱的下落。

眾人於是回到大廳，繼續聆聽神父講述下半段故事──

自從安森莫親眼見到卡蜜拉為了維護名節而自殺後，對她更是加倍愛惜與呵護，並認為自己是全世界最幸福的男人。於是，三人相安無事地過了幾個月，直到有一天⋯⋯

一天晚上，安森莫比往常稍晚回家，他才剛走進客廳，便突然聽見傭人房的方向傳出奇怪的聲音，於是戒慎地

往那邊走去。按聲尋找，發現喧囂聲是從莉歐妮拉的房間傳出的。他生氣地敲敲莉歐妮拉的房門，說道：「是誰在裡面，快開門！」

莉歐妮拉正在和男友幽會，沒料到男主人會來敲門。她嚇得從床上跳起，光著雙腳奔到門邊，以肩膀頂著房門，以防主人進門來，口中則對男友喊著：「你快點從窗戶逃走！要是被我家老爺逮到，咱們兩個就沒命啦！」。

說時遲那時快，安森莫已經用力推開房門，只聽見「砰」的一聲，房門和窗戶同時被打開，安森莫衝進房間時，看見一道黑影正從窗臺跳了下去，他大喊一聲「站住」，連忙跑到窗邊，只見一個陌生男人跳落到街道上，匆匆忙忙逃走了。

「快說！他是誰？」安森莫轉頭瞪視莉歐妮拉，厲聲問道。

「老爺──」莉歐妮拉嚇得渾身發抖，跪倒在地上哀求道，「請不要責罰我，剛剛那個男人是我的未婚夫，我們就快結婚了。」

「胡說！我怎麼從來都沒聽妳提起過？何況，一個未婚女子，半夜把男人弄到家裡來幽會，成何體統？別人會怎麼看待我們這些做主人的？真是太丟臉了！我一定要重重懲罰妳。」安森莫氣急敗壞地說道。

「求求您，老爺！如果您肯原諒我，我願意跟您透露一個天大的祕密。」莉歐妮拉被逼急了，竟打算出賣自己情同姐妹的女主人。

「什麼祕密？妳倒是說啊！」安森莫生氣地問道。

「嗚……嗚嗚……」莉歐妮拉頓時哭了起來，說道，「可否容我明天再說？此時此刻，我的腦袋一片混亂沒法說清楚啊。」

「好吧！我就先把妳鎖在房間，等妳說出祕密之後再放妳出去。」安森莫說完，轉身走出房間，並順手將房門從外面鎖上。

他一臉怒氣地回到自己的房間，對卡蜜拉說道：「妳知道剛剛發生了什麼事嗎？莉歐妮拉竟然帶陌生男人回來過夜！真是太不知羞恥了。」

卡蜜拉一聽，心臟「怦怦」狂跳起來，心虛地問道：「人呢？你打算如何處置他們？」

「我沒抓到那個男人，他從窗戶逃走了。」安森莫回答，「至於莉歐妮拉，因為她說明天要告訴我一個大祕密，所以我已經先把她鎖在房間裡了。」

「大祕密？」卡蜜拉知道自己的外遇情事就要敗露了，她強作鎮定地服侍安

森莫躺下。等他沉沉入睡後，便連忙從
床上爬起，收拾了幾件換洗的衣服和所
有值錢的首飾，趁著夜半街道無人，直
接奔到羅樹里奧家去。

　　羅樹里奧聽完卡蜜拉帶來的壞消
息，一時也慌了手腳，考慮了一會兒後
對她說道：「我看，我們得先分別找個
地方躲藏，以免被人發現。等事情風頭
過了之後，再到一個沒人認識我們的城
市重新開始。」

　　「嗯──也只能這樣了。」卡蜜拉淚
眼婆娑地回答。然後，她便在羅樹里奧
的安排下，躲到鄉下的一間修道院，並
假扮成一位修女；而羅樹里奧自己則投
奔到遠方朋友的家中避風頭。

　　翌日一早，安森莫從睡夢中醒來，
前一晚的餘怒猶存，他因而沒注意到妻
子不在身旁。他一起床，便逕自往莉

歐妮拉的房間走去；解開鎖、打開房門
後，卻只見敞開的窗戶欄杆上，綁著一
條以床單結成的繩子，直垂到一樓的街
道上。

　　「可惡！竟然讓她逃走了。」安森
莫心有未甘地罵著，一邊走回自己的房
間，打算告訴卡蜜拉這件事，但妻子並
不在裡面。

　　於是，他叫來服侍卡蜜拉的貼身女
僕，問道：「夫人到哪裡去了？」

　　「我不知道，老爺。我今天還沒見到
夫人呢！」女僕回答。

　　安森莫打開衣櫥，發現卡蜜拉的衣

服和貴重珠寶都不見了，這才察覺事情有異。他連忙騎上馬，奔到羅樹里奧的住處，卻從家中傭人的口中得知羅樹里奧也失蹤了。

「這是怎麼一回事，難道——卡蜜拉和羅樹里奧背叛了我？」安森莫滿懷疑懼地回到家，卻沒想到眼前還有更教他難堪的事。

席蒙和艾非吉妮雅
弗雷德里克·雷頓(Lord Frederic Leighton, 1830～1896) / 油彩·畫布，1884年 / 澳洲雪梨新南威爾斯美術館

來自義大利佛羅倫斯的薄伽丘，於傳世名作《十日談》中廣泛收集流傳民間的一百多則男盜女娼故事，只見——夕陽餘暉裡，儘管天光朦朧，牧羊人席蒙仍對熟睡中的美女艾非吉妮雅一見鍾情，而且這位美女可是希臘神話中麥錫尼國王阿格曼儂的女兒呢！

原來，從窗戶逃走的莉歐妮拉已經將卡蜜拉的醜事傳揚開來，弄得城裡人盡皆知。家裡的傭人害怕主人回來後會遷怒他們，於是偷走了家中所有值錢的東西，只留下一棟空蕩蕩的房子。

「天哪！」安森莫頹喪地坐在地上，雙手緊抓著頭髮，痛苦地流著淚，「都是我的錯，是我替他們製造了機會，我自作自受、咎由自取，我該死！」

一位住在鄉下的友人得知這件事後，來到城裡把神智恍惚的安森莫接到家裡去住。過了一陣子，安森莫因過度自責與悲傷而生了一場重病，不久便死了。臨死前，他寫了一封沒有結尾的信，裡頭寫著——

奪去我生命的，是一個愚蠢的慾念。我原諒卡蜜拉，她並沒有錯，錯的是我無理的試驗。是我為自己求來了恥辱，沒有理由……

至於卡蜜拉和羅樹里奧也沒得到好下場。據說，羅樹里奧在一場戰爭中失去了性命，而卡蜜拉則日日沉浸在孤獨的憂傷之中，最後也落寞死去了。

「說完了。」神父讀完最後一張文稿，略帶惋惜地說，「這個故事我還滿喜歡的，可惜情節似乎不太合理。若說情人之間要點壞念頭，測試一下彼此的感情，這倒有可能。但一對在上帝的見證下合法結合的夫妻，怎麼可能會提出這種荒謬的考驗呢？」

有情人終成眷屬

「你難道還不明白嗎？露芯達屬於卡爾德尼。你就算得到她的人又如何，終究得不到她的心呀！難道，你真的要她以死來擺脫你嗎？」「是呀！」神父也忍不住勸阻道，「費南多先生，請你看看眼前的多蘿賽亞吧！她才是真正用心愛你的人哪！」

就在神父說完故事的當兒，突然聽見旅店老闆高興地喊道，「哇！外頭有動靜，似乎來了好幾個客人，我得趕緊去招呼一下。」說完，便往門口跑去。

眾人也往外看去，果然看見四個頭戴黑色面罩、騎著馬的男人。另外還有兩個步行的男子，護送一名坐在馬背上的白衣女子進到院子裡。

「事有蹊蹺，我們出去瞧瞧。」神父對理髮師說道。

多蘿賽亞則是拉下面紗，和桑丘、卡爾德尼一同走去唐吉訶德的房間。由於唐吉訶德的房間正好位在院子旁，所以一行人躲在這兒就能聽見這群夜宿者的動靜。

「下來吧！」其中一名頭戴黑色面罩的男人，等馬匹都進到院子裡後，走到白衣女子身邊伸手將她抱下來。

「為什麼你還不死心，硬要把我從修道院搶出來。如果你心有不甘，乾脆一刀殺死我，強過讓我痛苦地活著。」白衣女子氣若游絲地說道，心中彷彿有無限委屈。

聽見這個熟悉的聲音，卡爾德尼急忙走到唐吉訶德的房間門口，從門縫偷偷向外望，他心想：「露芯達？這分明是露芯達的聲音呀！」

多蘿賽亞則直接走出房間，來到白衣女子身邊，對那個男人喊著：「你是費南多！」

「妳是誰？」男人滿懷戒心地問道。

「你的妻子，多蘿賽亞。」多蘿賽亞拉下面紗，一臉憤怒地說道。

「是妳──」男人一陣錯愕，隨即取下面罩，問道，「妳怎麼會在這裡？妳來這裡幹什麼？」

「這還需要問嗎？當然是為了找你啊！」多蘿賽亞流著眼淚傷心地說道，「當初，你是怎麼跟我說的？你曾經苦苦追求我，說你根本不介意身分地位的懸殊。但是結果如何？你終究還是嫌棄我地位低下，在外地與另一名女子結婚了，枉費我在家鄉苦苦等待。我雖然不是貴族出身，但道德品行卻不比你差，你沒有權力玩弄我的感情……」說到這兒，多蘿賽亞已經哽咽地說不出話來。

聽見多蘿賽亞直呼「費南多」這名字，除了仍在沉睡的唐吉訶德，眾人全都跑到院子來團團圍住費南多，欲觀看事情如何往下發展。

杜雷／版畫，1863年

四角戀情的當事人終於兜在一塊兒，引發一場愛人爭奪大作戰。

卡爾德尼則衝到白衣女子身邊，問道：「露芯達！妳是露芯達嗎？」不等白衣女子回答，費南多隨即拉著她往後退去，罵道：「快滾開！不准你接近她。」

「卡爾德尼——」白衣女子隨即扯下面紗，悲傷地哭喊著。那面紗底下露出的驚人美貌，立刻吸引所有人的目光。

卡爾德尼終於見到自己苦苦思念的愛人，便不顧一切往前衝去。費南多立刻從身上抽出一把刀，凶悍地指著卡爾德尼，說道：「退後！如果你敢再往前一步，休怪刀刃無眼。」

「費南多——」多蘿賽亞哀泣著，「你難道還不明白嗎？露芯達屬於卡爾德尼。你就算得到她的人又如何，終究得不到她的心呀！難道，你真的要她以死來擺脫你嗎？」

「是呀！」神父也忍不住勸阻道，「費南多先生，請你看看眼前的多蘿賽亞吧！她才是真正用心愛你的人哪！」

「是啊！」「是呀！」理髮師和桑丘也在旁邊附和著。

終於，多蘿賽亞深情款款的眼淚，融化了費南多冷硬的心。他放下露芯達，轉身去擁抱多蘿賽亞。卡爾德尼和露芯達經過這場風波，感情也更為彌堅，只見他倆的臉頰互相依偎，身子緊緊相擁，彷彿害怕再被人分開似的。

等到這兩對戀人的情緒都平復下來之後，大夥才聊起這些日子以來各自的遭遇。

費南多首先開口說道：「當天，我在婚禮上刺殺露芯達不成，心中便一直計畫有朝一日一定要報復。露芯達失蹤之後，我派人四處打聽，幾個月後，終於得知她躲在鄉下的一間修道院。於是我找來三個男人，一塊兒戴上面罩衝進修道院把她劫了出來。我們本來打算前往其他城鎮，但經過這間旅店時剛好天色已晚，便留下來過夜。真沒想到會遇到你們。」

「是呀！」理髮師說道，「冥冥之中，姻緣彷彿天注定。這下，總算是有情人終成眷屬嘍！」

杜雷／版畫，1863年

花花公子費南多從修道院擄走了露芯達，剛好經過唐吉訶德一行人所在的旅店打算投宿過夜，冥冥中的天注姻緣這才讓兩對有情人各歸各位。

37 異國之戀

正四處張望之際，突然看見一名年輕貌美的女子在花園中散步。她見到我不但不驚慌，反而對我點頭微笑，我便確定她就是柔蕊達。「哇……真是太美了！」我在心中暗暗驚嘆，深深為她的美貌所著迷。

正當眾人為這兩對情人重獲幸福而開心不已時，桑丘卻悶聲不響地走到唐吉訶德的床邊，嘆了一口氣說道：「主人哪，您怎麼還睡得著呀？我們的美夢已經破滅了，因為米口米口娜公主竟然變成一個叫做多蘿賽亞的平凡女子。」

此時，唐吉訶德已經稍稍清醒。聽見桑丘這番話，他立刻從床上爬起，取來盔甲套在身上，手中拿著長矛，頭上再戴著那頂破破爛爛的「黃金頭盔」，往大廳走去。

在唐吉訶德走進大廳之前，神父已先對費南多說了他的種種瘋狂行徑。費南多同意讓多蘿賽亞繼續裝扮成米口米口娜公主，好把唐吉訶德騙回家鄉去。

「美麗的公主！」唐吉訶德一進大廳便對多蘿賽亞說道，「聽說妳已自願降低身分，成為平凡的百姓。想必妳現在已經不需要我的幫助了，即便如此，日後如果妳再有光復國土的打算，請儘管來找我。身為一名雲遊騎士，我非常樂意為妳砍下敵人的腦袋，取回妳的米口米口國。」

「噢——不，」多蘿賽亞假裝吃了一驚，隨即說道，「勇敢的騎士先生，我

從來沒有放棄挽救米口米口國的意思，您恐怕弄錯嚕！我當然仍舊需要您的幫忙呀！」

「什麼？桑丘，你剛剛為什麼在我床邊胡說八道？」唐吉訶德瞪視著桑丘，生氣地說。

「別生氣了，快點坐下來吃點東西吧！」神父見桑丘一臉無辜，連忙出來打圓場。於是眾人圍坐在桌子旁邊，一邊吃著豐盛的大餐，一邊聽取唐吉訶德發表長篇大論。

就在唐吉訶德絮絮叨叨地說著騎士之道時，旅店又來了一男一女兩位客人。但由於客房已滿，善良的多蘿賽亞便邀請女子與她同住一間房。

「謝謝妳！」男子代女子向多蘿賽亞致謝，「她不是本國人，因此並不懂得本國的語言。」

「你們兩位是從哪兒來的呀？」露芯達好奇地問。

「這事說來話長，能否容許我倆加入你們的餐會？」男子問道。

「當然、當然！」眾人異口同聲邀請這對男女坐下，對他倆的事滿懷好奇。

待男子飽餐一頓之後，便在大夥的

杜雷／版畫，1863年

這間位在荒山裡的小旅店越來越熱鬧了，所有房客齊聚餐桌旁，聽唐吉訶德在席間大談騎士之道。

請求下開始講述自己的故事──

「我叫佩雷斯，坐在我身旁的是柔蕊達。我出生在一個貧窮的山中小村，但父親在地方上還算是一個有錢人。有一天，他把我們三兄弟叫到跟前，分給我們每人四分之一的家產，要我們各自外出去發展。於是我率先告別了親人，帶著父親給我的錢投身於軍隊，打算闖出一番大事業。我憑著驍勇的戰技和強壯的體魄登上戰艦，在多次的海上戰鬥中立了不少功勞，晉升到上尉的官階。

「有一次，我們的戰艦於大海中遭遇敵艦，當兩方艦艇靠近之時，我一馬當先率先跳到敵方的軍艦上。沒想到，我的屬下還不及跟過來之際，對方便迅速調轉船身，疾馳而去。我便這樣成了敵人的俘虜。從此以後，我便一直被當成奴隸在敵人的軍艦上划槳。一年又一年，經歷了無數次的海上戰爭，也看盡了血腥殘酷的殺戮。

「終於，戰爭結束了，我被關進一座可以用金錢贖回自由之身的監獄。但是，我身上根本沒有錢，也沒辦法與我老家的父親聯絡上，只能日日與其他牢友坐在監獄的院子裡，無聊地說些見聞來打發日子。

「有一天，當我們一如往常地坐在院子裡聊天時，監獄隔壁上方的高樓窗戶突然伸下一根竿子，上頭還綁著一個小布包。我好奇地拿下來一瞧，發現裡頭

有些金幣和一張紙條。但由於是外國文字，我根本看不懂，只好找了一個懂外文的牢友幫我翻譯。原來，紙條上寫著——『我叫做柔蕊達，我已觀察了你好一陣子。如果你答應帶我離開這個國家，我就願意幫你贖身，因為我的父親很有錢，而我又是獨生女，所以金錢對我來說並不是問題。如果你同意，請回封信給我。』

「由於我迫切渴望自由，便不管對方是什麼樣的女子，立刻就答應了她的要求。我請人幫我寫了封回信，告知我的計畫——『親愛的柔蕊達小姐：感謝妳的慷慨與仁慈，只要妳幫我和幾位同伴贖身，我願意盡力幫妳達成心願，帶妳離開這個國家。』

「就這樣，柔蕊達每天都從窗戶垂下竿子，為我們送來一包又一包的金子，讓我們一個個都贖回自由之身。之後，我們又用她給的錢買了一艘船，預先藏匿在海邊，伺機要划回自己的國家去。

「當所有的用品、食物都已打點妥當，到了出發的前一天，我裝扮成一個奴隸，假裝奉主人的命令四處採摘野菜，偷偷潛進了柔蕊達家的花園。正四處張望之際，突然看見一名年輕貌美的女子在花園中散步。她見到我不但不驚慌，反而對我點頭微笑，我便確定她就是柔蕊達。

「『哇——真是太美了。』我不禁在心中暗暗驚嘆，並為她的美貌所著迷。此時，院子裡傳來一陣喧鬧聲，我才赫然想起潛入的目的，連忙從懷中拿出一封信，信中詳細說明了船隻出發的時間和地點。

「突然，一個年長的男人朝我們走來，我想應該是柔蕊達的父親吧。柔蕊達趕緊假裝昏倒在我的懷中，裝作是被剛才那一陣喧鬧聲給嚇昏。她父親以為我是整理園子的僕人，不疑有他，便從我手中接過女兒，抱著她往房子裡去。臨走時，我瞥見柔蕊達正轉頭凝視著我，眼中有無盡的悲傷與不捨。『放心吧！我一定會帶妳走的。』我在心中堅定地承諾著。

「翌日，到了約定的時間，我和幾個夥伴來到柔蕊達家外面，等著帶她離開。一會兒後，只見她行色匆匆地從屋裡走出來，手上還提著一只箱子。『是金子。』夥伴幫我翻譯。

「順利接了柔蕊達之後，我們急速奔往海邊，卻不巧半途被她父親所發現。為了阻止他喧嚷開來，我們只好連他一塊兒抓上船，直划到附近的一座小島才放他下岸。

「遠遠地，只見柔蕊達的父親獨自站

杜雷／版畫，1863年

旅店新來乍到的房客佩雷斯，與眾人分享他昔日登艦參與海上作戰的英勇往事。

在海邊不斷呼喚著女兒，柔蕊達則坐在船上傷心地流著眼淚，並輕輕依偎在我的懷中。『我會好好照顧妳的。』我向她保證。也許，她聽不懂我說的話，但我深情款款的眼神一定能讓她安心。

「就這樣，我們的船隻在海上航行了好幾天，眼看距離家鄉越來越近，大家都很開心。『佩雷斯，你看！那艘船怎麼一直靠近我們。』一位夥伴突然大聲喊著。『糟了，是海盜。』根據我在海上服役多年的經驗，一看便知我們遇上了海中的鯊魚，也就是殺人不眨眼的海盜。『快點，調轉方向！』我拚命地大聲喊著。

「但小船的速度終究不敵大船，更何況那可是以搶奪財物聞名的海盜船。我們很快便被對方追上。他們射出兩枚炮彈，幾乎擊沉了我們的船，接著又搶去我們所有的錢財，就連柔蕊達腳踝上的金鍊也不放過。

「不過幸運的是，除了金錢，他們並沒有更進一步的掠奪，甚至讓我們登上一艘救生用的小船。於是我們大家擠在船上，渡過了好幾天艱苦的日子，最後終於登上陸地，眾人便在海邊分了手。自此以後，我便帶著柔蕊達往內地而來，打算回故鄉去。」以上就是我多災多難的精彩人生故事。

杜雷／版畫，1863年

在海上戰爭中，戰敗者的頭往往會被割下當獻禮；但佩雷斯成了俘虜，年復一年在海上
服著苦役，看盡了血腥殘忍的殺戮。

杜雷／版畫，1863年

戰爭結束後，奴隸們被送進了監獄，佩雷斯和牢友終日垂頭喪氣，只能坐在院子
裡聊天度日，孰知有天竟意外接到一封信，人身自由似乎從此露出一線曙光。

杜雷／版畫，1863年

正當柔蕊達和佩雷斯準備互通私奔信息時，女孩的父親走了過來，情急之下柔蕊達連忙
假裝昏倒。

杜雷／版畫，1863年

郎有情妹有意的二人雖語言不通，卻以愛戀和含情的眼神許下了愛情約定。

杜雷／版畫，1863年

在柔蕊達的金錢資助下，佩雷斯與眾牢友不僅得以重獲自由，甚至順利備妥一艘船準備
離開這處異鄉，眾人無不賣力地往家鄉划去。

杜雷／版畫，1863年

柔蕊達的父親在海邊呼喚著愛女，但她去意甚堅，聲聲喚也喚不回。

杜雷／版畫，1863年

眼看故鄉在望，卻不幸遇上海盜船，佩雷斯和柔蕊達身上的盤纏全被搶劫一空。

38 壞魔法詛咒

唐吉訶德的手被繩子牢牢縛住，全身僵硬地站在洛基南特背上，一動也不敢動。因為只要洛基南特稍稍往前走一步，他便會單手懸空地被高掛在牆上。令他不禁唉嘆道：「我怎麼這麼笨呢？這一定又是魔法師搞的鬼，是他施用法術讓我動彈不得。」

「真是一場偉大的冒險，與我的騎士之旅一樣精彩呢！」唐吉訶德聽了佩雷斯的故事之後，讚嘆地說道。不過，這會兒除了才剛睡醒的唐吉訶德，大家都覺得有些累了，於是紛紛告退，回自己的房間休息。

「你們儘管安心地睡吧，我會負起守衛城堡之責的。」唐吉訶德說完，隨即走出大廳，從馬廄牽出瘦馬洛基南特，開始執行他的守衛任務。

旅店老闆的女兒看見唐吉訶德如此瘋狂，決定作弄他一番。她叫來店裡的女傭，兩人合力將一張桌子推靠至倉庫的一面牆邊，然後爬上桌子、墊起腳尖，從高牆上的一扇小窗往外觀察唐吉訶德的動靜。

只見唐吉訶德端端正正地跨坐在洛基南特背上，神情嚴肅地在旅店門口來回巡邏著。

「勇敢的騎士先生，請您過來這邊好嗎？」旅店老闆的女兒輕聲細語、柔情萬千地朝唐吉訶德喊道。

唐吉訶德聽見聲音，抬頭往牆上的小窗望去，看見一道人影在窗戶後方晃動，以為是城堡中的公主來向自己傾訴愛意，於是興高采烈地往牆邊走去，問道：「噢——美麗的公主，有什麼事情需要我效勞？是要我取來神話中蛇髮女妖梅杜莎的頭顱，還是要一罐盛滿金色陽光的瓶子呢？」

「都不是，」女傭代替旅店老闆的女兒回答，「公主只想看看您的手，可否請您把手伸進窗口？」

「美麗公主的任何要求，我都會照辦的。」唐吉訶德說完，便爬到洛基南特的背上，把一隻手伸進窗戶裡去。

此時，女傭拿來了一條繩子，一端綁住唐吉訶德的手，另一端則綁在倉庫的門把上。之後，這對淘氣的主僕二人便笑嘻嘻地跑開了。

「親愛的公主，請允許我收回自己的手好嗎？我被拉扯得疼痛不已哩！」唐吉訶德懇求著，但卻已經無人回應他了。

就這樣，唐吉訶德的手被繩子牢牢縛住，全身僵硬地站在洛基南特背上，一動也不敢動。因為只要洛基南特稍稍往前走一步，他便會單手懸空地被高掛在牆上。他不禁唉嘆道：「我怎麼這麼笨呢？這一定又是壞魔法師搞的鬼，是

杜雷／版畫，1863年

旅店老闆的女兒淘氣地惡作劇，用計將唐吉訶德的手綁在窗口。騎士老爺單手懸空被垂吊在牆上，痛得他哇哇大叫。

杜雷／版畫，1863年

旅店老闆和賴帳的房客扭打成一團，老闆娘和女兒央求唐吉訶德出手相救，卻遭拒絕——自窗口垂吊事件之後，唐吉訶德覺得所有突發狀況都是壞魔法師作祟所致。

般的痛楚，使他不斷大聲哀號。門外的吵鬧聲驚醒了旅店裡所有的人。女傭聽見唐吉訶德的哀叫，連忙跑進倉庫解開綁在門把上的繩子，唐吉訶德便連滾帶翻地跌落到地面。

但自從唐吉訶德這號人物住在店裡，這間旅店便像著了魔似的紛擾不斷——

翌日，先是店主他施用法術讓我動彈不得。」

天快亮時，旅店外來了四位騎馬的客人，他們敲著旅店的大門喊著：「開門哪！我們要投宿。」

「住手！」唐吉訶德對他們大聲吼道，「天還沒亮呢，不准你們在城堡外頭喧鬧。等天一亮，城堡大門自會打開。」

這時，四人才發現穿著怪異的唐吉訶德貼站在牆壁上。「先生，請問你是旅店老闆嗎？若是，就快點下來幫我們開門，我們需要餵飽馬匹。」

洛基南特聞到其他馬兒的味道，不禁移動步伐往四人的方向走去，這下子令唐吉訶德整個人被垂吊在窗外，單手掛在牆上。「哎呀——」手臂快被撕裂跟兩個意圖賴帳的客人狠狠打了一架。眼見旅店老闆被二人痛毆，老闆娘和小姐、女傭在旁著急地有如熱鍋上的螞蟻，她們請求唐吉訶德出手相助，卻遭到他的拒絕。而後，之前曾被唐吉訶德搶走銅盆的理髮師，也剛好在這一天來到這家旅店。他一見到桑丘，便要求他歸還自己被奪去的東西。桑丘不願意，認為那是主人冒險所贏得的戰利品，由此又引來一場爭鬥。

對於這兩場爭端，唐吉訶德都只做壁上觀，並不插手。因為他認為，在為米口米口娜公主奪回王國之前，他不宜參與其他爭鬥，以免再度落入壞魔法師的陷阱。

杜雷／版畫，1863年

先前無故遭唐吉訶德搶走銅盆的理髮師也來到這家旅店，為了要回失物，他不惜和桑丘打起來。

杜雷／版畫，1863年

旅店鬧哄哄地吵成一團，但唐吉訶德僅僅袖手旁觀。他心想，眼前還有更重要的騎士任務等著他，他可不想落入魔法師設下的這些突發陷阱。

牢籠騎士

唐吉訶德的內心不斷思索著：「奇怪！古代的騎士被施魔法抓走時，往往是在半空中疾速奔馳，或是籠罩在一團烏雲裡，再不然也是被半人半鳥的怪獸駄著跑⋯⋯，而我卻坐在牛車上。難道，是現代魔法師的作法改變了嗎？」

為了儘早結束一場又一場的鬧劇，神父決定改變原先的計畫，他找來理髮師尼古拉斯、費南多、卡爾德尼、多蘿賽亞和露芯達眾人一塊兒商量。最後，大家決定捨棄米口米口國的冒險，準備直接把唐吉訶德押回故鄉。

於是，他們找來多根粗木條，釘成一個可容納一名成人坐臥的大籠子。另外又向一個路過的農人租了一輛牛車，用來搬運籠子。

為了不讓唐吉訶德認出來，當晚，神父和其他人特意穿戴上各式奇形怪狀的衣服和帽子，衝進唐吉訶德的房間，趁他反應不及趕緊捆綁他的雙手雙腳，將他抬進籠子裡關起來。

唐吉訶德自睡夢中驚醒，以為自己著了魔法師的法術，被一群妖怪抓住。他無力反抗，只好默默無語地坐在籠子內。那神情茫然、空洞，似有無盡的遺憾。但他的內心卻不斷思索著：「奇怪！古代的騎士被施了魔法抓走時，應該是在半空中疾速奔馳，或是籠罩在一團烏雲裡，再不然也是被半人半鳥的怪獸駄著跑，而我卻坐在牛車上。難道，是現代魔法師的作法改變了嗎？」

桑丘看見主人被硬架上牛車，內心雖然深感不滿，但因自己勢單力薄，加上神父不斷勸說，最後只能無奈地騎上驢子，手裡拉著洛基南特的韁繩，心不甘情不願地跟在牛車後頭，往家鄉的方向前進。

一行人走了一段路，來到一處山谷時，遇上另一群騎馬的旅客，對方約有六、七人。兩隊人馬皆停下腳步打算在山谷中休息。神父很快便與另一隊人馬中的一位主教攀談起來。

「那籠子裡押解的，是犯了重罪的囚犯嗎？」主教問道。

「不是的，」神父回答，「他是我的一位好朋友，因為受到騎士小說的毒害，喪失了神智，我們正要把他送回家鄉休養呢！」

「唔——這類書籍我也讀過一些，內容不外乎砍斷巨人的頭，單槍匹馬與百萬騎兵戰鬥，或是目睹各種奇異的景象。既荒謬又無任何正面意義，即使有也不過是想像力太豐富罷了，並不能給人帶來任何實質的好處啊！因此，我也贊成禁讀這些書籍。」主教說道。

「是啊、是啊！」神父頻頻點頭，附

杜雷／版畫，1863年

為了順利將唐吉訶德押送回鄉，神父和眾人特意裝扮成妖魔鬼怪，突襲睡夢中的唐吉訶德。

和地說道，「先前，我已經把我這位朋友家中一堆有害的騎士書籍，統統給燒毀殆盡了。」

就在神父和主教相談甚歡，眾人各自休憩吃東西之際，桑丘悄悄走近籠子，對關在裡頭的唐吉訶德說道：「騎士老爺，我們得趕緊想辦法逃走。在我們還沒獲得海島建立功業之前，我可不願意跟著貝瑞斯神父和尼古拉斯先生回村子裡去哩！」

「你胡說些什麼？」唐吉訶德嚴肅地說，「他們根本不是神父和理髮師，否則我怎麼可能會輕易被他們制伏，你這是被魔法師的法術騙了。」

「不、不，我親眼看到他們在喬裝打扮。你仔細瞧清楚，剛才騎在騾子上的那兩個人，就是我們村裡的貝瑞斯神父和尼古拉斯先生呀！」桑丘接著又說，「不管如何，我還是先想辦法把你救出來再說吧。」

「嗯——也對！我被囚禁在籠子裡的這段時間，想必還有許多人等著我去解救他們呢！我不能再浪費時間了。」唐吉訶德想起自己肩負的騎士責任，重新振作起精神說道。

突然，桑丘心生一計，他走過去對神父說道：「貝瑞斯神父，可否請您讓唐吉訶德先生離開籠子一下。因為這會兒，他一泡尿正憋得急呢！」

「當然，但他得先向我們保證絕不會

逃走。」神父說道。

「沒問題！」唐吉訶德在籠子裡喊著，「我絕不會逃走的。」

於是，唐吉訶德真的被放出籠子。他開心地伸展四肢，先到林蔭處解決了尿意，再這邊走走、那邊跳跳，並跑去拍拍洛基南特的屁股，開心地說道：「夥伴，盡量多吃些青草，待會兒我們將再度雲遊四海、冒險犯難去嘍。」

「我說——這位先生，」主教見唐吉訶德仍舊陷溺在騎士之夢中，忍不住說道，「我勸你還是早點清醒吧！騎士故事中那些龍呀、巨人呀、魔法師呀，都是作者自己幻想出來的東西，你千萬別被欺騙了，應該把腦袋用來讀些正經的書籍才是呀！」

「是誰說騎士小說不正經的？那些不懂得欣賞騎士故事的人，才是腦筋有毛病。」唐吉訶德生氣地回答，「光是說到那位砍下巨人腦袋的英勇騎士，就足以證明他的厲害——有一天，他騎在馬背上，漫遊於濃霧彌漫的崇山峻嶺中。忽然，濃霧散去，眼前出現一大片冒著熱氣的湖泊。沸騰的黑色湖水中，生著許多外貌猙獰的恐怖怪獸和蛇類，牠們正露出尖利的爪子和牙齒，虎視眈眈地望著他。」

「緊接著，一個令人毛骨悚然的聲音在他耳邊響起：『想證明你的勇氣，就潛到湖底去吧！』騎士接受了這項挑戰，他無懼滾燙的湖水和洄泳其間的各種怪獸，縱馬往下一跳，躍入湖中。

「但出乎意料的是，湖底竟是一片美麗繽紛的山林，百花盛開、流水潺潺。騎士穿越了黑色的湖水，直接降落在茂密的林蔭間。他看看四周的景色，決定沿著溪水往上游而去。走著走著，一座美麗的城堡出現在他眼前。那黃金打造而成的牆壁，在陽光的照耀下閃爍著迷人的金黃光芒。

「這時，一群美若天仙的女孩從城堡中走了出來，將他帶進城堡裡。先幫他沐浴更衣，再領他到一間金碧輝煌的大廳，享用滿桌的山珍海味……。以下的故事我就不再細說了，只要聽聽這前面的內容，就能明白騎士小說之所以令人著迷的原因。我勸你還是多翻個幾本，拓展自己的心境，讓自己更勇敢、更堅毅、更有自信些。」

聽見唐吉訶德竟將騎士故事的內容描述得如此詳細，主教感到既訝異又無奈，深知此人的瘋狂已經病入膏肓，便不再多說些什麼了。

杜雷／版畫，1863年

眾人綁住唐吉訶德的手腳，將他抬進籠子關起來。令唐吉訶德納悶的是：難道現代
壞魔法師綁架騎士的方式不再是飛天遁地騰雲駕霧，而是關進籠子架上牛車？

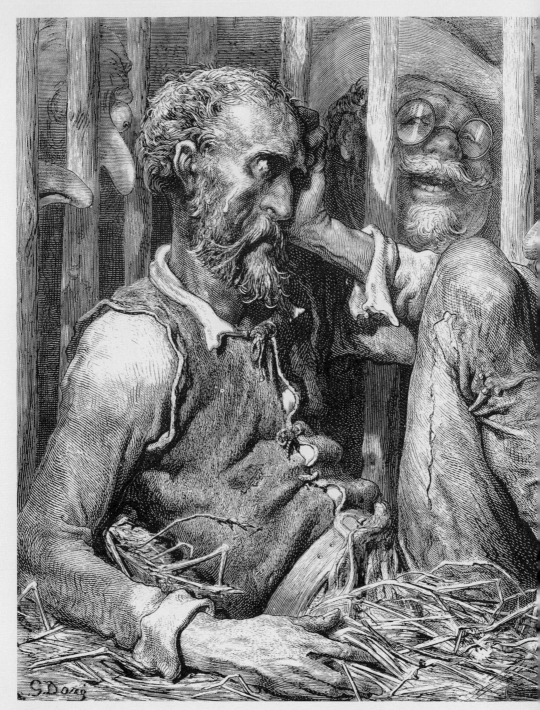

杜雷／版畫，1863年

身陷牢籠的唐吉訶德靜默無語地流著淚，神情顯得一派茫然空洞，甚至心有不甘。

杜雷／版畫，1863年

桑丘想救出他的主人，但唐吉訶德一開始並不相信綁架他的妖魔鬼怪，為同鄉好友神父和理髮師假扮。

杜雷／版畫，1863年

唐吉訶德興致盎然講述著──英勇騎士砍下巨人頭顱的故事。

杜雷／版畫，1863年

一講起騎士故事，唐吉訶德還真是眉飛色舞、手舞足蹈……主教看
他如此著迷，深知再怎麼勸誡他勿沉迷也是枉然。

杜雷／版畫，1863年

只見大無畏的騎士來到怪獸與巨蟲充斥的湖泊——沸騰的黑色湖水中，許多面貌
猙獰的怪獸和巨蛇紛紛抬起頭來，虎視眈眈地看著他。

杜雷／版畫，1863年

英勇的騎士毅然決然躍入湖中，但出乎意料，湖底等待他的竟是一片美麗繽紛的山林。

杜雷／版畫，1863年

帥氣勇敢的騎士來到湖底的美麗山林後，走著走著來到一座黃金城堡，邂逅了一群美若天仙的女孩。

40 再次返鄉

桑丘衝到唐吉訶德身邊大聲號哭起來：「主人哪——您就這樣走了嗎？嗚……嗚嗚……我服侍了您八個月，感受到您的慷慨與勇敢，您是全世界最偉大的騎士了。」一會兒，唐吉訶德自昏迷中醒轉過來，虛弱地對桑丘說：「別哭了，我沒死，但摔碎了肩膀。快扶我坐上牛車，我需要好好休息一陣子。」

就在唐吉訶德發表騎士高論時，一隻母羊跑進他們休息的地方來。隨後，牧羊人也跟著出現了，只聽見他嘴上罵著：「快點跟我回去吧，吾愛。別自投羅網，去依偎在狼的懷抱裡。回羊圈去吧！雖然妳不喜歡，但跟同類在一塊兒總是比較安全的。」

眾人聽他唸著這麼一段古裡古怪的話語，感到非常有趣，便留他下來與大夥一起喝酒。

「謝謝各位原諒我冒冒失失闖進你們休息的地方，而且還請我喝酒。為了答謝你們的熱情，我想說個真實的故事，給你們當做飯後的消遣，不知道你們是否有興趣？」牧羊人說道。

「好啊！」「好啊！」眾人一致贊成，並要求牧羊人快點開始說故事。

緊接著，牧羊人開口說道：「我叫做尤奇尼歐，家就住在離這座山谷不遠的城鎮。我們的鎮上有個美麗的女孩，名叫麗安忒拉。她的美讓人深深著迷，凡是未婚的男人幾乎都想娶她為妻，我自然也是其中之一。但面對眾多追求者，麗安忒拉的父親總是以自己女兒的

年紀還太小，當做藉口而推卻。」

「有一天，文森從戰場上回來了。他是鎮上一個窮農夫的兒子，十二年前離家去從軍。他常常站在市場上對群眾吹噓自己參加過許多戰爭，到過世界各地所有國家；他還自稱會拉提琴、會寫詩。因此，他自視甚高，看不起鎮上的人。但依我看來，他不過是自我膨脹，吹噓罷了，本身並不具備真才實學。但偏偏麗安忒拉相信了他，並為他的才華和豐富的經歷吸引。

「有一天，麗安忒拉的父親緊張地跑去報官，說是女兒不見了。原來，麗安忒拉偷走家裡所有值錢的東西，和文森私奔了。這個消息震驚了鎮民，大家都覺得不可思議，於是組成一支隊伍到山裡去搜索。

「經過了三天，大夥終於在一個山洞裡找到麗安忒拉。當時，她只穿著一件單薄的內衣，身上所有的財物都被搶走了。原來，文森並不是真的愛她，只是想騙走她父親的錢罷了。

「後來，麗安忒拉被她父親送進修道院，目的是要她在那兒好好反省所犯的

杜雷／版畫，1863年

口蜜腹劍的文森在市場裡向眾人吹噓自己的豐富經歷，吸引了許多人駐足聆聽，更令妙齡少女麗安忒拉對他傾心不已。

杜雷／版畫，1863年

麗安妏拉和文森私奔，卻被這無情的男子拐騙，財物遭洗劫一空，身上只剩單薄的內
衣。

杜雷／版畫，1863年

唐吉訶德和牧羊人扭打起來，急得桑丘有如熱鍋上的螞蟻。

錯誤。經歷了這場風波，我和許多愛慕麗安垱拉的青年便來到這座山谷牧羊，以消解她行爲不檢所帶給我們的打擊。我剛才對母羊說的那番話，便是影射麗安垱拉的所作所爲。」

「噢——就讓我出馬，前去修道院救出麗安垱拉公主吧！」唐吉訶德聽完牧羊人的故事後，突然站起來大聲叫道。

「這個人是誰呀？他的腦袋是不是壞了啊？」牧羊人驚訝地說道。

「你的腦袋才有問題！」唐吉訶德聽見牧羊人如此無禮，頓時生起氣來，便朝牧羊人打去。於是，兩人在地上扭打成一團。

眾人並不勸架，反倒在旁邊加油助陣。只有桑丘見主人被人緊掐脖子、滿臉是血地壓倒在地，急得有如熱鍋上的螞蟻。後來，還是神父和理髮師出面制止，硬是把兩人分開，才結束了這場衝突。

就在此時，一群身著白袍的祈雨隊伍路經他們身邊。唐吉訶德瞧見隊伍中有一名低著頭的女子，以爲這又是一群不知從哪裡硬搶了女子的匪徒。

因此，他的騎士毛病又犯了，只見他火速跨上洛基南特，拿起長矛便往那

杜雷／版畫，1863年

唐吉訶德重傷昏倒在地，桑丘以為主人死去不禁悲從中來，幸好傻人有傻福，上天垂憐
他的騎士老爺不死。押送唐吉訶德的一行人，最後總算順利返鄉。

群人衝過去。口中還不停地叫喊著：「快點放了她！」其實，那不過是一具聖母雕像罷了。

祈雨隊伍被這突如其來的攻擊所衝散。其中，幾個比較強壯的人也不示弱地拿出棍子，朝唐吉訶德丟去，打得他從馬背上跌落下來。眾人趁機一擁而上，將唐吉訶德毆打得昏死在地。

桑丘衝到唐吉訶德身邊，以為他死了，便大聲號哭起來：「主人哪——您就這樣走了嗎？嗚……嗚嗚……我服侍了您八個月，感受到您的慷慨與勇敢，您是全世界最偉大的騎士了。」

祈雨隊伍見事態嚴重，為求自保便趕緊離開。一會兒，唐吉訶德自昏迷中醒轉，見桑丘在旁邊哭得淚水嘩啦，虛弱地對他說道：「別哭了，我沒死，但肩膀已經摔碎了。快點扶我坐上牛車，我需要好好休息一陣子。」

「是，騎士老爺。」桑丘見主人沒死，轉而破涕為笑地說道，「我先送您回家休養，等您的身體恢復，我們再來計畫下一次的出征。」

經過六天，他們一行人終於回到拉曼查，唐吉訶德的姪女和女管家早已站

唐吉訶德與桑丘‧潘薩

杜米埃(Honore Daumier, 1808～1879) / 油彩‧畫布，1866年 / 美國洛杉磯漢瑪美術館

雖然這部小說是以唐吉訶德為主角，但總是默默跟隨著他的忠實隨從桑丘，其敦厚的背影和分量也不容小覷。

在門口等著他們。兩人一見到癱臥在牛車裡那面黃肌瘦的唐吉訶德時，忍不住又咒罵起撰寫騎士書籍的作家們，並趕緊將他扶進臥房裡去。

而桑丘則擁著妻子一邊往家裡的方向走去，一邊向妻子描述他此趟精彩無比的冒險。最後，他對妻子說道：「別急、別急，下一次我一定可以當上一座海島的主人。到時候，妳就是島主夫人囉！」

唐吉訶德

Part 2

蓄勢待發

　　《唐吉訶德》是個令人傷感的故事，它越是令人發笑，就越使人感到難過。書裡的英雄是主持正義之士，制伏壞人是他的唯一信念，正是這些高尚的美德令他發了瘋。

——英國浪漫主義代表詩人　拜倫
George Gordon Byron

蓄勢待發

「在我休養的這段期間，村裡的人都怎麼說我呢，大家對我們先前的騎士冒險之旅又有什麼評價？」唐吉訶德問道。「他們說……」桑丘支支吾吾地說，「騎士老爺是個瘋子，而我則是大傻瓜。」「嗯——名人總是招人嫉妒的。」

唐吉訶德在家休養了一個多月，其間並未聽他再提起任何有關雲遊騎士的事情，這令他的姪女和女管家感到寬慰不少。尤其是女管家，她每天都準備了豐盛的食物，約莫總共煮了六百多顆雞蛋，好不容易才將瘦巴巴的唐吉訶德照護得強壯起來。

有一天，神父和理髮師前去探望唐吉訶德。唐吉訶德坐在床上與他們談著治國之道，突然，神父開口說道：「聽說土耳其的海軍艦隊已經開往西班牙來了，真不知道國王會採取什麼方法來應敵啊！」

「這還用說！」唐吉訶德聽了神父的話馬上說道，「當然是趕快召集全國的英勇騎士一同到前線抵禦敵人。不過我想，來六位也就足夠了！因為光是一個正式受封過的騎士就能打敗二十萬名敵人呢！」

神父之所以說那番話，原本只是想試驗一下唐吉訶德的騎士幻想症是否已經痊癒，沒想到才稍稍一試，又把他的瘋病給引出來了。

只聽見唐吉訶德的姪女在床邊嘆了口氣說道：「天哪！看來，叔叔早晚又會離家去當什麼雲遊騎士了。」

就在此時，屋前傳來一陣敲門聲，女管家連忙從椅子上站起來說道：「我去看看是誰來了。」

「我也去。」唐吉訶德的姪女說著，也跟著站起身來走出房間。

原來是唐吉訶德那忠心耿耿的隨從桑丘來了。「你來幹什麼？」女管家打開大門，一見是桑丘，立刻下達逐客令，「都是因為你，我家主人才會到處亂跑，弄得一身病回來。」

「對呀！你快點走，別再讓我叔叔瞧見你。」唐吉訶德的姪女也緊張地說道，生怕叔叔看見這個傻瓜，又吵著要雲遊四海去了。

「我要見騎士老爺！」桑丘大聲喊著，「他親口答應要給我一座海島，到現在都還沒兌現呢！」說完，便想硬擠進屋子裡，女管家和其他僕人則阻擋著不讓他進去。

就在眾人一陣拉扯之際，唐吉訶德已經聽見桑丘的聲音，於是他在屋裡喊著：「是桑丘來了嗎？讓他進來吧。」女管家很無奈，只好放他進去。

「我的好夥伴，好久不見啦！這

杜雷／版畫，1863年

唐吉訶德在床上休息，身旁圍繞著女管家、姪女、神父和理髮師。大家都很關心他的騎士幻想症有沒有好轉。

杜雷／版畫，1863年

姪女和女管家竭力阻止桑丘進屋，深怕唐吉訶德一見到他，騎士瘋病又起。

杜雷／版畫，1863年

桑丘滿心以為再次出征，就可以獲得一座小島。他指著遠方，要妻子一同想像萬民朝拜的盛況。

些日子過得好嗎？」唐吉訶德一見到桑丘，立刻開心地問道。

「還不錯！」桑丘回答，「只是老爺賞給我的那些錢，已經花得差不多了。」

「噢，那在我休養的這段期間，村子裡的人都怎麼說我呢，大家對我們先前的騎士冒險之旅又有什麼評價？你老老實實告訴我。」唐吉訶德問道。

「唔……騎士老爺，您是真的想聽嗎？」桑丘支支吾吾地問。

「當然，你就照實說吧！千萬別有一絲隱瞞。」唐吉訶德回答。

「他們說……」桑丘停頓了一下，接著便回答，「騎士老爺是個瘋子，而我則是個大傻瓜。」

「嗯──名人總是招人嫉妒的。」唐吉訶德說道。對於別人的批評，他一點

也不在意，反而洋洋得意，認為自己已經成了知名人物。

「還有呢，聽說有人寫了一本關於你的傳記哩！」桑丘說道。

「噢──這倒有趣，不知道內容都寫些什麼，若有機會，應該找一本來瞧瞧。」唐吉訶德興味盎然地說，然後他接著說道，「不過，現在我們首先要做的就是振作精神，準備展開另一場冒險之旅。」

桑丘得知唐吉訶德又有新的冒險計畫，開心得不得了，立刻辭別主人，回家收拾行李。

他一回到家，便對妻子說道：「黃臉婆，咱們的機會又來了。唐吉訶德先生又要再度出發冒險了。等著吧，這次我一定會得到一座海島。」

桑丘心生一計：「有了！就騙騎士老爺說這三個農婦的其中一個，便是達辛妮亞小姐。既然主人可以把風車當成巨人、把兩群羊變成兩隊大軍，農婦當然也可以是美麗的達辛妮亞小姐嘍！」

三天後，唐吉訶德不顧姪女和女管家的反對，執意帶著桑丘從家裡出發，再度踏上雲遊四海的騎士生涯。第一站，唐吉訶德決定先去托波左拜見自己心儀已久的美人——達辛妮亞。

「騎士老爺，您真的要去見達辛妮亞小姐嗎？我們並不知道她家在托波左的什麼地方呀！」桑丘一臉為難地說道。

「胡說八道！」唐吉訶德生氣地說，「你先前不是才幫我送過信給她，怎麼會不知道她家在哪兒！」

眼見自己先前說的謊就快被主人拆穿，桑丘急中生智地辯解道：「騎士老爺，我也跟您報告過呀！當我見到達辛妮亞小姐時，她正在田裡幫農人篩麥子，所以我並沒到過她家啊！」

「好吧！等我們到達托波左之後，再找人打探打探。」唐吉訶德說道。

兩人一路聊天，翌日午夜時分，終於來到托波左。

「桑丘，」唐吉訶德命令道，「你快點去找個路人，打聽一下達辛妮亞小姐住在哪裡。」

「騎士老爺，請您行行好。現在可是半夜耶，四周黑漆漆的，我上哪兒去找

人問路啊？」桑丘無奈地說。

「唔——」唐吉訶德抬起頭，四處張望了一會兒，然後指著前方一棟房子說道，「那棟房子是全村最高的建築物，我想應該就是達辛妮亞小姐住的地方了，我們過去看看。」

他們走到那棟房子前面，發現原來是村子裡的教堂。

「騎士老爺，依我之見，我們還是到村外的樹林裡休息一下，等天亮再行動吧！」桑丘建議道，「而且您這身裝扮一定會嚇壞村裡的人，所以就由我代替您前去尋找達辛妮亞小姐。等我見到她之後，就向她稟報您的行蹤，且領她到村外與您見面！」

「就依你的建議做吧！」唐吉訶德點點頭，並立即調轉馬頭，和桑丘一塊兒往村子外圍走去。

主僕二人在托波左外的樹林裡過了一夜。天亮後，桑丘便騎上他的驢子，在唐吉訶德充滿期待的心情下，準備前往托波左。

桑丘臨出發前，唐吉訶德交代著：「見到達辛妮亞時，你千萬要多用點心，注意看她的姿態、神情是否因為聽

杜雷／版畫，1863年

唐吉訶德和桑丘再次踏上征途。四周看似一片漆黑，但遠方的曙光已現，二人心裡充滿無限的希望。

杜雷／版畫，1863年

主僕二人先來到托波左，唐吉訶德一心期待著要和達辛妮亞見面，全然不在意村裡的狗正對這裝束奇怪的陌生人狂吠不已。

見我的名字而產生微妙變化。比方說，用手撩撥頭髮、臉紅，或突然坐立不安。這些事情，回來之後你都要據實向我稟明。」

「是，騎士老爺。」桑丘回答後，便告別主人出發了。

走出樹林之後，桑丘內心便開始發愁：「唉，叫我到哪裡去找達辛妮亞小姐呢？就算真的讓我找到原名叫做愛朵紗的達辛妮亞小姐，如果我跟她說：『唐吉訶德先生正在林子裡等著見您。』唉，她不把我當成瘋子才怪，說不定還會叫來一堆人賞我一頓棍子哩！我該怎麼辦才好？」

桑丘從驢背下來，坐在一棵樹下苦惱著。過了一會兒，在通往托波左村落的小路上，來了三個騎在驢背上的農村婦女。

這讓桑丘心生一計：「有了！就騙騎士老爺說這三個農婦的其中一個，便是達辛妮亞小姐。既然主人可以把風車當成巨人、把兩群羊變成兩隊大軍，農婦當然也可以是美麗的達辛妮亞小姐嘍！」打定主意之後，桑丘便連忙跨上驢子，搶在三個農婦來到之前，以極快的速度奔回主人身邊。

「怎麼？找到達辛妮亞小姐的住處了嗎？」唐吉訶德見到桑丘回來，停下口

中喃喃唸著的情詩，驚訝地問道。

「比那更好！」桑丘氣喘吁吁地說，「達辛妮亞小姐騎著駿馬親自來看您了。您瞧，她正領著兩名侍女往這邊走來呢！」

唐吉訶德連忙向前張望，只見小路上有三名騎在驢背上的農婦，卻無達辛妮亞的影子，於是問道：「在哪兒呀？我只見到三個粗鄙的農村婦女，並沒瞧見我那美麗的達辛妮亞啊！」

「哎呀！騎士老爺，您的眼睛是怎麼啦？三個女子中間的那一位，不就是您朝思暮想、美貌絕倫的達辛妮亞小姐嗎！您怎麼可以說她是容貌粗鄙的農婦呢！」桑丘故作驚訝地說著。

此時，三個農婦已經走到他們前方，正打算從他們身旁的小路穿過去。桑丘連忙衝到她們面前攔住驢子，跪在中間那位農婦的跟前，恭敬地說道：「尊貴的達辛妮亞小姐，拉曼查之唐吉訶德騎士，已經在此等候您一夜了。請您下馬，與他見面吧！」

唐吉訶德雖然滿腹疑惑，卻也跟著桑丘跪了下來，以迷惑的眼神緊盯著眼前那位被桑丘喚做達辛妮亞的女人。

這三個騎在驢背上的農婦，原本開心聊著村裡的大小事，沒想到卻被兩個男人攔住去路，頓時嚇了一大跳。中

杜雷／版畫，1863年

為了怕先前對主人撒的謊穿幫，桑丘急中生智直指眼前的農婦就是唐吉訶德的愛人達辛妮亞，甚至率先跪下致意，唐吉訶德雖滿腹疑惑，卻也跟著屈膝跪下。

間那位農婦更是生氣地罵道：「快點走開！而我們還得趕路呢。」

「夫人，求求您發發慈悲，給我家主人一些柔情吧！他為了思念您，差點就要變成一塊石頭了。」桑丘假裝哀求地說道。

「別拿我們窮開心了！」農婦惱怒地說道，接著便揮動韁繩，想趕緊擺脫眼前這兩個瘋漢。沒想到，一不小心竟從驢背上摔了下來。

唐吉訶德連忙跑上前去，想把她抱起來。但農婦不等他靠近，立刻便從地面翻個身一躍而起，接著以雙手按著驢屁股，一張腿便麻利地跳到驢背上去。

「答、答、答」只聽見一陣驢子的跑步聲，三個農婦瞬間隨即失去了蹤影。

「唉——」唐吉訶德嘆了一口氣，說道，「桑丘，你親眼瞧見了吧，那些壞魔法師是多麼痛恨我。他們不但改變了我的愛人——達辛妮亞的美麗容貌，還奪走了她高貴的舉止、氣質，讓她做出這等粗俗的舉動來。」

「是呀，騎士老爺，這達辛妮亞小姐跳上驢背的技巧之靈活，連我都自嘆弗如呢！」桑丘強忍住笑意，假裝驚訝地說道。其實在他的心裡，正為自己急中生智計謀成功，感到自鳴得意呢！

鏡子騎士

陌生騎士一見到唐吉訶德，便拉住他的一隻手熱絡地說道，「看你這身裝扮，就知道你是個雲遊四海的騎士，而且是一位正式受封過的騎士。因為唯有正式的騎士，才會選在這種寂靜無聲的地方落腳。」

主僕二人繼續往前行，一路上，唐吉訶德不停咒罵著壞魔法師，桑丘則不斷勸他想開點。

不久，前方來了一輛大車，上頭載滿打扮怪異的各路人物，有死神、天使、魔鬼、國王和小丑等等。

唐吉訶德眼見新的冒險來了，高興地舉起盾牌、握緊長矛，高聲喊道：「站住！你們是人還是鬼怪？快點從實招來。」桑丘則嚇是得渾身發抖，呆站在一旁。

「這位先生，你好像誤會了。我們當然是人啊，而且是一整個戲班。我們早上才剛表演完畢，下午要到另一個村子演出，所以大家就繼續穿著戲服，省去脫脫穿穿的麻煩。」扮演魔鬼的人愉快地說道。

此時，小丑跑到洛基南特面前蹦蹦跳跳耍弄著手上的三顆氣球，嚇得馬兒往前狂奔。唐吉訶德沒料到洛基南特會突然跑開，手一鬆，人便重重摔落在地。桑丘連忙跑過去扶起主人，其他人則在車上哈哈大笑起來，嘲弄著這打扮怪異的老騎士。

「可惡！」唐吉訶德從地上爬起，生氣地說道，「我一定要好好地教訓這群惡人。」

「萬萬不可呀！騎士老爺。」桑丘阻止道，「先別說我們人少勢孤，萬一他們是宮廷裡的戲班，那就更加得罪不起了。」

「不行！你看，那小丑又來戲弄你的驢子了，真是太過分了。」唐吉訶德說完，接著便轉頭對車上的人開罵。演員們紛紛從車上跳下來，撿起地上的石頭，準備和唐吉訶德來一場大戰。

「騎士老爺，您可是正式受封過的尊貴騎士呀！何必跟這些人嘔氣，他們根本沒資格跟您決鬥啊！」桑丘見對方人多勢眾，急忙勸主人收手。

「也對！」唐吉訶德說道，「我可不能跟沒受封過的人交手，這回就饒過他們吧！」

就這樣，機靈的桑丘化解了一場一觸即發的衝突，兩人繼續往前方走去。

當黑夜降臨，二人剛好來到一座樹木濃密的森林。桑丘拿出袋子裡的乾糧，與唐吉訶德一起坐在一棵大樹下分著吃。他們一邊吃著晚餐，一邊聊著戲劇對人生的價值，說到後來，彼此都覺

杜雷／版畫，1863年

小丑在馬兒面前耍弄汽球，洛基南特因此受驚跑開，冷不防令唐吉訶德重重摔落在地。

得對方頗有見地。飯後，疲憊已極的主僕二人便各自休息去了。

半夜，當桑丘正在草地上沉沉睡著，而唐吉訶德也坐在樹下打瞌睡時，附近突然來了兩個陌生人。領頭的那個人率先從馬背上跳下來，對後方的人說道：「這裡很安靜，可以讓我好好地思念愛人，地上又有很多青草可以餵馬，我們今晚就在這兒過夜吧！」

「是，主人。」後面那個人回答道。聽起來，兩人應該是主僕關係。

唐吉訶德被這兩個陌生人說話的聲音吵醒。他挺起胸膛，往聲音傳來的方向看去，發現有個身著盔甲的人正往草地躺下休息，「哐！」發出了一陣金屬撞擊聲。

「桑丘，快醒醒！另一個騎士出現了，一場新的冒險即將展開。」唐吉訶德悄悄走到桑丘的身旁說著，還一邊伸手用力推他，想把他給搖醒。

「唔——騎士老爺，發生了什麼事呀？」桑丘揉揉惺忪的雙眼，頗感不耐煩地從地上坐起，小聲地問道。

「噓！你聽。」唐吉訶德連忙摀住桑丘的嘴巴，說道。

此時，躺在草地上的陌生騎士發出

杜雷／版畫，1863年

唐吉訶德怒罵戲班，眼看一場敵眾我寡的打鬥就要展開，桑丘連忙制止主人沒必要和這些未經受封的小人物動手，及時化解了危機。

一聲沉重的嘆息，然後哀嘆著：「世界上最美麗的女人——范達里亞的卡希迪雅呀！妳怎會這麼無情，讓我這深愛妳的騎士四處漂泊、居無定所，飽受風雨和冰霜的摧殘。到底何時我才能回到妳身邊呢？」

「噢！看看他喃喃自語的模樣，八成也是個熱戀中的騎士。」桑丘也小聲地說道。

「你太沒見識了！每一名雲遊騎士的心中，本來就該藏著一位讓他日夜懸念的美人。但這位騎士若是見過達辛妮亞小姐，就不會說出『世界上最美麗的女人是卡希迪雅』這種錯得無比離譜的話來。」唐吉訶德說道。

「是誰在那邊？」陌生騎士聽見唐吉訶德的聲音，機警地問道。唐吉訶德於是領著桑丘，朝陌生騎士走去。

「你好啊！」陌生騎士一見到唐吉訶德，便拉住他的一隻手熱絡地說道，「看你這身裝扮，就知道你是個雲遊四海的騎士，而且是一位正式受封過的騎士。因為唯有正式的騎士，才會選在這種寂靜無聲的地方落腳。」

「我的確是經過正式受封的騎士。剛剛聽見你哀聲嘆氣，是不是正為了愛情

杜雷／版畫，1863年

唐吉訶德和桑丘在森林裡休息，一邊吃晚餐，一邊討論對戲劇的看法，兩人越聊越發
惺惺相惜起來。

而煩惱呢？」唐吉訶德關心地問道。

「是的，這都要怪我自己爲什麼要愛上范達里亞的卡希迪雅這樣的絕色佳人。她的心是如此冷酷，總無視於我對她的滿腔熱情。」陌生騎士接著又說道，「爲了討她的歡心，我完成了一件又一件艱難危險的任務，不僅曾挑戰銅身女巨人，還打敗了知名騎士——拉曼查的唐吉訶德，讓他親口說出『卡希迪雅比達辛妮亞還美麗』這句話。」

「但她仍不滿足，甚至要我走遍整個西班牙，讓所有騎士都承認『范達里亞的卡希迪雅是全世界最美麗的女人』。唉，到目前爲止，我已經走過大半個西班牙了。」

「你好像搞錯了！」唐吉訶德生氣地說道，「拉曼查的唐吉訶德絕不可能說出『卡希迪雅比達辛妮亞還美麗』這種話來。」

「不、不，我眞的打敗過唐吉訶德。他的身材又高又瘦，面容略顯滄桑，留了一把鬍子，背後帶著一位長得矮矮胖胖、名叫桑丘的隨從。對了，唐吉訶德心儀的女子是托波左的達辛妮亞，本名叫做愛朵紗。」陌生騎士連忙說明。

「你描述的細節確實正確無誤，」唐吉訶德鎮定地說道，「但你所打敗的並非眞正的唐吉訶德，而是由壞魔法師

騎士
迪克西(Frank Dicksee, 1853～1928) / 油彩・油彩・畫布，1885年 / 私人收藏

騎士之間爲了美女大打出手，是中世紀騎士故事常見的情節。

假扮的。他的目的是要破壞唐吉訶德的名聲，讓世人以爲他屢戰屢敗。你若不相信，翌日一早請與我決戰一回，因爲我——才是眞正的唐吉訶德。」

「好吧，如果你堅持。不過，翌日落敗的那個人，必須在不傷害騎士尊嚴的前提之下，聽從勝利者的吩咐。」陌生騎士說道。

「沒問題。」唐吉訶德回答。接著，兩位騎士便分頭找地方睡覺去了。

不過另一邊，兩位騎士的隨從並不知道自己的主人們翌日將有一場決鬥，

杜雷／版畫，1863年

唐吉訶德遇到另一對騎士和隨從，於是分成兩組各自帶開，分享騎士冒險之旅的血淚辛酸。

仍開開心心地喝著酒，暢聊身爲雲遊騎士的隨從如何如何辛酸。

翌日，唐吉訶德一大早便備好戰馬，精神飽滿地騎在馬背上等候著。突然，桑丘從樹林裡跑過來，面色發青地說道：「騎士老爺，我們遇上魔鬼啦！你快瞧，昨晚那位騎士先生的隨從，竟然有個長滿肉瘤、像鳥嘴般往下勾的大鼻子哩！」

「別慌！」唐吉訶德微笑地淡淡說道，「我就要跟他的主人決鬥了，到時再一塊兒收拾他。」

「可否請您容許我爬上樹去觀戰？那兒視線比較清楚。」桑丘斗膽地問。

唐吉訶德明白他是因爲害怕才想爬上樹，卻不戳破，只是點點頭，准許桑丘爬到樹上躲藏。

當太陽揮灑出金色光芒時，陌生騎士騎著馬出現了，大鼻子隨從則跟在他身邊。

「早安！決鬥之前，我想先告訴你我的名字。我就是聞名天下的『鏡子騎士』。」陌生騎士說道。

「噢——我則是『拉曼查之唐吉訶

德』本人。」唐吉訶德回答。然後，他舉起長矛，策馬往鏡子騎士衝過去。

　　就在這緊要關頭，鏡子騎士的坐騎偏偏不聽使喚，無論他如何努力，都無法教馬匹往前移動半步。於是，唐吉訶德一下子便把鏡子騎士打落地面，輕輕鬆鬆取得了勝利。桑丘見主人打了勝仗，立刻從樹上跳下來，跑到主人身邊，幫他一起解開昏倒在地的鏡子騎士頭上的面罩。

　　「啊？」唐吉訶德一見到鏡子騎士的真面目，吃驚地喊道，「這不是我們村子裡的參孫・加拉斯戈先生嗎？」

　　「騎士老爺，您千萬別被他的外表騙了，這副軀殼想必藏著壞魔法師的靈魂。你快點拿劍刺死他！」桑丘說道。

　　「等等！」大鼻子隨從大喊出聲，阻止道，「吉哈達先生快住手！你要殺死的人真的是加拉斯戈先生呀！」他一邊說著，一邊跑向前來，順手拿下自己臉上的假鼻子。

　　這下子，唐吉訶德和桑丘更驚訝了，只聽桑丘問道：「咦——怎麼是你，塞西爾？」

　　原來，塞西爾和加拉斯戈都住在拉曼查，他們二人是唐吉訶德與桑丘的朋友，這次是應神父和理髮師的要求，假扮成鏡子騎士與大鼻子隨從，想藉由一

杜雷／版畫，1863年

天色大亮，桑丘驚呼原來前一晚與他相談甚歡的騎士隨從，面貌竟如此古怪，臉上長的肉瘤和鷹鼻著實嚇人。

場決鬥讓唐吉訶德敗戰乖乖回故鄉去，沒想到卻被唐吉訶德打敗了。

　　「這個壞魔法師為了對付我，還真是費盡心思哩！」唐吉訶德見又來了兩個同鄉，忍不住搖搖頭嘆道。此時，渾身發疼的加拉斯戈也哀號著甦醒來了。

　　「快點承認，托波左的達辛妮亞小姐才是全世界最美麗的女人。」唐吉訶德以劍尖指著卡拉斯戈的鼻子，命令道，「而且你必須即刻出發，前去托波左拜見美麗的達辛妮亞小姐，告訴她，拉曼查的唐吉訶德為她贏得了一場勝仗，並仔細說明我倆決鬥的過程。若你不遵從我的命令，這把利劍就會立刻刺進你的

杜雷／版畫，1863年

唐吉訶德英勇打倒了鏡子騎士，這一仗還真是贏得意氣風發，原先躲在樹上觀戰的桑丘立刻爬下樹，檢查有否戰利品。

喉嚨。」

「隨你高興吧！你要我做什麼我都答應，只要先讓我從地上爬起來。哎呀，我全身的骨頭都跌散了。」加拉斯戈痛苦地回答著。

塞西爾連忙走過去扶起卡拉斯戈，讓他坐上馬背。然後，加拉斯戈開始說道：「托波左的達辛妮亞小姐是全世界最美麗的女人，比范達里亞的卡希迪雅小姐還要美上數百倍。」

「嗯──很好。」唐吉訶德滿意地點點頭說道，「還有，在你動身前往托波左之前，你得先承認之前打敗的那位騎士並非唐吉訶德本人，而是壞魔法師所假扮的。」

「是，騎士大爺，您說的都對。我承認，您才是真正的唐吉訶德先生。」加拉斯戈說完便趕緊領著塞西爾離開，前往附近的鄉鎮去尋醫生，為自己治療這一身傷口。

直到這個時候，唐吉訶德和桑丘仍然堅信，鏡子騎士和他的大鼻子隨從之所以變成加拉斯戈和塞西爾，全都是壞魔法師搞的鬼！

唐吉訶德跳下馬，神情嚴肅地盯著籠門，打算對即將衝出籠子的猛獅來個迎頭痛擊。

唐吉訶德主僕二人洋洋得意地走在大路上，愉悅地聊著早晨那場光榮的決鬥。此時，前方來了一輛由數匹騾子拉著、插滿皇家旗幟的貨車，車上載著一個大籠子。

「桑丘你瞧，壞魔法師又來找我的麻煩了。」唐吉訶德說道，隨即騎馬向前，阻止貨車前進。

「快說，這籠子裡裝的是什麼？」唐吉訶德強勢地問道。

「是兩頭凶猛的獅子，」車夫回答，「我奉命送這兩隻獅子到宮殿，給國王當做禮物。」

「噢──這回想藉獅子來考驗我的勇氣呀？」唐吉訶德在心底暗笑，隨即拔出劍來對車夫說道，「把獅子放出來！讓我來對付牠們。」

「騎士老爺，您別拿自己的性命開玩笑，獅子的利爪可是不長眼的呀！」桑丘急忙勸阻主人打消這個瘋狂的念頭。

「是呀！這兩隻獅子可是比非洲來的任何一頭都還要大，而且牠們的肚子正餓著呢！請您行行好讓個路，我得往前去找間店舖，買些肉餵飽牠們呢！」車夫說道。

「別囉嗦！快點給我打開籠子，否則我就用手上這把長矛將你釘縫在鐵籠子上。」唐吉訶德恐嚇地說道。

「嗚嗚……嗚……騎士老爺，這回你一定會沒命的。」桑丘見唐吉訶德心意已決，只好一邊哭，一邊拉著寶貝驢子跑開。

車夫的其他同伴也趕緊解下騾子，把牠們趕到安全的地方去避難。

杜雷／版畫，1863年

唐吉訶德硬要和獅子打鬥，嚇得眾人爭相勸阻、奔逃。沒想到，獅子根本不想出籠，牠的表情慵懶、哀傷，彷彿已經認命了。

219

杜雷／版畫，1863年

大家見籠裡的獅子背轉身體、屁股朝外，根本無意索戰，連忙宣布唐吉訶德贏得勝利，
而他也洋洋得意地自封「獅子騎士」。

等大家都跑開之後，車夫便爬到籠子上頭，拉起籠子的門。唐吉訶德跳下馬，神情嚴肅地盯著籠門，打算對即將衝出籠子的猛獅來個迎頭痛擊。

沒想到，傳說中的猛獅不但沒走出籠子，反而打了一個大大的呵欠，接著便屁股朝外、懶洋洋地躺下來睡覺。

「快點用棍子把牠趕出來！」唐吉訶德對車夫催促著說道。

「萬萬不可！你這麼做是存心違背神的旨意。何況，獅子不願意出來，表示牠們怕你，所以實際上你已經取得勝利了呀！」車夫機智地說道，接著便趕緊將籠門重新關上。

「記住，你要跟所有的人說，獅子騎士，也就是我──拉曼查之唐吉訶德，曾經勇敢地與兩頭獅子搏鬥。」唐吉訶德嚴詞交代著。

獅子
哈金斯(William Huggins, 1820～1884) / 水彩・畫紙 / 私人收藏

獅子號稱萬獸之王，膽敢向獅子挑戰的英雄豪傑，一定具備過人的身手與勇氣，唐吉訶德正是如此大無畏的騎士。

「沒問題！等我到達皇宮後，我也會向國王描述你獨力對抗獅子的英勇經過。」車夫連忙假意答應。

於是，唐吉訶德又再添一樁勝利，而這場獅子之戰更是讓桑丘對主人的大無畏勇氣，感到欽佩不已。

愛情如戰爭，使用計謀來贏取美人本來就是合理的。何況卡曼丘有無數的錢財，想要什麼都可以買到，而巴希留卻只有潔德莉雅這麼一個愛人，就讓有情人終成眷屬吧！

立下了擊敗獅子的英勇事蹟，唐吉訶德騎在馬背上更顯得威風凜凜。他認為自己是全天下最勇敢的騎士，接下來的日子裡一定會有許多人聽聞這件事，而來尋求自己的幫助。

傍晚時，這對主僕遇見兩名大學生和兩個農夫，其中一名大學生一聽唐吉訶德自稱是雲遊騎士，便邀請他們同去參加朋友的婚宴。

「新郎是本地首富之子，二十二歲的卡曼丘；新娘則是十八歲的潔德莉雅，她的美貌無人能及。」大學生介紹地說道。唐吉訶德聽大學生如此讚譽新娘，心中不由得暗罵一句：「哼！那是因為你沒見過達辛妮亞，否則不會說出這種話來。」

大學生接著又說：「這場婚禮除了排場引人注目，還有另一個吸引人們前去參加的理由——眾人想看看新娘子的男友巴希留，是否會來鬧場，因為他倆的戀情可是眾所皆知呀！要不是新娘的父親貪圖卡曼丘的財富，硬生生拆散了這對戀人，我想結婚的應該是巴希留和潔德莉雅才對。」

唐吉訶德聽說婚禮背後還有這一故事，覺得頗有些趣味，便答應他們一同前去村落參加婚禮。

路途中，兩位大學生為了劍術究竟重不重要，決意展開一場決鬥。唐吉訶德自願當他倆的評判，他將長矛撐在地面，神情嚴肅地站在旁邊觀戰。勝負很快便分曉，認為學習劍術很重要的那個大學生由於本身劍術很高明，所以一下子便打落了對手大衣上的數顆鈕扣，還像削水果般用劍劃開對方大衣的下襬，活像一條條章魚觸鬚似的。這下子，對手也只好承認：「擁有劍術的確比空有蠻力重要得多。」

當夜幕降臨，四周漆黑一片，一行人終於來到翌日即將舉行婚禮的場地。只見許多人拿著各種樂器，快樂地在掛滿燈籠的棚子底下唱歌跳舞，令人提早感染了婚禮的歡樂氣氛。「唐吉訶德先生，您就跟著我們進村子，隨便找個地方過夜吧！」其中一位農夫熱情地說道。

「不了！身為一名雲遊騎士，不應該貪戀溫暖的床舖。今晚我已決定待在村子外邊的樹林過夜。既然你們要到村裡去找歇息的地方，我和隨從在此就先與各位暫別吧！」唐吉訶德回答，接著便領著桑丘往郊外走去。

「騎士老爺！為什麼我們要捨棄舒服

杜雷／版畫，1863年

唐吉訶德自願擔當兩位大學生比劍的裁判，他舉著比人還高的長矛，一臉認真地擔任評判。事實上，對戰兩造的劍術天差地遠，勝負很快就揭曉了。

的床舖，反而選擇睡在野外凹凸不平、又硬邦邦的泥地上呢？」桑丘嘴裡咕噥著，滿臉不情願地跟在唐吉訶德後面。

「別囉嗦！明天讓你好好吃個飽就是了。」唐吉訶德罵道。就這樣，主僕二人在野外過了一夜。翌日，當太陽神阿波羅尚未以光芒萬丈的金光曬乾黎明女神奧羅拉的金色長髮時，唐吉訶德已經從睡夢中醒來了。

他瞧著樹下好夢正酣的桑丘，忍不住嘆道，「你真是世界上最無憂無慮的人！從不嫉妒他人，也沒人會嫉妒你；既不用擔心壞魔法師會在你身上亂施法術，也不必為愛情而煩惱。沒什麼大志向，唯一的希望只是餵飽一頭驢子。」感嘆了一長串大道理之後，唐吉訶德便反轉長矛，拿矛柄往桑丘戳去，大喊著：「快醒醒！我們得進村裡去參加婚禮了。」

「哎呀──騎士老爺，太陽還沒完全露臉呢！需要這麼早去嗎？」桑丘迷迷糊糊地從地上爬起，語帶埋怨地問道。

「那當然了！」唐吉訶德義正詞嚴地回答，「婚禮總是在涼爽的早晨舉行，何況我也想先過去看看婚禮準備的情形。」

於是，桑丘只好收拾行囊，先牽來洛基南特讓主人騎上，再牽著自己的驢子，一塊兒往村子出發。他們才剛走進村子，遠遠便聞到一股烤肉的香味，待走到婚禮現場，才發現原來是一頭牛正架在火堆上烤著呢！

杜雷／版畫，1863年

主僕二人來到村子裡，看到翌日將舉行婚禮的現場有人正快樂地唱歌跳舞，氣氛歡愉。但唐吉訶德堅持騎士應該餐風露宿，於是調轉馬頭，到村外的樹林裡過夜。

「好香呀，真想吃一口。」桑丘嘴饞得口水都快流下來了，情不自禁地走到負責煮食的廚子身邊，瞧著他們俐索地殺雞宰兔，並把一隻隻的羊丟進大鍋裡。美酒、白麵包、奶酪和裹糖粉的炸果子更是堆積如山，在在展現了新郎的財力何等雄厚。

有個好心的廚子見桑丘一臉饞相，便笑著對他說：「今天的菜色保證豐盛，光說說那頭牛，肚子裡就藏了十二隻小豬呢！不過，距離開席還有一段時間，我先舀些雞肉、鵝肉給你解解饞吧！」說著，便豪氣地從鍋裡撈出一些肉遞給桑丘。

桑丘樂不可支，拿著湯杓大口大口地嚼起肉來。唐吉訶德則絲毫沒注意到隨從的行為，因為他正專心看著婚禮現場人聲沸騰、熱鬧滾滾的景象。

此時，小夥子們的劍舞和女孩們的舞蹈才剛表演完，接著上演的是一齣戲劇，內容敘述愛神與財神在爭奪一位美麗的女子，最後由財神取得勝利。

「嗯——我也認為勝利者應該是財神，所以我站在卡曼丘這一邊。」桑丘嘴裡嚼著雞肉、眼睛看著表演，一邊不忘開心地說道。「你真是個標準的勢利鬼呀！」唐吉訶德不禁搖頭嘆息。

就在此時，新郎、新娘和雙方的父母、親戚全都身著華服，並在樂隊的伴奏簇擁下，走進婚禮現場。「哇——」

杜雷／版畫，1863年

看到好夢正酣的桑丘，唐吉訶德不禁感嘆這隨從是多麼無憂無慮，不像騎士總有許多痛苦、煩惱和責任。他忍不住以長矛戳醒桑丘，是該出發到村裡參加婚禮了。

驚嘆聲此起彼落，眾人無不為新娘的美貌和她身上戴的珠寶所吸引。

「嘖嘖——騎士老爺您瞧，新娘脖子上戴的可是貴得要命的珊瑚珠子呀！那新娘服的料子也是上好的絲絨哩！還有她手上那些鑲著珍珠的金戒指，也同樣貴得嚇人。哇——您看她那頭金黃色的長髮，美呀，真是太美了！」桑丘見到新娘的美貌，忍不住抬起手來一邊拿袖子抹抹油嘴，一邊興奮地說道。

「嗯——的確，除了達辛妮亞小姐，這位新娘真可說是我見過最美的女人了。不過，她的臉色看起來好蒼白，大概是整夜忙著打扮，睡眠不足的關係吧！」唐吉訶德聽了桑丘對新娘衣飾的過度讚美，心中不禁覺得好笑，但他也承認新娘的確長得很美。

當這對新人走到婚禮會場中央時，突然，場外傳來一聲大喊：「慢點——你們別只顧著自己，等等我啊！」眾人回頭一望，只見巴希留穿著一件黑色大衣，手上握著一把長劍，正用力推開擁擠的人群朝會場跑來。

「潔德莉亞！妳怎麼這麼狠心，為了錢而背棄我倆的誓約。為了能讓妳過舒適的日子，我正努力經營著家裡的事業。難道，妳連這麼一點時間都不願意等我嗎？」巴希留瞪著新娘子說道。

潔德莉亞面色發白地凝視著巴希留，一句話也不說。巴希留接著又說：「既然妳覺得財富比愛情重要，我這卑微的貧民沒有追求幸福的權利，那就拿我的血做為妳和卡曼丘的賀禮吧。」說完，便拔出劍來往自己身上一刺，頓時鮮血四濺，嚇壞了現場所有賓客。

唐吉訶德見到巴希留為愛殉情，連忙下馬過去扶他。原本受邀前來主持婚禮的神父也走上前來說道：「巴希留，趕緊向上帝懺悔你這自殺的罪行，以免死後靈魂被打入地獄！」

巴希留並未回答神父，反而望著潔德莉雅，語氣虛弱地哀求：「請妳嫁給我好嗎？我這帶罪的靈魂，將因與妳結合而得以洗滌，或許也將因此免去墜入地獄的懲罰。」巴希留的朋友們也挺身而出，圍著潔德莉雅為巴希留說話。唐吉訶德也附和地說道：「答應他吧，因為他的洞房就是墓穴呀！」

新郎卡曼丘也因眾人的勸說而動了惻隱之心，便答應先讓潔德莉雅與巴希留舉行婚禮，自己稍後再與潔德莉雅完婚。「反正他都快死了，不差那一時半刻。」他心想。

潔德莉雅面容哀淒地走到巴希留身邊，握著他的手說道：「是的，嫁給你我無怨無悔，只是你這自殺的舉動實在

杜雷／版畫，1863年

桑丘聞到婚宴上香噴噴的食物，不禁露出一臉饞相。廚子好心舀了碗肉讓他先嚐嚐，桑丘樂得大嚼一番。

杜雷／版畫，1863年

有錢人家的婚禮果真是豪華氣派，熱鬧滾滾，全村都來分享這份喜悅與歡樂。

杜雷／版畫，1863年

婚禮中，舞者表演姿態曼妙，精彩的節目接連登場，殊不知最精彩的真實人生戲碼很快就要上演。

太過魯莽了。」於是，神父為巴希留與潔德莉雅舉行婚禮，除了給予結婚祝福，還祈求上天原諒新郎的罪行。「好，以上帝之名，我在此宣布你倆成為夫妻。」神父最後說道。

就在此時，渾身是血的巴希留突然跳了起來，開心地喊道：「哈哈！妳最終還是成為我的妻子了吧！」眾人頓時全都愣住。原來，劍根本沒刺中巴希留的身體，那些鮮紅的血液是從他預先藏在身上的一根鐵管流出來的。

卡曼丘發現自己受騙，氣得渾身發抖，立刻拔劍要殺死巴希留；他的親友們也圍了上來，打算助他一臂之力。巴希留這邊也不輸人，他早就安排了一群好友到婚禮現場幫忙，他們此刻正一個個跑上前來。雙方陣營怒目相對，一場血腥衝突眼看就要爆發。

「慢著！」唐吉訶德跨上馬，站在兩隊人馬中間阻止道，「誰敢動手，就先吃我手上的長矛一槍。愛情如戰爭，使用計謀來贏取美人本來就是合理的。何況卡曼丘有無數的錢財，想要什麼都可以買到，而巴希留卻只有潔德莉雅這麼一個愛人，就讓有情人終成眷屬吧！」

灼熱的六月
弗雷德里克・雷頓(Lord Frederic Leighton, 1830～1896) / 油彩・畫布，1895年 / 美屬波多黎各彭西藝術博物館

美麗的女子人人愛，但誰說有錢有勢的男子一定能贏得美人歸？唐吉訶德為癡情男子巴希留主持正義時也說：「愛情如戰爭，使用計謀贏取每人本來就是合理的。」

卡曼丘怒氣沖沖地說道：「算了！既然潔德莉雅真心愛的人並不是我，就讓她嫁給這卑鄙的巴希留吧！」

就這樣，巴希留挽著潔德莉雅的手臂，開開心心地準備回家。臨走前，巴希留對唐吉訶德說道：「謝謝你的幫忙。為了表示我們由衷的謝意，可否請你隨我回家，與我們一塊兒慶祝呢？」

唐吉訶德答應了，桑丘卻滿臉不情願。他一邊跟在洛基南特的屁股後頭走著，一邊連連哀聲嘆道：「可惜呀，肥嫩的牛肉、鮮美的醇酒、香甜的果子、無數的雞肉和鵝肉呀……再見了。」

杜雷／版畫，1863年

巴希留假裝自殺，臨死前希望能與潔德莉雅結為夫妻、了卻心願。
眾人如何能拒絕這麼哀淒的臨終請求呢？

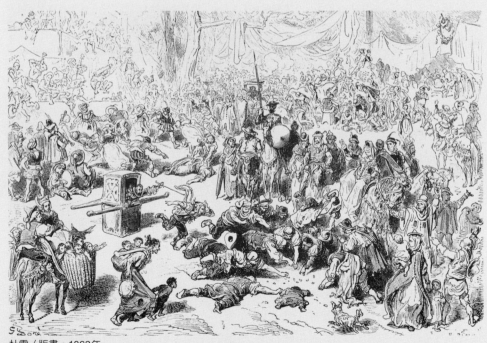

杜雷／版畫，1863年

一場混戰眼看就要爆發，幸好唐吉訶德站出來主持正義，終於化干
戈為玉帛。婚禮照常進行，但這回有情人總算終成眷屬。

地洞奇遇

我站起身，發現亮光是從泥地往上透出。光線很弱，我根本看不清洞裡的景象，不知不覺中竟睡著了。也不知睡了多久，再醒來時我不由得驚嘆一聲「哇——好美」，自己竟置身於一片青翠的草地，而四周的美景是我從不曾在地面上見過的。

唐吉訶德和桑丘前往巴希留家，接受新婚夫婦熱情的招待，並與他倆暢談「娶妻哲學」。三天後，唐吉訶德尋得一名大學生，請他充當嚮導帶自己到知名的蒙德西諾斯地洞探險。唐吉訶德主僕二人告別了巴希留夫婦，在大學生的帶領下前往蒙德西諾斯地洞。

據傳，蒙德西諾斯是查理大帝的外孫，曾經住在地洞裡，後人便稱此為「蒙德西諾斯地洞」，日後成為一個著名的觀光景點。唐吉訶德一行走了一整天，晚上在一個小村莊過宿，也買齊了前往地洞探險的裝備，包括一條又粗又長的繩子和許多乾糧。

翌日，他們又走了半天，直到下午約兩點鐘才終於到達目的地。一來到蒙德西諾斯地洞，唐吉訶德便迫不及待要下洞去一探究竟。於是大學生拿出繩子，纏繞在唐吉訶德的腰部，然後打了個結。桑丘站在旁邊幫忙，嘴裡則勸著：「騎士老爺，您有必要下去冒這個險嗎？我們在外頭看看不就好了。」

「別再勸我了！我知道自己在幹什麼。」唐吉訶德回答，接著便走到洞口，雙膝跪地，先祈求上天的助佑，再請心中的愛人達辛妮亞賜予自己勇氣。

蒙德西諾斯地洞的洞口，爬滿了密密麻麻的藤蔓，封住了整個洞口。唐吉訶德舉起劍就是一陣狂揮猛砍，好不容易才清出一個小洞；就在此時，突然有一大群黑壓壓的烏鴉和蝙蝠從小洞中飛出，把三人嚇了一大跳。待所有的烏鴉和蝙蝠都飛走之後，唐吉訶德又繼續清除著雜草，直把洞口整個徹底清理乾淨才停手。

「好了，」唐吉訶德說道，「現在你們可以讓我垂吊進洞裡去了。」說完，便勇敢地跨進洞口。大學生和桑丘連忙走過來，先拉住繩子，再慢慢將唐吉訶德放入地洞裡去。

大學生和桑丘約莫在洞口等了一個鐘頭。桑丘不住地低頭猛瞧，只見裡面一片幽長黑漆，絲毫不見唐吉訶德的身影。於是他擔心地問道：「我們是不是該把騎士老爺拉上來了？他在又濕又熱的地洞裡實在待得太久，如果出了什麼事，而我們又聽不到他的求救聲，那可怎麼辦？」

大學生也同意將唐吉訶德拉上來。於是兩人一起拉著繩子；剛開始，繩子彷彿沒有重量，讓他們不禁擔心唐吉訶德已經掉進了無底洞。又拉了一下子，

杜雷／版畫，1863年

巴希留夫婦為感謝唐吉訶德助他和潔德莉雅順利結為連理，特別熱情款待這主僕二人，
大夥聊得非常盡興。

繩子另一端終於有了重量，兩人繼續使勁地用力拉。「看見唐吉訶德先生的頭盔了！」大學生興奮地喊出來。

終於，唐吉訶德整個人都露出了地面。桑丘放下繩子，感激涕零地感謝上天的恩澤，並對主人說道：「騎士老爺，您還好吧？」但唐吉訶德雙眼緊閉，彷彿睡著了般毫無反應。大學生和桑丘連忙用力搖晃他的身體，過了好一會兒，他才睜開眼睛。

醒來之後，唐吉訶德先轉頭望望四周，然後一臉驚訝地說道：「哎呀！我怎麼又回到這庸俗的塵世來了呢？快樂，果然像泡沫一樣短暫呀！」

「騎士先生，那漆黑的地洞不是像地獄一樣汙濁悶熱嗎？你待在裡頭怎麼會感到快樂呢？」大學生好奇地問。

「地獄？」唐吉訶德喊道，「等我告訴你們我在裡頭經歷的一場奇遇之後，你們便不會說它是地獄了。不過，我的肚子餓死了，先讓我填飽肚子再說。」

桑丘連忙拿出袋子裡的乾糧，三人一起坐到大學生帶來的毛毯上，一邊吃一邊聽唐吉訶德描述他的地洞奇遇──

「我被繩子綁著往下垂吊的時候，才離開洞口一會兒，便看見距離我右手邊不遠處有一絲微弱光芒。於是，我往那邊跳去，只聽見『蹦』的一聲，我便落在一塊凹落的泥地上，大小剛好可以容得下一輛大車。

「我站起身來，發現亮光是從泥地往上透出的。光線很弱，我根本看不清洞裡的景象。無計可施之餘，我只能坐下，仔細思考接下來該怎麼辦。不知不覺中，我竟然睡著了。也不知道睡了多久，再醒來時，我不由得驚嘆一聲『哇──好美』，因為自己竟置身於一片青翠的草地，而四周的美景是我從不曾在地面上見過的。

「過了一會兒，一位身著紫色長袍、鬍子垂到腰際的老人走到我面前，恭敬地說道：『尊貴的拉曼查之唐吉訶德騎士，您好！我的名字叫做蒙德西諾斯，我被魔法師梅爾林囚禁在這裡五百年了，一直盼著您出現。今天，終於等到您前來解救我們！』

「蒙德西諾斯說完話，隨即領我往一座富麗堂皇的宮殿走去，宮殿的牆壁全由水晶所打造。我們走進宮殿，在寬敞蜿蜒的廊道上繞了好幾圈，最後來到一間地室。地室涼颼颼的，中間擺放了一座由大理石砌成、雕工精緻的墳墓，上面躺著一位騎士。

「『請問那位騎士叫什麼名字？為什麼要躺在墳墓上呢？』我開口問道。

「『他是我的表弟，名叫杜朗達爾德。他已經死了，噢──不，該怎麼說呢？據我所知，他的確是死了，而且我

杜雷／版畫，1863年

成群的烏鴉和蝙蝠從洞口飛了出來，嚇了三人一大跳，原先忙著清除洞口雜草的唐吉訶
德也跌坐在地。

杜雷／版畫，1863年

蒙德西諾斯聽從表弟的遺願，挖出他的心臟幫
他獻給愛人貝雷爾瑪。

還遵照他的遺言，將他的心臟挖出來送給他的愛人，也就是貝雷爾瑪夫人。但是，唉——』蒙德西諾斯話語剛落，我便瞧見墳墓上方的屍體竟以手肘撐地，從墓上的平臺坐了起來。

「『蒙德西諾斯，等我死了之後，請幫我挖出胸膛裡的這顆心送給貝雷爾瑪，好嗎？』杜朗達爾德懇求道，語氣十分哀傷。

「『親愛的表弟，我早就依照你的吩咐，將你的心臟送到貝雷爾瑪夫人那兒去了！就請你安心吧！你瞧，站在我身旁的這位騎士先生就是拉曼查之唐吉訶德，他也許有辦法破解梅爾林的魔法，將我們救出地洞。』蒙德西諾斯說。

「『唉——』杜朗達爾德輕輕嘆了口氣，然後又靜靜地躺回平臺。『騎士先生，您看見了吧！我為什麼不敢百分之百肯定杜朗達爾德已死，因為他經常像方才那樣，端坐起來跟我說話啊！而且悲慘的事還不只這些，』蒙德西諾斯繼續說道，『他那忠心的侍從瓜迪亞那被梅爾林變成了一條河。伊台拉是杜朗達爾德的親戚，她和幾個女兒，還有外甥女，也都一個個被變成了湖泊。』

「正聽得津津有味時，突然看見一群身穿黑色長袍的女子，哭泣著朝我們走來。『這是為死去的杜朗達爾德哀唱輓歌的隊伍。您看，頭巾包得比別人大兩倍的那位夫人就是貝雷爾瑪。』蒙德西諾斯指著一名哭得眼圈發黑的女子說道，『她原本非常美麗，卻被梅爾林的魔法變得醜陋不堪，塌鼻子、大嘴巴，加上一口稀稀落落的牙齒。任誰見了，也不能與以前的她聯想在一起。』

「從地室出來之後，蒙德西諾斯又帶我去看了許多稀奇古怪的事情，其中甚至包括我的愛人達辛妮亞小姐差她的侍女前來向我借錢，總之都是一些非常奇異、有趣的事。待日後有空，我再慢慢說給你們聽。」唐吉訶德興奮地說道。

聽完唐吉訶德的地洞奇遇，大學生便告別他們先回村裡去了。唐吉訶德主僕二人整理行李後也各自跨馬牽驢，離開深具傳奇色彩的蒙德西諾斯地洞。

杜雷／版畫，1863年

唐吉訶德被拖出黑漆漆的地洞，只見他雙眼緊閉，好像睡著似的，又狀似昏了過去。

杜雷／版畫，1863年

死去的騎士杜朗達爾德竟從墳墓平臺上坐了起來，只因他念念不忘愛人貝雷爾瑪，怎麼也無法安息。

杜雷／版畫，1863年

地洞中出現了一隊哀唱輓歌的黑衣女子，其中那位哭得特別傷心、眼圈發黑的就
是貝雷爾瑪夫人。

神奇猴與驢子叫

這隻猴子一定是被魔鬼附身，否則怎能知道陌生人的過去和現在？我看，八成是牠的主人與魔鬼立下了契約，待日後靠著猴子賺了大錢，再交出自己的靈魂做為交換。

傍晚時，唐吉訶德和桑丘來到一間旅店，這次唐吉訶德總算沒將它當做城堡，令桑丘安心不少。這天，一隻人稱會算命的猴子剛好也住在這家旅店，唐吉訶德便向牠問起自己的前途。

「這可不行噢──先生，」猴子的主人貝得羅說道，「這隻猴子只會算算過去的事，現在的事也稍微知道一些。但未來的事，牠可是一點都沒法子算出來的呀！」

「啊──」桑丘叫道，「有誰會比我更清楚自己的過去呢，我幹嘛浪費錢問已經發生過的事情。不如，你幫我算算，我的老婆現在在家裡做什麼？」

貝得羅點點頭，伸手拍拍自己的肩膀。只見猴子靈活地跳了上去，嘴巴湊在主人耳邊，牙齒摩擦發出「喀喀喀」的聲音，不知跟他說了些什麼。

貝得羅待猴子跳開之後，立刻雙膝著地，跪倒在唐吉訶德腳邊，說道：「啊，英勇的拉曼查之唐吉訶德騎士呀，因為您，膽小怯懦的人生出了勇氣，挫敗跌倒的人重新站了起來，您是所有不幸之人的救星啊！」

貝得羅把頭轉向桑丘，繼續說道：「而你，唐吉訶德騎士的忠心隨從桑丘‧潘薩，你的妻子此刻正一邊喝著酒，一邊梳理一堆麻呢！」

在場的人聽見貝得羅突然說出這番話全都嚇了一跳，桑丘更是嘖嘖稱奇，感到不可思議，因為他和主人從未告訴貝得羅自己的姓名呀！

幫唐吉訶德主僕二人算完命，貝得羅便帶著他的猴子離開，到前院去搭傀儡戲的戲臺，準備晚上的演出。

唐吉訶德對桑丘說道：「這隻猴子一定是被魔鬼附身，否則怎麼能知道陌生人的過去和現在？我看，八成是牠的主人與魔鬼立下了契約，待日後靠著猴子賺了大錢，再交出自己的靈魂做為交換。」

晚上，唐吉訶德和桑丘吃完晚餐後，便散步到院子裡去看戲。當天上演的戲碼，是從古羅馬的一部史詩擷取其中一小段內容改編而成。貝得羅躲在簾幕後，負責操縱傀儡，他的徒弟則站在外頭，拿著一根棍子，一邊指著陸續出場的角色，一邊向觀眾介紹劇情。

戲臺前擠滿觀眾，大家都看得興味盎然，只有唐吉訶德邊看邊批評劇情。他一會兒說：「小子，你別說得那麼複雜，簡單明瞭一點嘛！」，一會兒又唸

杜雷／版畫，1863年

神奇的算命猴竟能算出唐吉訶德和桑丘的身分，不禁教人嘖嘖稱奇。

算命師
拉圖爾(Georges de La Tour, 1593～1652) / 油彩·
畫布，1632～1635年 / 美國紐約大都會博物館

算命是一門古老的藝術與話術。算命師說得天花亂
墜，就是想讓你從口袋掏出錢來。

著：「哎呀，小夥子，你又說錯了。那是銅鼓聲，不是鐘聲啦！」令貝得羅不禁懷疑這傢伙是不是故意來鬧場。

「他爬上高塔救出愛人，兩人急忙跳上馬背，往城外奔去。不一會兒，國王發現了，派出許多追兵……。哎呀，他們倆就快被追上了……」貝得羅的徒弟十分投入地高聲喊道。

劇情進入最高潮，觀眾的情緒也隨之高漲，焦急地想知道接下來的劇情。在這個緊張時刻，眾人卻突然聽見一聲大喊：「住手！你們這群惡人，看我拉曼查的唐吉訶德如何收拾你們。」

接著，只見唐吉訶德衝到戲臺前，憤怒地揮劍朝士兵猛砍猛劈。結果，一個個厚紙板做成的傀儡都被他刺得破破爛爛，戲臺也被弄得亂七八糟，沒辦法再繼續表演了。

「唐吉訶德先生，快住手啊！……嗚嗚……我的傀儡……這下全完了。」貝得羅大聲地阻止著。觀眾也被唐吉訶德的瘋狂舉動嚇壞了，全都跑離戲臺邊，站在遠處觀望。

杜雷／版畫，1863年

唐吉訶德觀賞傀儡戲，不時語出批評，但不知不覺中也融入劇情，情緒也跟著激動了起來。

杜雷／版畫，1863年

深具正義感、又太入戲的唐吉訶德竟出手拯救戲劇中的戀人，將整個傀儡戲舞臺砍得亂七八糟。

「貝得羅先生，請你放心，等我的主人恢復理智之後，一定會賠償你所有的損失。」桑丘安慰道。

待整座戲臺被破壞得七零八落，唐吉訶德總算歇手，且忿忿不平地說道：「任何人都不可以傷害這對相愛的戀人，否則以騎士之名起誓，我——拉曼查的唐吉訶德，絕對會履行騎士的職責，消滅妨礙他們愛情的人。」

「騎士先生，你消滅的可是我全部的財產啊！你看仔細些，這些士兵全都是傀儡娃娃，哪裡有什麼惡人呀！」貝得羅無奈地說道。

唐吉訶德低頭朝亂七八糟的戲臺瞧了一會兒，堅持地說道：「我相信這又是壞魔法師搞的鬼，他把所有追兵都變成了傀儡娃娃。好吧，既然你說是我弄壞了你的家當，我賠償便是。」

於是，唐吉訶德便要桑丘拿錢賠償貝得羅的所有損失。二人在旅店住了一晚，翌日一早又踏上冒險的旅程。

他們在路上走了三天，來到一座山，突然聽見一陣喧鬧聲，唐吉訶德說道：「發生了什麼事？桑丘，我們過去看一下。」

主僕二人爬上山頂，看見山坡的另一面集結了兩百多個手持武器的人。唐吉訶德走向人群，並詢問其中一名負責運送武器的人，他們之所以集結成群的原因和去處。

杜雷／版畫，1863年

唐吉訶德和桑丘爬上山頂，看到一大群手持武器的人，不禁上前探問緣由。

只聽見那人說道：「這事說來話長，主要是鄰鎮的人長久以來一直不斷嘲笑我們鎮上的兩個高官，鎮民們打算今天去幫他們討回公道。」

「他倆做了什麼事嗎？為什麼人家要嘲笑他們？」唐吉訶德好奇地問。

「當這兩位官員還是小職員時，有一次到山裡找尋其中一人丟失的驢子。由於山林廣闊，兩人決定分開尋找，並想了一個找驢子的好方法——學驢叫，以假驢子的聲音引真驢子出來。

「二人一邊學著驢叫，一邊四處張望。但因為他們的驢叫聲太過逼真，竟使他們以為對方是真的驢子，兩人便不斷為對方的聲音所騙，循聲而去，結果

卻總是空歡喜一場。

「後來他們改約定叫聲的次數提醒對方『這是假的』，最後卻在林子深處發現驢子的骨頭。原來那隻丟失的真驢早就被狼給吃掉，害他們白忙一場。

「這事傳出去，鄰鎮的人都拿這件糗事來取笑他們二人，鎮民們感到很生氣，打算以武力來替自己鎮上這兩位官員洗刷恥辱。」

「這倒是有趣。」唐吉訶德微笑著說。然後，他走到人群中大聲說道：「各位，快停止這場無意義的戰鬥吧！為了小事而動刀動槍，實在不值得。這世上只有五件事需要以戰爭來保衛——第一是宗教信仰；第二是自己的生命；第

杜雷／版畫，1863年

這兩個人為了尋回驢子逼真地學著驢叫，呼喊愛驢現身，不料此舉卻引來鄰鎮居民的嘲笑。

三是自己的名譽、家人和財產；第四是為國王效忠；第五是保衛國土。」

「沒錯！」桑丘也在旁邊幫腔，「我家主人是聞名天下的唐吉訶德騎士，人稱『苦臉騎士』或『獅子騎士』。他博學多聞、英勇無比，你們聽他的話準沒錯。何況，學驢子叫學得很逼真，這根本沒什麼了不得的，何必為這種小事生氣呢？聽聽我的驢叫聲，肯定比他們兩人更像哩！」

桑丘說完，馬上學驢子大聲叫了一下。這可慘啦！鎮民們還以為唐吉訶德主僕二人是在嘲笑他們，紛紛拿著武器圍了過來。唐吉訶德見苗頭不對，便拋下桑丘，自己騎著洛基南特逃走了。

可憐的桑丘，身上挨了無數的棍棒和石子，好不容易才逃離群眾的包圍。他趕上唐吉訶德，一臉埋怨地說：「虧您還是受封過的雲遊騎士呢！竟然丟下忠心的僕人，自己逃跑！」

「還說呢！」唐吉訶德見桑丘只是受了些皮肉傷，並未傷到筋骨，便開口說道，「要不是你多嘴，無緣無故學什麼驢叫，我們哪會遭到攻擊呀！」

桑丘只好閉上嘴巴，渾身疼痛地滾下驢背，躺在一棵大樹下休息。唐吉訶德也找了一處樹蔭躺下，兩人便在這裡過了一夜。

杜雷／版畫，1863年

唐吉訶德規勸眾人，小事不值得大動干戈，宣稱只有捍衛宗教信仰、生命、名
譽、國土，及效忠國王這五件事才值得發動戰爭。

「桑丘‧潘薩先生，聽你說話真是非常有趣，如此幽默的人，必定擁有深厚的智慧，因此我們想請你到一座海島上擔任總督……」「我願意、我願意。雖然人家都說我傻呼呼的，但我心地善良，同情窮人，我一定會好好保護善人、嚴懲壞人，善盡身為海島總督的責任。」桑丘毫不猶豫地滿口答應著。

翌日，他們來到一處河邊。唐吉訶德發現有艘無槳的小船繫在岸邊的一棵樹下，便跳下馬對隨從說道：「桑丘，你快點把洛基南特和驢子綁在樹下，我們現在要坐上這艘船前去解救別的雲遊騎士。」

「騎士老爺，」桑丘問道，「您怎麼知道這艘船是其他雲遊騎士留下來的求援工具呢？」

「書上都是這麼寫的呀！每當有人需要幫助，就會利用一艘船或一朵雲載著解救者前去落難之人所在的地方啊！」唐吉訶德回答，「別磨蹭了！快點去拴馬，我們要出發了。」

桑丘將洛基南特和驢子拴好後，便隨著主人登上小船。他坐在船尾，不住回頭張望自己那頭驚慌失措的愛驢，忍不住哭了起來。

唐吉訶德並不理會他，只是站在船首專心地望著前方。不久，河面上出現了幾座磨坊，是藉由水力來磨麥子的屋舍。

「桑丘，你瞧！求救者就關在那些城堡裡。」唐吉訶德說道。

「哎呀，騎士老爺，那哪裡是什麼城堡，那是水車磨坊啊！再不快點讓船停下來，我們就要被捲進水車輪子底下了。」桑丘驚慌地喊著。

這時磨坊工人發現了他們，趕忙用長棍擋住小船，以免兩人被捲進水車裡。但因用力過猛，小船整個翻覆，唐吉訶德和桑丘都摔進了水裡。

他倆渾身濕透地爬上岸，此時小船的主人很快跑了過來，要他們賠償小船遭毀的損失。桑丘代主人還了錢，卻聽見騎士老爺仍在叨唸著：「請原諒我，關在城堡監獄裡的朋友，我無力解救你們，請你們另覓救星吧！」

離開水車磨坊後，唐吉訶德主僕二人沿著河岸往回走，找到他們稍早綁在大樹下的洛基南特和驢子。桑丘一路嘮叨地唸著：「唉，平白無故又浪費了一筆錢。跟著這樣的主人，想發財，遠著呢！」

翌日傍晚，他們來到一片青草地，看見一群人在打獵，其中有位身著綠衣的女人打扮得相當華麗，左手臂上還站著一隻鷹。

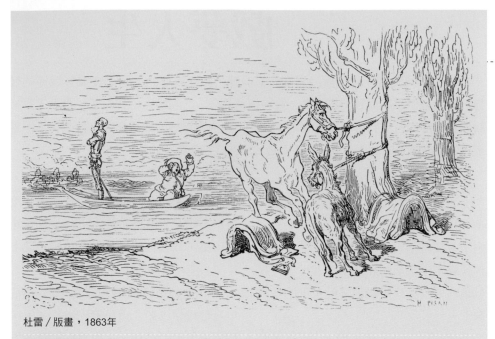

杜雷／版畫，1863年

唐吉訶德和桑丘登上小船，準備前去解救落難之人，但桑丘非常不捨他那拴在岸邊樹下的驢子，不禁頻頻回頭關切。

唐吉訶德對桑丘說道：「你去向那位雍容華貴的夫人致意，就說我拉曼查之唐吉訶德騎士願為她貢獻心力。」

聽完主人的交代，桑丘立刻騎上驢子，跑到女子的坐騎前說道：「尊貴的夫人哪，我是拉曼查之唐吉訶德騎士的侍從，名叫桑丘·潘薩。能否請您答應讓我家主人過來行個吻手禮，他將竭盡所能為您效力。」

女子先是愣了一下，隨即想起什麼似地笑著說道：「請你回去告訴聞名天下的苦臉騎士，我們夫婦很高興見到你們主僕二人，想邀請你們到我們的『城堡』作客。」

原來，這名女子是一位公爵夫人，

她和公爵都曾讀過記載著唐吉訶德事蹟的傳記，對於這主僕二人的瘋狂之舉早有耳聞，便想藉此機會好好愚弄他倆一番。正因如此，她才會將自己的別墅說成城堡。

唐吉訶德得知自己受到公爵夫人的邀請，非常開心，立即趕馬朝公爵夫人走去。但當他準備下馬親吻夫人的手背致意時，一不小心「啪」的一聲從馬背上摔了下來。桑丘急著過去扶他，沒想到自己的腳也被驢子身上的繩子給纏住了，頓時跌個四腳朝天。

公爵夫婦見到這滑稽的景象差點笑出聲來。但下一秒，公爵隨即對身邊的隨從說道：「還不快點過去，幫忙扶起

杜雷／版畫，1863年

磨坊工人救起翻船落難的唐吉訶德和桑丘。兩人一身濕，小船也打壞了。

唐吉訶德騎士和桑丘‧潘薩先生。」待唐吉訶德一臉狼狽地從地上爬起，公爵便立刻下馬擁抱他，說道：「可敬的苦臉騎士呀，不好意思，您才剛踏入我的領地，就讓您碰上這麼倒楣的事。」

「不，」唐吉訶德恭敬地回道，「這並不是您的錯，都是我那愚蠢的隨從沒有盡到扶我下馬的責任，這一向都是他的工作啊！」

「騎士老爺，」桑丘委屈地說，「不能怪我呀！我自己也自身難保，哪能分身去扶您啊！」

「仁慈的苦臉騎士，請您看在我的面子上原諒桑丘‧潘薩先生吧！」公爵夫人連忙圓場說道。

唐吉訶德尚未開口，便聽見桑丘搶著說：「噢！真是太感謝您了，美麗的夫人。不過，我的主人現在已經改名叫做『獅子騎士』了。」

「桑丘，你的話可真多！」唐吉訶德怒斥道。

「是，獅子騎士。現在就請您和桑丘‧潘薩先生跟隨我們回城堡吧！」公爵夫人微笑地說。

於是，唐吉訶德和桑丘便一邊走，一邊與公爵夫婦聊天，四人開開心心地往城堡的方向前進。

半路上，公爵謊稱自己有要事，便提前離開隊伍，比眾人先一步回到家。他仔細交代著家中僕人，該如何依照騎士小說中的內容誠摯接待唐吉訶德和桑丘。僕人們覺得很有趣，都很樂意配合主人演這場戲。

於是，當公爵夫人領著唐吉訶德主僕二人回到家時，立刻便有一群僕人從屋裡湧了出來，一面為唐吉訶德披上披肩，一面朝他身上灑香水。

唐吉訶德感到受寵若驚，心想：「誰說騎士小說的內容都是假的？就看這接待的排場吧，簡直跟書裡所寫的一模一樣哩！」

接著，唐吉訶德和桑丘被六個年輕的女僕簇擁著進到一間裝潢華麗的臥室更換衣服。「哇——好瘦噢！」「你們看，他的臉都瘦到凹陷下去了，活像兩片臉頰在嘴巴裡接吻哩！」「對呀！對呀！」女僕們竊竊私語，全都在取笑唐吉訶德瘦骨嶙峋的身材。

主僕二人隨後便被請至餐廳享用豐盛的晚餐。席間，唐吉訶德談到愛人達辛妮亞被壞魔法師變成醜陋村婦的事：「唉——她不但變得又胖又醜，連舉止表情也顯得粗俗不已，此刻更被居囚在黑暗的蒙德西諾斯地洞中。」公爵夫婦聽了無不深表同情。

用餐結束後，僕人們自作主張將原

杜雷／版畫，1863年

唐吉訶德遇見一隊狩獵者，於是派桑丘先行上前致意。

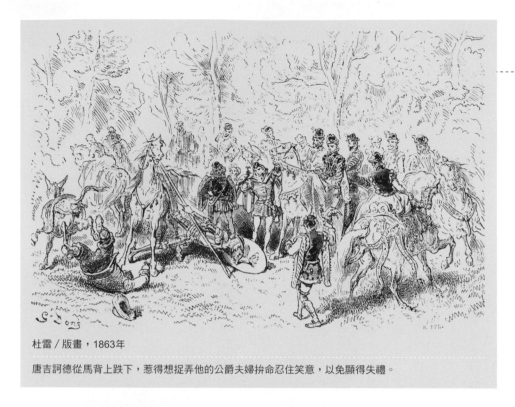

杜雷／版畫，1863年

唐吉訶德從馬背上跌下，惹得想捉弄他的公爵夫婦拚命忍住笑意，以免顯得失禮。

先為客人準備的洗手程序，改成為客人洗鬍子。公爵夫婦並未戳破，而由著僕人們瞎鬧，他們則坐在旁邊看笑話。只見唐吉訶德的下巴抵在水盆邊緣，任由僕人拿水沖洗他臉上的鬍子，唐吉訶德心中想著：「我不記得有這個禮節呀？可能是這個地方特有的習慣吧！」

翌日中午，公爵夫人特意邀請桑丘到大廳聊天。

「桑丘·潘薩先生，聽你說話真是非常有趣。我丈夫曾跟我說：『幽默的人，必定擁有深厚的智慧。』因此，他想請你到一座海島上擔任總督，你是否願意呢？」公爵夫人問道。

「當然！我願意、我願意。」桑丘被這突如其來的好運嚇得渾身發顫，高興地爽快允諾，接著又說，「雖然人家都說我傻呼呼的，但我心地善良，同情窮人，我一定會好好保護善人、嚴懲壞人，善盡身為海島總督的責任。」

「嗯——我相信你一定沒問題的。」公爵夫人點點頭，又開口問道，「跟我說說達辛妮亞小姐著魔的事情吧。唐吉訶德騎士在蒙德西諾斯地洞的奇遇是真的嗎？」

「其實，達辛妮亞小姐變成村婦的事，是我信口胡謅的。但我並不是故意說謊，而是主人把我逼急了，我不得已才出此下策的呀！」桑丘緊張地為自己辯解。

杜雷／版畫，1863年

唐吉訶德受到公爵府邸上上下下熱情款待，由此令他對騎士故事中的情節更加深信不疑。

杜雷／版畫，1863年

公爵夫人特意邀請桑丘一起聊天，聊著聊著，他簡直不敢相信自己真的受贈了
一座海島。

唐吉訶德與桑丘·潘薩
杜米埃(Honore Daumier, 1808～1879) / 油彩·木板，1849～1850年 /
日本東京石橋美術館

位於日本東京的石橋美術館，收藏了許多印象畫派的作品，其中也不乏現
實主義佳作如杜米埃這件以《唐吉訶德》小說為題的名作。畫面中，唐吉
訶德與愛駒雖占了很大的比例，但在洛基南特碩大又明亮的身軀映照下，
老騎士的面容卻顯得黯淡愁苦，看來，理想公義之路終究難行啊！

「你別緊張，我不
會因為這件事就收回你
總督的職務。」公爵夫
人說道，「不過，依我
看來，那位身手矯健、
一下子便跳上驢背的村
婦，應該就是真正的達
辛妮亞小姐沒錯！因為
壞魔法師的法術可是非
常高強的，你的眼睛、
心靈都可能被他所矇
騙！」

「唔——確實很有
可能，連我的主人都
說，他在蒙德西諾斯地
洞裡看見的達辛妮亞小
姐，就跟那個村婦長得
一模一樣哩！這八成是
壞魔法師想愚弄我，不
讓我看清事實的真相。
當時，我也不相信主人
所說有關地洞裡那些奇
怪的奇遇，但現在我可是一點也不懷疑
了。」桑丘說道。

「我也相信唐吉訶德騎士所說的話。
好吧，今天就說到這裡，你回去休息
吧！」公爵夫人說完，隨即離開大廳，
回到臥房。

「沒問題了！」公爵夫人笑嘻嘻地向
已在臥房等待許久的公爵說道，「我已
經讓桑丘·潘薩相信地洞裡發生的那件
事是真的，接下來我們可以好好計畫一
齣精彩好戲了。」

魔法師梅爾林

我來到此地就是要告訴你破解魔咒的方法。只要桑丘·潘薩願意脫下褲子，往自己那兩瓣肥嘟嘟的屁股重重打上三千三百下，那麼施加在達辛妮亞小姐身上的魔咒，自然會解除。

幾天後，公爵夫婦邀請唐吉訶德和桑丘一起到樹林裡去打獵，並送給他們一人一套綠色毛料的獵裝。唐吉訶德不願換上獵裝，仍舊穿著自己的盔甲；桑丘則開開心心地穿上獵裝，心想：「不拿白不拿，這質料頂好，以後還可以拿來賣錢哩！」

打獵的隊伍浩浩蕩蕩來到樹林，接著便四散分開，僕人們放出一群獵犬，讓牠們把野豬驅趕出來。打獵的號角一聲聲吹響，混著獵狗們「汪！汪！」的吠叫聲，整座樹林的氣氛轉而為沸沸揚揚，好不熱鬧。

「救命哪！救命哪！」突然，一陣慘叫聲傳來。眾人望向聲音傳出的方向，只見桑丘竟然頭下腳上地倒掛在樹枝上。唐吉訶德連忙跑過去把他救下來，問道：「怎麼回事？你為什麼會倒掛在樹上？」

「唉，騎士老爺，」桑丘驚魂未定地回答，「我本來跟在隊伍最後面，打算保護我那頭驢子，誰知道林子裡突然奔出一頭凶猛的野豬，嚇得我急忙往樹上爬，但樹枝斷了，我掉下來時衣服剛好被樹枝勾住，就這樣倒掛在樹上。」

「你真是沒用！一頭野豬也怕成那樣。」唐吉訶德搖著頭說道。

就在此時，眾人也制伏了那頭長著尖利獠牙的野豬。於是，公爵夫婦命令僕人們搭起帳篷，請唐吉訶德主僕二人一塊兒享用大餐。

太陽下山了，天色漸漸暗了下來。唐吉訶德隨公爵夫婦走出帳篷，享受微涼的夜風。忽然，整座樹林像著火一般頓時亮了起來；接著，便聽見一陣咚咚的鼓聲和吶喊聲，那聲音大得嚇人，震得地面都顫動起來。

「天哪！發生了什麼事呀？」公爵夫人神情慌張地問道。

「不清楚，聽起來好像是戰場上的廝殺吶喊聲。」公爵回答。

其實，這場戲完全是由公爵夫婦自編自導，但由於吶喊聲實在大得太驚人，就連知道內情的人都嚇得當場愣住，更別說是毫不知情的唐吉訶德和桑丘了。只見唐吉訶德皺起眉頭，一臉驚訝地環視著四周；桑丘則嚇得渾身顫抖、雙腿發軟。

過了一會兒，一個手中握巨大號角的魔鬼騎著馬出現了。「拉曼查之唐吉

杜雷／版畫，1863年

公爵夫婦邀請唐吉訶德主僕二人一塊兒去打獵，打獵隊伍聲勢浩大，到達樹林後
獵犬便被放開，讓牠們去尋野豬的蹤影。

杜雷／版畫，1863年

興高采烈穿上新獵裝的桑丘，還沒開始打獵，便受到兇猛野豬的驚嚇，一個不小心倒掛在樹枝上。

訶德在哪裡？我為美貌舉世無雙的達辛妮亞小姐報信來了。」魔鬼走到公爵夫婦面前說道。

「站在我身邊的這一位便是。」公爵冷靜地回答。

「獅子騎士，」魔鬼看著唐吉訶德說道，「請你待在這裡等候，一會兒將有人帶著達辛妮亞小姐前來與你會面，並告訴你如何破解施加在她身上的魔咒。」說完，吹了一聲號角便離開。

眾人在原地等到半夜，大家全都無心睡覺。「哇！快看哪——」突然，有人驚恐地大喊，唐吉訶德連忙衝出帳篷，只見一隊流動的星群像團從地底冒出的火氣，燃燒著朝他們的營地走來。

待星群走近，眾人才看清楚原來是一支由牛車組成的車隊。每頭拉車的牛，牛角上都綁著一支亮晃晃的蠟燭，遠遠看去就像天上的星星。

領頭的前三輛牛車分別坐了三位知名的魔法師。第四輛車則非牛車，而是一輛由六頭棕色騾子所拉的巨型豪華凱旋車；每隻騾子身上都披著白紗，背上則各坐著一名手持大蠟燭的白衣人。

這輛凱旋車上坐著一名年約十八、十九歲的少女，臉上罩著薄紗，身上則披著一層又一層綴滿金箔、燦爛無比的銀紗。她的身旁坐著一名頭罩黑紗、身著長袍的男人。

凱旋車停在唐吉訶德面前，男人

杜雷／版畫，1863年

魔鬼前來向唐吉訶德報訊，這一行「鬼」浩浩蕩蕩的隊伍和吶喊的聲勢，在黑夜中顯得特別駭人。

杜雷／版畫，1863年

魔法師梅爾林搭乘豪華的凱旋車而來，負責拉車的是六頭騾子，分別由六名手持蠟燭的白衣人坐擁其上，陣仗著實驚人。

猛然起身，揭去頭紗，掀開長袍，露出了駭人的骷髏形貌。只聽見他有氣無力地說道：「我是魔法師梅爾林，世人都說我作惡多端，是魔鬼的兒子。其實，我本性仁慈寬厚，愛護騎士，做過許多好事。這一次，我為了解救達辛妮亞小姐，日思夜想，不知翻遍了多少書籍，才終於讓我找出破解魔咒的方法。」

「方法是什麼？你快說。」唐吉訶德著急地問著。

「你別急，」梅爾林回答，「我來到此地就是要告訴你破解魔咒的方法。只要桑丘‧潘薩願意脫下褲子，往自己那兩瓣肥嘟嘟的屁股重重打上三千三百下，那麼施加在達辛妮亞小姐身上的魔咒，自然會解除。」

「什麼？三千三百下？」桑丘生氣地說道，「想都別想，就讓達辛妮亞小姐帶著魔咒進墳場去吧！」

「小心我把你剝得一絲不掛，綁在樹上鞭打六千六百下！」唐吉訶德瞪向桑丘，氣得牙癢癢地說。

「不行，」梅爾林連忙補充說道，「這得桑丘‧潘薩親自動手才行，別人是不能強迫他的，否則這方法便發揮不了效果。」

「關我什麼事呀！我到底招誰惹誰了？達辛妮亞小姐明明是騎士老爺口中的『生命』『靈魂』啊什麼的，為何要我貢獻屁股呢？」桑丘說道。

就在此時，凱旋車上的少女突然站起來，伸手揭去臉上的面紗，露出一張年輕美麗的臉龐，以銀鈴般的聲音說道：「好啊，你這個膽小卑鄙的隨從，你家主人的臉都讓你給丟光了。又不是要你從高塔往下跳，也用不著吞下十二隻癩蛤蟆，更沒要你殺妻弒子，只不過是要你往屁股打幾下，有什麼困難的呢？難道你忍心讓我這張美麗的臉永遠醜陋不堪嗎？你真是太狠心了。」

公爵夫人也幫著勸道：「桑丘·潘薩先生，你既然做了獅子騎士的隨從，用他的錢過活，就應該幫他排解憂煩，這樣才算得上是盡責的騎士隨從呀！」

「沒錯！」公爵也開口說道，「如果你連打幾下自己的屁股都捨不得，怎麼可能勝任海島的總督呢？我心目中的總督人選應該要有一顆悲天憫人的心。」

「這——」桑丘支支吾吾地說道，「那好吧！不過，得照我的規矩打，我高興什麼時候打就打，別人不得干涉。

唐吉訶德
杜米埃(Honore Daumier, 1808～1879) ／油彩·木板，1866～1868年 ／英國倫敦國立畫廊

唐吉訶德，做為一名失敗的理想主義代表，於騎士旅程中經常淪為受嘲笑、不被瞭解的命運，有時甚至還被世俗社會的聰明人如公爵夫婦作弄。杜米埃身為十九世紀的社會寫實派畫家，自然對刻畫這樣的人物角色特別心有戚戚。

而且，不能強迫我要在什麼期限內打完，我自然會打滿三千三百下，真正解救達辛妮亞小姐。」

「當然、當然，隨你的意思打就可以了。」梅爾林說道。

於是，公爵夫婦導演的第一齣戲，在許多人的共同演出中圓滿落幕了。

10 飛天木馬

公爵預先在花園準備了幾個大風箱，待唐吉訶德主僕二人一坐上木馬，便開始努力地吹送強風。果不其然，唐吉訶德和桑丘真的相信自己已經飛上了天。「桑丘，」唐吉訶德說道，「你千萬要抱緊我，據我猜測，我們應該已經飛到很高的天空了。」

翌日，公爵夫婦所導的第二齣戲在公爵府邸上演了。一位自稱哀傷夫人的女子，帶領一群臉上長滿各色鬍鬚的女僕，出現在公爵家的花園。

哀傷夫人對唐吉訶德說道：「拉曼查的偉大騎士，英勇的唐吉訶德先生啊！請您務必答應，前去解救我國的公主和駙馬。」

「妳的國家在哪裡？我要怎麼做才能救出貴國的公主和駙馬？」唐吉訶德誠心問道。

「我是從遙遠的崗達亞王國來的。」哀傷夫人回答，「我國的公主和駙馬因為私訂終身，被巨人魔法師——也就是王后的表哥下了咒語，於是公主變成了銅猴，駙馬變成金屬鱷魚，而我們這群人臉上的鬍鬚也是巨人魔法師的傑作。巨人魔法師說，除非拉曼查之唐吉訶德前去與他決鬥，才可能解除公主和駙馬身上的詛咒。」

「嗯——既然如此，救人如救火，一刻也不容耽擱，我們這就出發吧！請妳在前面領路，因為我不知道崗達亞王國在哪裡。」唐吉訶德說道。

「崗達亞王國距離此地甚遠，若走陸路必須花上許多年，因此最好的方式就是飛過去。」哀傷夫人說道。

「但是，我們沒辦法在天上飛呀！」唐吉訶德說道。

「別擔心，」哀傷夫人回答，「巨人魔法師曾說，只要我有辦法找到您，他自會派一匹木頭飛馬過來接您和侍從。聽說這匹木馬是魔法師梅爾林製造的，曾被他的朋友借走救出了一位絕世美人，這馬可是相當有名呢！」

「什麼？我可沒興趣騎乘木頭做的飛馬，更不想前往那遙遠的崗達亞王國，就請我的主人自己去面對巨人的挑戰吧！」桑丘急忙說道。

「桑丘·潘薩先生，」公爵開口說道，「我希望我所委派的總督具備無比的勇氣和善良的心，而且最好能帶著一樁英勇的事蹟上任，這樣才能博取島民的信任。」

「唔——好吧、好吧，就讓我跟著我家主人前去砍取巨人的頭顱吧！」桑丘無奈地說道。

唐吉訶德在花園裡等到半夜，終於

杜雷／版畫，1863年

臉上長滿鬍子的哀傷夫人和她的女僕們，前來請求唐吉訶德的協助，希望他能從巨人壞魔法師手上搶回崗達亞王國，解除眾人身上的魔咒。

看見四個全身纏繞著藤蔓的野人，扛著一匹木馬費力地走進花園，待放下木馬便離開，並未說些什麼。

「來了，來了。」哀傷夫人喊著，「就是這匹木馬，巨人果然把它給送來了。騎士先生，請您和隨從按照規定，先蒙上眼睛再上馬吧！」

「好的。」唐吉訶德回答，隨即拿布蒙上眼睛，率先坐上木馬。桑丘見主人騎上木馬，也跟著蒙上眼睛，緊挨在主人背後。

接著，便聽見公爵府邸的僕人們此起彼落地大聲喊著：「哇！願上天保佑他們。」「騎士先生已經飛得好高了呀！」「只剩下一個小黑點了。」「哎呀，小心，可別掉下來啦！」

原來，公爵已預先在花園準備了幾個大風箱，待唐吉訶德主僕二人一坐上木馬，便開始努力地吹送強風。果不其然，唐吉訶德和桑丘真的相信自己已經飛上了天。

「桑丘，」唐吉訶德說道，「你千萬要抱緊我，據我猜測，我們應該已經飛到很高的天空了。」

「是，騎士老爺。我可是抓得很緊，一點也不敢放鬆，就怕會摔到地面上去！」桑丘害怕地回答。

眾人聽見唐吉訶德和桑丘的對話，笑得樂不可支，公爵於是悄悄下令結束這場遊戲。

只見哀傷夫人和鬍子女僕們迅速離開了花園，公爵夫婦和其他人則趕緊倒臥在地。有個僕人拿來火把，點燃木馬的尾巴，塞在馬腹中的炮竹於是瞬間爆炸，「砰──砰砰──」一連串的鞭炮聲響震霄天，唐吉訶德和桑丘被炮火炸得摔落在地面。

「哎呀──發生了什麼事？為什麼大家都倒在地上？」唐吉訶德從地上爬起來，伸手扯掉蒙在眼睛上的布，驚訝地望向眾人說道。

他環視四周，瞥見花園盡頭插著一支長矛，上頭掛著一張羊皮紙，寫著──「*聞名天下的拉曼查之唐吉訶德*

杜雷／版畫，1863年

這樣一匹曾經搭載騎士與美人的飛天木馬，想來就令人神往。

騎士已經完成任務，打敗了巨人魔法師，哀傷夫人和女僕們也都已經恢復原貌，崗達亞王國的駙馬和公主也已順利繼承王位，成為崗達亞王國的國王和王后。」

唐吉訶德沒想到任務這麼容易就完成了，高興地跑到公爵夫婦身邊說道：「公爵大人，快醒醒，我已經圓滿達成任務了。」

公爵則假裝從昏昏睡夢中甦醒，一臉驚訝地望著唐吉訶德，以敬佩與崇敬有加的口吻說道：「您真是自古至今最偉大的騎士啊，唐吉訶德先生！」

眾人也作戲般接連從地上悠悠轉醒爬起，紛紛來到唐吉訶德面前讚美他的勇敢事蹟。桑丘則對公爵夫人吹噓了好一番，無中生有捏造了一場天際歷險。此事，後來便被公爵夫婦當成笑話，私底下常常拿出來取樂、回味不已呢！

杜雷／版畫，1863年

身上纏滿藤蔓的野人們扛來飛天木馬供唐吉訶德和桑丘騎乘，一切都按照公爵的指示，眾人將這場戲演得唯妙唯肖。

11 總督夢碎

「算了，毛驢，咱們還是回鄉下種田，過以前逍遙快活的日子吧！這總督的名銜雖然好聽，煩惱卻有千萬種，我無法勝任呀！」

哀傷夫人事件結束後隔天，桑丘便在公爵的安排下，前往海島就任總督。

臨行前，唐吉訶德交代叮嚀著桑丘：「你的運氣很好，許多人搶破頭的職位，你竟然不費吹灰之力就得到。但官場就像波濤洶湧的大海，你馬上就要被風浪捲入。因此，底下我所說的幾件事，你必須牢牢記在心裡——

「第一，你必須敬畏上帝，因為聖經中說過：『敬畏耶和華是智慧的開端；凡遵行他命令的是聰明人。』而當你擁有了智慧，就不會做錯事。

「第二，一定要常常反省自己，切勿驕傲自大、得意忘形。

「第三，不可因自己出身卑微而感到羞恥，因為——貧賤的好人勝過富貴的壞人。

「第四，好好調教老婆，磨淨她身上原本帶有的粗俗愚蠢。若有機會再娶——嗯，畢竟世事難料呀，千萬不可選那種嗜錢如命、專收不法好處的女人。

「第五，不可以只聽見有錢人的聲音，而應該看見窮苦人的眼淚。」

就這樣，唐吉訶德一共說了十多項告誡桑丘的為官之道，甚至要桑丘同樣得兼修自己的外貌儀容。末了，為免桑丘忘記，還幫他謄寫在紙上。

後來，公爵夫婦瞧見唐吉訶德寫的這番告誡提醒，無不深感意外。他們實在沒想到，一直被他們當成瘋子耍的唐吉訶德，竟然具備如此聰明、且通達世情的思想。

用完午餐之後，桑丘便由公爵府邸的一位總管領著，準備出發前往海島赴任。公爵夫婦送他到大門口，唐吉訶德則眼眶含淚地說了一大段祝福的話，桑丘聽了也不覺哽咽起來，依依不捨地告別主人，走馬上任去了。

桑丘來到海島，立刻受到島上居民熱烈歡迎，他們依照公爵的事先吩咐，前呼後擁著桑丘來到教堂，感謝上天賜予這樣一位好總督，然後將城門的鑰匙獻給他。桑丘受到如此隆重的歡迎儀式，不禁受寵若驚，渾身上下飄飄然。

其實，這座所謂的海島並非真正的島嶼，而是公爵領地下的一座小城，居民約一千人。桑丘來到之前，公爵已派人先來打點一切，桑丘於是便糊裡糊塗地落入這場騙局之中，毫無所覺。

離開教堂後，桑丘被帶到審理島民案件專用的廳堂，公爵府邸的總管告訴他：「新上任的總督必須先為島民解決

杜雷／版畫，1863年

桑丘即將前往海島赴任總督，唐吉訶德不僅教他為官的道理，並送上真摯的祝
福，主僕二人依依不捨地道別。

杜雷／版畫，1863年

桑丘一抵達公爵贈與他的島嶼，立刻受到島民熱烈歡迎，殊不知這一切都是安排好的場面。

一項紛爭，人們才能藉此瞧出新總督的頭腦靈不靈光。」

桑丘隨即坐上判官的椅子，此時廳上來了兩個男人，一個兩手空空，另一個手上握著一根竹杖。

兩手空空的男人說道：「總督大人，這個男人向我借了十塊錢，一直賴著不肯還，還說他早已還錢，只是我忘了。請您做個證人，如果他敢在上帝面前發誓錢已經還我，我也就認了，不再追究這些錢。」

桑丘聽了，於是正色對手拿竹杖的男人說道：「你願意在上帝和眾人面前發誓嗎？」

「當然，」手拿竹杖的男人回答，「為了證明自己的清白，我現在就在這

裡對上帝發誓。」接著便請兩手空空的男人幫自己拿一下竹杖，然後他伸手摸著十字架發誓：「我確實已經親手把錢還給債主了。」

兩手空空的男人見狀，只好自認倒楣說道：「好吧，就當做我記性差，收過錢卻忘了。剛剛發過誓的男人忽然急忙說道：「啊——別忘了還我竹杖！」

「等一下！」桑丘突然喊道，「這根竹杖理應屬於債主。來人哪——把這根竹杖剖開。」

眾人被桑丘的命令弄得一頭霧水，他身邊的一名隨從依命拿起竹杖，直直剖了開來，「哐噹——噹」裡頭竟滾出十塊錢。

原來桑丘發現，男人在發誓之前要

杜雷／版畫，1863年

島民隨即要這位新任總督審案，想試試他的能耐，誰知桑丘竟能做出明智的判斷，令眾人對他刮目相看。

杜雷／版畫，1863年

身為海島總督雖然威風凜凜，生活卻處處受限，桑丘眼看大魚大肉擺在面前，醫
生卻搬出健康大計不讓他吃，著實令嗜吃如命的桑丘萬分失落。

杜雷／版畫，1863年

眾人以圓形盾牌前後包捆住桑丘，謊稱敵人來襲，要總督率兵迎戰，這可把一向膽小的桑丘嚇得魂飛魄散。

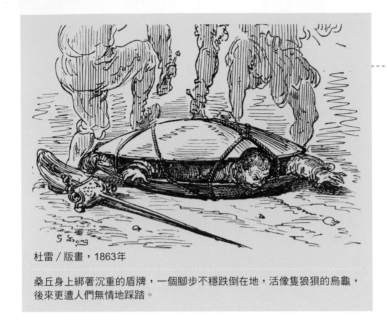

杜雷／版畫，1863年

桑丘身上綁著沉重的盾牌，一個腳步不穩跌倒在地，活像隻狼狽的烏龜，後來更遭人們無情地踩踏。

有一天，公爵派人送來一封信寫道：「桑丘·潘薩先生，請你務必小心，因爲我得到消息，以前曾得罪過的幾個敵人爲了報復我，近日就要潛入海島去暗殺你了。」

兩手空空的男人幫忙拿竹杖，但一發完誓便急於拿回這根不起眼的竹杖，桑丘懷疑裡頭必有文章，才會做出這樣的判斷，眾人都相當佩服新總督的智慧。就這樣，桑丘憑著直覺接連斷決了幾椿案子，大家都覺得這個人半聰明半愚蠢，與先前想像的不太一樣。

但桑丘當上海島總督後並不快樂，因爲每天都要到處視察，爲島民解決紛爭，累得他渾身痠痛，甚至連一頓飯也沒法好好地吃。原來公爵派了一位醫生，讓他站在餐桌旁，每當桑丘要拿盤子裡的食物時，他就會命令僕人把菜收起來，說是爲了總督的身體健康著想，但其實是故意捉弄他，不讓他吃飽。

桑丘每天只能吃一點蜜餞，喝一點水，他不禁埋怨：「唉，我當騎士老爺的隨從時，吃的都比現在好啊！」

桑丘嚇得要命，整天都惶恐不安，連睡覺也不安穩。他上任總督後的第七天晚上，忽聽到屋外傳來一陣喧鬧聲，教堂的鐘聲也噹噹噹響個不停，整座島嶼人心惶惶，彷彿島就要沉沒似的。

「天哪！到底發生了什麼事？」桑丘嚇得從床上跳起，還來不及穿上衣服，便有一群人手拿兵器衝進他房間。他們一面大聲嚷嚷「總督大人，壞人來襲，快點拿起您的兵器，率領我們前去迎戰敵人吧」，一面把桑丘的前胸和後背用兩面圓形的盾牌綁起來，然後把一支長矛交到他手上，催促著他往前走。

可憐的桑丘被盾牌緊緊壓住，根本動彈不得，屋外的喧囂聲加上眾人的聲聲催促，嚇得他失了魂，整個人往前一撲，重重摔倒在地，活像隻烏龜。

眾人爲了作弄桑丘，故意熄滅火

把讓四周陷入一片黑暗，還一邊高聲大喊：「前面！前面！」「小心哪！敵人衝過來了。」「快點！快跑啊！」，還一邊刻意在桑丘的身上踩來踩去，踐踏得他幾乎喘不過氣來。

終於，一陣歡呼聲傳來：「成功了，敵人被我們趕跑了！總督大人，快點帶領我們一塊兒慶祝呀！」隨後，有人點燃火把，並把桑丘從地上扶起來。他們解開他身上的圓形盾牌，餵他喝了點酒，見他神色蒼白，一臉驚惶，也覺得這玩笑開得有些過火，便扶他躺回床上休息。

翌日一早，桑丘從床上爬起，簡單收拾了幾件衣服，邁著蹣跚的腳步來到馬房。眾人偷偷跟著，只見他抱著自己的驢子直淌淚，說道：「算了，毛驢，咱們還是回鄉下種田，過以前逍遙快活的日子吧！這總督的名銜雖然好聽，煩惱卻有千萬種，我無法勝任呀！」

接著，桑丘便拉著驢子準備離開。眾人欽佩他淡泊名利不戀棧的氣度，全都一一與他擁抱，並祝福他一路平安。桑丘的總督生涯就此畫上句點。

販賣驢子
查爾斯·杭特(Charles Hunt, 1829～1900) / 油彩·畫布，1891年 / 私人收藏

驢子曾是人類生活中重要的役使工具，牠能載物、拉車、當苦力，遇上家庭經濟困難還可賣掉應急。這便是先前當桑丘發現毛驢失蹤時何以萬分心痛的原因，那可是窮人家最珍貴的生財工具啊！

杜雷／版畫，1863年

桑丘抱著愛驢痛哭，他想念和這位老夥伴為伍的日子，那才是他最習慣的生活。

貓爪大戰 12

這件事又是壞魔法師搞的鬼，我的力量應付這幾隻餓貓綽綽有餘，讓我自己來吧！
唐吉訶德雖然被抓傷了一隻眼睛，但為維護他做為騎士的驕傲，毅然拒絕了公爵對
他伸出援手。

　　另一方面，桑丘擔任海島總督的這段期間，住在公爵府邸的唐吉訶德也被公爵夫婦捉弄了一番。

　　首先，公爵夫婦安排了一位女僕，假裝對唐吉訶德深深戀慕，不但半夜跑到唐吉訶德臥房的窗臺下唱情歌，還讓她模仿騎士小說中常有的情節——親眼見到心儀的愛人唐吉訶德，因情緒過於激動而昏倒在走廊上。

　　為了這件事，唐吉訶德心中煩惱萬分，因為在他的心底除了愛人達辛妮亞小姐，他無法再接受其他女人的愛意。他去向公爵夫人表明自己的心跡，請她代為勸導那位女僕。但女僕卻由此對他心生怨懟，不僅怒目相視，還口出惡言批評咒罵達辛妮亞小姐，煩擾得他內心十分不平靜。

　　於是，唐吉訶德請公爵夫人幫他準備一張琴，因為他知道那位愛慕他的女僕，每天晚上都會刻意經過他房間的窗臺下，於是他想藉著歌曲表明自己已有愛人的堅定心緒。

　　公爵夫婦覺得這舉動還真有趣，於是要僕人們先在唐吉訶德房間的窗臺綁上一串結滿小鈴鐺的繩子，且抓來一籠子的貓兒備用。

　　當天晚上，公爵夫婦和女僕來到唐吉訶德房間的窗臺下等候著。唐吉訶德聽見樓下花園有人走動的聲音，知道是女僕來偷偷看他了，於是拿起琴，撥了一下琴弦，唱道——

莫偷懶、忙碌些，
愛情便不會占據妳心靈。
我的心已容不下任何一個人，
因為美人達辛妮亞的影子緊緊盤據著，
我對她的愛忠貞不二至死不渝。

　　就在此時，窗外突然傳來一陣「鈴——鈴——鈴」的聲音，接著便看見一群貓兒跳到窗臺上，其中有三隻還跑進唐吉訶德的房間橫衝直撞、四處亂竄，不但打翻了燭臺，還跳到唐吉訶德的臉上一陣亂抓。

　　「哎呀！」唐吉訶德痛得丟下琴，摸黑找到自己的劍到處猛揮猛砍，想把貓兒趕出房間。公爵夫婦聽見唐吉訶德的慘叫聲，連忙奔到他的房間，拿起燭火一照，發現唐吉訶德的臉都被貓抓傷了，不斷淌著血，這才驚覺玩笑開得有些過火，公爵於是緊張地喊道：「快來人呀，把房間裡的貓通通趕出去。」

杜雷／版畫，1863年

捉弄了桑丘還不夠，公爵夫婦又回頭捉弄唐吉訶德。他們安排女僕假裝暗戀這位
老騎士，要她半夜到唐吉訶德的窗臺下唱情歌。

「不用了，公爵大人您別插手。這件事又是壞魔法師搞的鬼，我的力量應付這幾隻餓貓綽綽有餘，讓我自己來吧！」唐吉訶德雖然被抓傷了一隻眼睛，但為維護他做為騎士的驕傲，毅然拒絕了公爵對他伸出援手。

後來還是靠著公爵的幫助，才把那幾隻闖禍的貓趕出房間。假裝愛慕唐吉訶德的那位女僕一邊幫唐吉訶德擦藥、包紮，還一邊喃喃地唸著：「誰叫你的心腸那麼硬？這一定是上天故意懲罰你，才教你遇上這種倒楣事……」

接下來幾天，唐吉訶德只得安安靜靜躺在床上養傷，哪兒也不能去。躺在床上太久，唐吉訶德心裡悶得慌。到了第五天，當他覺得臉上的傷口差不多痊癒時，便趕緊從床上爬起，穿戴盔甲，騎上洛基南特，到附近去晃晃。

他走到郊外，路過一個很深的坑洞，沒想到漆黑的洞底竟傳來陣陣求救聲：「救命啊，有人在上面嗎？快來救救我呀！」

「咦？」唐吉訶德心裡猛然一驚，「這不是桑丘的聲音嗎？不可能，他可是在海島上當總督呢，怎麼可能會在這裡？」接著，他從馬背上躍下來，低著頭朝洞裡喊道：「是誰在裡頭呀？」

「我是知名的拉曼查之唐吉訶德騎士的隨從，名字叫做桑丘·潘薩，我同時

也是一個倒楣透頂、丟了官位的海島總督。」洞裡傳來桑丘的回答。

原來，那天桑丘離開海島之後，打算回公爵府邸去找唐吉訶德。走了一天，來到一處廢墟，當時太陽已經下山，他便想到廢墟裡找個地方過夜。沒想到，人才剛走進廢墟，便連人帶驢一塊兒跌進一個很深的坑洞裡。「哎呀──」桑丘哀號著爬起來，發現驢子被自己壓在底下，這才撿回了一條命。「多謝你啦，寶貝毛驢。」桑丘說道。

但是，驢子傷得不輕，痛得慘叫連連。這讓桑丘心痛不已，想趕緊找到出口救出驢子，請人醫治自己的愛驢。但他在洞裡摸索了一夜，卻只找到一個透著些許光線的洞口，他拚命對著洞口大叫，希望能有人聽見他的求救聲。就在此時，救星出現了──

「唔！」唐吉訶德問道，「真的是你嗎，桑丘？我是唐吉訶德呀，我馬上回公爵府邸找人來救你。」

「哇──騎士老爺！謝天謝地，請您快點找人來吧，毛驢受了重傷哩！」桑丘激動地說道。在黑漆漆的地洞裡待了一晚，他並沒碰上和主人同樣美好的地洞奇遇，反而渾身又濕又冷，擔怕得直發抖，深怕自己會被活埋在洞裡。

唐吉訶德回到公爵府邸，請公爵派人和他一同前去解救桑丘。公爵尚未

杜雷／版畫，1863年

看到心儀的騎士愛人，年輕女僕情緒激動地昏倒在走廊上，這強烈的示愛舉動令
早已心有所屬的唐吉訶德深感困擾。

杜雷／版畫，1863年

可憐的唐吉訶德被貓抓得滿臉是傷，躺在床上休養，渾然不知這是公爵夫婦捉弄他的結果。

杜雷／版畫，1863年

太陽已經下山，桑丘原本打算在廢墟將就一夜，但光線不足，他腳步一滑，眼看
就要摔進一個大坑洞。

杜雷／版畫，1863年

桑丘和驢子摔落深坑，幸好有驢子當墊背，桑丘才得以撿回一條命，但驢子的傷勢可不輕，連連哀號不已。

杜雷／版畫，1863年

和先前擁有地洞奇遇的唐吉訶德不同，桑丘落入漆黑坑洞後可沒有主人那般好運，他渾身又濕又冷，整夜擔怕得直發抖。

接到桑丘罷官離去的消息，因此當他聽到唐吉訶德說桑丘就在府邸附近的廢墟時，心中頓時感到詫異不已，便急忙叫來一群僕人，由唐吉訶德領著前去救出地洞裡的桑丘。

幸好桑丘和他的毛驢被救回公爵府邸之後，受到公爵夫人無微不至的照顧，幾天之後，人和驢子都康復了。

唐吉訶德見桑丘辜負了公爵的厚愛，沒能做好海島總督的職務，而他自己也在公爵府邸住了好久，蹉跎了許多時光，幾乎忘了騎士的使命。

因此待桑丘的身體康復之後，他們便向公爵夫婦告別。公爵夫婦雖然感到很捨不得，卻還是為唐吉訶德主僕二人送上一番祝福的話語，祈祝他倆離開之後一路平安。就這樣，唐吉訶德和桑丘又再度踏上冒險的旅程。

杜雷／版畫，1863年

唐吉訶德向公爵夫婦道別，他在公爵府邸待得太久，幾乎忘了騎士的使命，
是時候該繼續踏上冒險旅程了。

狂奔的鬥牛 13

唐吉訶德循聲找來，透過樹稍微弱的光線，發現這一帶的樹上都掛滿了死屍。「你別怕！這些人都是土匪和強盜，他們被官兵抓住，吊死在樹上。」唐吉訶德冷靜地說道。

唐吉訶德主僕二人一面走著，一面聊起這段時日裡他們各自發生的事情。桑丘一一詳述他擔任海島總督期間發生了哪些案件，而他又是如何處理斷案的。唐吉訶德一一點頭稱讚，覺得桑丘處置得很不錯。

隨後他倆走進一座樹林，唐吉訶德正說到他因得罪公爵府邸那位女僕而招致貓爪攻擊的事。桑丘聽完後，一臉疑惑地問：「騎士老爺，有件事我實在百思不解，在我看來，您既沒有英俊的外表，也沒有萬貫家財和出眾的才華，為什麼會有女人如此傾慕您呢？」

「嗯——」唐吉訶德清清喉嚨說道，「你的想法太膚淺了。一個人只要聰明、正直、慷慨或謙恭有禮，就可算是擁有靈魂之美，而靈魂之美往往勝過肉體之美啊！」

話語剛落，唐吉訶德一個不留神，一頭撞進了眼前一張綠色的大網子裡。「可惡，又是壞魔法師施的法術。」唐吉訶德憤怒地大喊。他舉起劍，打算刺破網子衝出去。

「請等一下！」一句銀鈴般的話語傳來，接著便看見兩個裝扮成仙子模樣的金髮女孩向他們跑來。

「對不起，騎士先生。我們並不知道這條路會有人經過，這張網原本是用來捕抓鳥兒的，請您別刺破它，我們馬上就放您出來。」其中一個女孩說道。

「是呀，為了表示歉意，請您加入我們的筵席，與我們一道用餐，好嗎？」另一個女孩也說道。

「森林中的仙子，既然這張網子是屬於妳們的，我便不會任意地破壞它，請放心吧！」唐吉訶德彬彬有禮地說道，還以為自己真的遇上了神話中的森林仙子呢。

「嘻嘻——」兩個女孩聽見唐吉訶德如此稱呼她們，忍不住笑出聲來，其中一位回答說道，「您誤會了，我們並不是什麼仙子。我們就住在林子附近的城鎮，今天跟著家人一塊兒到樹林中來玩。」說完，便領著唐吉訶德主僕二人回到聚會的地方。

原來，這是一群有錢人消磨時間的遊戲。他們於假日時領著全家人，打扮成牧羊人的外貌，到這片風景優美的山林聚會，並稱此地為牧羊人的新樂園。

唐吉訶德在假牧羊人的筵席上吃了一頓豐盛的大餐，幾乎所有人都聽說過唐吉訶德的事蹟，因此無不將他視

杜雷／版畫，1863年

唐吉訶德撞進一張巨網，兩名美麗的女子聞聲趨前，讓他滿心以為自己遇上了騎
士故事中的林間仙子。

為貴客招待。宴會結束之後，唐吉訶德清清嗓子高聲說道：「為了答謝你們的熱情招待，接下來兩天我將駐守在通往城鎮的大路，要來此地的路人親口說出——這兩位邀請我們參加筵席的女孩，是除了我的愛人達辛妮亞小姐之外，世界上最美麗的女孩。」

「騎士先生，您不用特地報答啦！」
「對呀，您的聲名已經夠響亮了呀。」
「大家都知道您是知恩圖報的人啦！」
眾人紛紛出言阻止，希望唐吉訶德打消這個瘋狂的念頭。

「不行！我是個有恩必報的人，請別再阻止我了。」唐吉訶德說道，「桑丘，牽著你的驢子跟我來吧！」語畢即跨上洛基南特，走到距離宴會場地不遠的路上，神情嚴肅地戍守著。桑丘見主人如此堅持，也只好騎上驢子跟著主人走。眾人睜大了眼睛瞧著，認為有關這主僕二人的傳言果真不假。

兩人站了一會兒，突然看見路上來了一群騎馬的人，他們手握長槍朝唐吉訶德主僕二人的方向急馳而來。「快點讓開，你們不要命了嗎，公牛群馬上就要到了呀！」領頭的人對唐吉訶德和桑丘大聲吼道，說完隨即繞過他倆繼續往前奔，其他人也趕路跟上。

「公牛？哼，儘管來吧，我拉曼查之唐……」唐吉訶德話還沒說完便被一群凶猛狂奔而來的公牛撞倒。接著，就連洛基南特、桑丘和他的驢子也難逃此劫，全被公牛撞翻在地，慘遭踩踏，哀號連連。

唐吉訶德忍著痛，掙扎著從地上爬起，一邊咒罵，一邊邁著蹣跚的步伐往前追去，但終究還是追不上這群趕著去參加比賽的鬥牛。他渾身疼痛不已，臉上的面子也掛不住，因此不願回到聚會場地，只好頹然地坐在路邊，等候桑丘來找自己。

過了不久，桑丘拉著洛基南特和驢子虛弱地走了過來，於是兩人爬上各自的坐騎，帶著無比的懊惱靜靜離去。他們來到一處林蔭茂密的樹林，先讓馬兒和驢子吃些青草，主僕二人則喝了點清涼的泉水，然後身體倚著樹幹休息。

桑丘從袋裡拿出乾糧，遞給主人。但唐吉訶德仍在為方才的事氣惱，煩悶地吃不下東西，因此並不伸出手來接。「騎士老爺，」桑丘勸道，「您別太在意，吃點東西、睡個飽覺，等您醒來便不會再那麼生氣了！」

「嗯——這樣吧，我依你的建議去睡個覺，你則解開自己的衣服用力鞭打自己的屁股三、四百下，該為達辛妮亞小姐盡點力了吧，這樣我內心的鬱悶也能稍微舒緩些。」唐吉訶德說道。

「先讓我睡上一覺再說吧！我答應您

杜雷／版畫，1863年

唐吉訶德和桑丘被迎面狂奔而來的鬥牛群撞倒，遭到嚴重踩踏，不禁哀號連連。

的事一定會做到，不急在這個時候。」桑丘回答。於是兩人吃了一點乾糧，接著便躺下來睡覺。

黃昏時，唐吉訶德從睡夢中醒來，想起達辛妮亞小姐仍被拘囚在蒙德西諾斯地洞裡，而身負解救任務的桑丘卻置身事外，一副漠不關心的樣子，內心便不由得焦躁起來。

他解下洛基南特身上的韁繩，走到桑丘身邊，打算自己動手解除達辛妮亞小姐身上的魔咒。但他的手才剛碰到桑丘褲子的皮帶，桑丘就驚醒了。「騎士老爺，您想幹什麼？」桑丘害怕地喊道。

「桑丘，你就自己解下皮帶吧！我要為達辛妮亞小姐討個兩千鞭，好讓她及早脫離苦海呀！」唐吉訶德說道。

「不行、不行！」桑丘一面大喊，一面從地上爬起來，跑離唐吉訶德身邊，說道，「不是說好了，挨鞭子的事得由我自己來，如果不經我的同意，就算被強挨上幾千鞭，也是不算數的。」

「好吧！我不碰你，但你得快點動手，別一副事不關己的樣子。要知道，為主人分憂解勞是僕人應盡的義務。」唐吉訶德無奈地說。

為避免再度遭受主人襲擊，桑丘往樹林深處走去，想另找一處樹蔭歇息。突然，他的頭撞上了東西，他伸手摸了

唐吉訶德與桑丘·潘薩
杜米埃(Honore Daumier, 1808～1879) / 油彩·畫布，1855年 / 丹麥哥本哈根新嘉士伯藝術博物館

唐吉訶德主僕二人總是在樹林裡隨意找棵樹、找片草地就地歇息，為了完成騎士的壯志與夢想，對他們來說餐風露宿算得了什麼。

一下——哎呀，竟是一雙人腿！桑丘嚇得渾身發抖，連忙往旁邊靠去，沒想到又撞到另一雙腿。這可把他嚇丟了魂，只聽見他牙關發顫地蹦出一句：「救命啊！」

唐吉訶德循聲找來，透過樹稍微弱的光線，發現這一帶的樹上都掛滿了死屍。「別怕！這些人都是土匪和強盜，他們被官兵抓住，吊死在樹上。」唐吉訶德冷靜地說道。於是，兩人離開這片陰森森的樹林，走回方才休息的地方去。

杜雷／版畫，1863年

唐吉訶德和桑丘坐在樹下閒聊，他一直沒忘記魔法師的話，要桑丘趕緊鞭打自己
的屁股，好讓達辛妮亞小姐早日破除魔法詛咒。

杜雷／版畫，1863年

漆黑的森林深處，每棵樹上都垂掛著死人屍體，任誰見了都要魂飛魄散，也難怪桑丘嚇得全身發抖。

14 俠盜羅蓋·吉納特

接下來幾天，唐吉訶德和桑丘一直跟著羅蓋·吉納特四處奔波，看他們如何強奪路人的財物，又如何躲避官兵的追捕，主僕二人對於強盜這一行都感到既新鮮又有趣。

天色剛亮，唐吉訶德和桑丘早早醒來，打算儘早離開這個吊滿死屍的地方。但他們還來不及將行囊收拾妥當，便發現自己已被一群強盜團團包圍。

「不許動，把所有的錢都拿出來！」一位面孔凶惡的強盜命令道，緊接著其他的強盜便蜂擁而上，將唐吉訶德和桑丘身上所有的財物都搜括一空。

唐吉訶德的武器沒放在身邊，因此他秉持著好漢不吃眼前虧的想法，一語不發地站著，任由這群強盜搶去所有值錢的東西。

不一會兒，一名身材高壯、皮膚黝黑，年紀約三十出頭的男子出現了，他騎著一匹高大的駿馬，腰間插著四把小火鎗，一看便知道是這群強盜的首領。

「如果不是我過於輕率，沒將兵器帶在身上，我這擁有舉世聞名功業的拉曼查之唐吉訶德，才不會輕易落入你們這班盜匪的手裡。」唐吉訶德鎮定地對強盜頭子說。

「原來你就是聞名天下的英勇騎士唐吉訶德先生呀！來人哪，還不快把這兩位先生的東西還給他們。」強盜首領瞧唐吉訶德一身騎士裝扮，知道他並沒有騙人，於是命令手下們歸還所有東西。

「我是羅蓋·吉納特，早已久仰您的大名。」強盜首領向唐吉訶德自我介紹。

「羅蓋·吉納特？」唐吉訶德驚訝地說，「你就是深受西班牙人民愛戴的俠盜羅蓋·吉納特呀！」

「是的，」羅蓋·吉納特神情嚴肅地回答，接著便轉頭對手下說道，「把上回搶來的衣服、珠寶和錢財通通拿過來，我來分配一下。」

他把衣服和珠寶估算成金錢，分成均等的幾份，加上原先搶來的金錢，一一分配給大家。由於分得很公平，大夥都覺得很滿意。接下來幾天，唐吉訶德和桑丘一直跟著羅蓋·吉納特四處奔波，看他們如何強奪路人的財物，又如何躲避官兵的追捕，主僕二人對於強盜這一行都感到既新鮮又有趣。

羅蓋·吉納特有一位好朋友住在臨海的大城市，這位俠盜聽說唐吉訶德有意到那個城市去遊歷，便寫了封信給好友告知唐吉訶德即將到訪。三天後，唐吉訶德主僕二人告別羅蓋·吉納特，動身前往那座臨海城市。他們依照羅蓋·吉納特指示的捷徑前往，果然很快便到達目的地，不過當時已屆夜半，唐吉訶德和桑丘便先待在城外的海邊，靜靜等候黎明到來再進城。

杜雷／版畫，1863年

唐吉訶德主僕二人被一群強盜包圍。少了武器在身，騎士老爺乾脆兩手一攤，任由強盜拿走值錢的東西。

最深的夜過去了，太陽緩緩從海平面露出臉來，天色漸亮。唐吉訶德和桑丘欣賞了一會兒大海的壯闊景致，隨即往城門走去。

羅蓋‧吉納特的好友是當地一位富紳，他接獲羅蓋‧吉納特的信，早早便安排了一群人在城門等候。於是當唐吉訶德和桑丘一走進城裡，立刻就為熱情的人群所包圍。「歡迎、歡迎，歡迎英勇的騎士和隨從。」「歡迎你們來到我們的城市。」唐吉訶德主僕二人隨後便在群眾的簇擁下，來到富紳的家中。

當晚，富紳為唐吉訶德舉辦了一場歡迎舞會，富紳的妻子還特地邀請兩位活潑美麗的夫人做唐吉訶德的舞伴。舞會開始後，她倆便拉著唐吉訶德的手不放一直邀他跳舞，這可累壞他了，但礙於禮貌又不好意思拒絕。因此，便看見他硬撐著瘦巴巴的身軀，滿臉疲倦地在舞池中搖搖晃晃。

翌日待唐吉訶德睡飽醒來，富紳迫不及待對他說：「我想讓你看一件新奇的東西。」接著，便領他走進一間密室，同行者還有富紳的妻子、舞會上那兩位夫人、桑丘，及富紳的兩位朋友。

密室裡空蕩蕩的，只擺了一張獨腳桌，桌上有座銅鑄的半身人像。「就是這個，」富紳說道，「這是我最寶貴的收藏品，是一名法力高強的魔法師所鑄造，它能回答任何問題，你們不妨試試它的能耐。」

「我先來！」富紳的其中一個朋友自告奮勇地說。接著便聽見他問銅像，

「請問你，我是誰呢？」「你自己知道。」銅像回答。

在場的人都嚇了一跳，大家東瞧西瞧，整間密室除了入內的這八人，並不見其他人的影子，因此可以斷定聲音是從銅像身上發出來的。

「我的丈夫愛我嗎？」其中一位夫人問道。「看他平日怎麼待妳，自然能夠明白。」銅像回答。

眾人陸續問了銅像幾個問題，最後，輪到唐吉訶德主僕二人。

「請問，我在蒙德西諾斯地洞裡的遭遇是真是假？真的只要讓桑丘自抽三千三百鞭，達辛妮亞小姐身上的魔咒就能解除？」唐吉訶德問道。「地洞裡的事半真半假。達辛妮亞小姐身上的魔咒終有解除的一日。」銅像回答。

「換我了！」桑丘也躍躍欲試，他問道，「我還有可能再當上總督嗎？我能否甩掉隨從的苦差事，回家見老婆和孩子們？」「你絕對能當上一家之主。只要你願意，自然能捨掉隨從的工作，回家見老婆和孩子。」銅像回答。

大夥各自問了想問的問題，並在一一獲得睿智又充滿智慧的解答後，無不滿懷驚奇地離開了密室。其實，這是富紳捉弄眾人的把戲——銅像內部有根管子連到桌子裡面，管子再沿著桌腳連到另一個房間；富紳早已事先安排一名學識豐富的大學生在那兒等著回答眾人的問題。但除了富紳的那兩個朋友知道內情，其他人都被蒙在鼓裡，就連富紳的妻子也不例外呢！

杜雷／版畫，1863年

唐吉訶德主僕二人與俠盜羅蓋·吉納特惺惺相惜，吉納特還寫了封信給住在臨海
大城市的朋友，要他照顧即將前往的唐吉訶德。

杜雷／版畫，1863年

唐吉訶德在海邊等待天亮。澎湃的大海映著滿天的星星，景色甚是壯闊。

杜雷／版畫，1863年

有了俠盜吉納特的引薦，唐吉訶德一入城便受到熱烈歡迎，眾人直把唐吉訶德當
成真正的英勇騎士。

杜雷／版畫，1863年

富紳安排了歡迎舞會，還特別為唐吉訶德安排了兩個舞伴，不讓他受到冷落。

杜雷／版畫，1863年

兩位女伴強拉著唐吉訶德跳舞跳個不停。唐吉訶德只好打起精神，硬撐著瘦巴巴的身軀陪她們跳舞。

杜雷／版畫，1863年

好一座會說話的珍稀銅像，眾人對它嘖嘖稱奇，不禁圍繞著爭相發問，而
它不僅有問必答，且回答得相當睿智得體。

月亮騎士的坐騎不愧為一匹出色的好馬，腳程飛快，不一會兒便跑到洛基南特的跟前，強有力地猛然朝牠一撞，登時將唐吉訶德連人帶馬撞翻在地。

唐吉訶德在富紳家中住了一陣子，其間富紳曾帶他到海邊登上一艘軍艦參觀，著實令他大開眼界。

一日清晨，唐吉訶德身著騎士裝備，騎著洛基南特在海邊散步，望著海邊的美麗景致，忍不住又想起身陷魔法詛咒中的愛人。「唉，美麗的達辛妮亞小姐，請妳耐心等待，終有一日，我一定會恢復妳的美貌，並將妳從蒙德西諾斯地洞拯救出來。」唐吉訶德喃喃自語地深情說道。

突然，另一位騎士出現了。他騎著一匹高壯的駿馬，手中拿著一面刻有月亮的盾牌，雄赳赳氣昂昂地走到唐吉訶德面前說道：「大名鼎鼎的拉曼查之唐吉訶德騎士啊，我是月亮騎士。今天，我為了摯愛的情人特地來找你，如果你肯承認我的情人是全天下第一美人，她的美麗勝過托波左的達辛妮亞小姐，那麼我便會走開不找你的麻煩，否則我便要以手上這把利劍與你決鬥。」

唐吉訶德瞪著眼前這名傲慢的陌生騎士，氣呼呼地說道：「如果你看過達辛妮亞小姐，就不會如此出言不遜了，她的美貌可是古往今來無人能及。」

「看來，我們之間的事只能靠決鬥解決了。如果我輸了你，除了點頭承認達辛妮亞小姐是天底下第一美人，還會將我拿過的所有英勇功績都歸於你。但如果你被我打敗，不僅得讚美我的情人，還必須直接回鄉，不得再從事任何與騎士有關的活動。」月亮騎士說道。

月亮騎士的要求，竟與之前鏡子騎士的要求如出一轍？原來，他們根本就是同一個人，這位正是唐吉訶德的好友參孫·加拉斯戈先生。上一回，他假扮成鏡子騎士，被唐吉訶德狠狠修理了一頓，滿身是傷地回到村子裡。他躺在床上休養了好一陣子，心中越想越不甘，於是待身體復原之後，他又特地挑選了一匹高壯的駿馬，再度出門尋找唐吉訶德挑戰。

「隨你怎麼說，我是一定會打敗你的。」唐吉訶德自信滿滿地回答。

富紳一得知唐吉訶德將在海邊與人決鬥的消息，連忙趕到這裡來。城裡的總督也被這場決鬥所驚動，趕忙帶領屬下到海邊觀戰，唯恐鬧出人命。

只見唐吉訶德和月亮騎士各自騎著馬，背對背地走去，然後兩人彷彿心電感應般同時調轉馬頭，朝對方一奔而出。月亮騎士的坐騎不愧為一匹出色的

杜雷／版畫，1863年

唐吉訶德被月亮騎士打敗，連人帶馬摔落在地。但他仍不肯屈服稱讚有人比達辛
妮亞小姐更美，畢竟每個人理想中的愛人都是最美好的。

好馬，腳程飛快，不一會兒便跑到洛基南特的跟前，強有力地猛然朝牠一撞，登時將唐吉訶德連人帶馬撞翻在地。

接著，月亮騎士以長矛尖指著躺在地上的唐吉訶德，喝道：「怎麼樣？快些承認你輸了。」

「唉——我認輸。但我絕對不會背叛達辛妮亞小姐，我依然認定她是全天下最美麗的女人，要殺要剮隨便你吧！」唐吉訶德豪情地說道。

「算了！」月亮騎士嘆了一口氣說道，「這件事我不勉強你，但我們剛剛的約定，也就是你得返回故鄉的事，必得確實遵守。」

「我不會耍賴的。」唐吉訶德說道。

聽到唐吉訶德親口承諾之後，月亮騎士便騎馬離開了。桑丘連忙跑過來扶起唐吉訶德，見主人摔得滿身是傷，又聽他說要返回故鄉，不禁懊喪地說道：「這下子，我指望跟著您撈得些許好處的期望，全都落空了。」

唐吉訶德隨即被扶回富紳家中休養，決鬥落敗的陰影自此緊緊盤據在他的腦海，令他夜晚總睡不安穩，經常夢見月亮騎士舉著長矛前來戳他的腦袋。六天之後，他身上的外傷雖已痊癒，但心中的創傷卻仍持續擴大。

他將行李收拾妥當，把盔甲和長矛等騎士裝備全都綁在驢背上，自己則身穿旅行的裝束騎上洛基南特，依依不捨告別富紳夫婦後，踏上了返鄉之路。

主僕二人垂頭喪氣地走到海邊，經過唐吉訶德戰敗的地方，「唉！我一世的英明都讓這一次失敗給毀了。」唐吉訶德嘆道。

「騎士老爺，您

杜雷／版畫，1863年

吃敗仗的陰影緊緊糾纏著唐吉訶德，讓他每晚做惡夢，總是睡不安穩。

杜雷／版畫，1863年

唐吉訶德再次來到戰敗之地，他不免長吁短嘆，總覺得自己的一世英明全毀了。

別太難過，真正的英雄是得意時高興、失敗時也能沉得住氣！像我，擔任總督時享受權力，現在又當回騎士的隨從也並不難過呀！」桑丘安慰著主人。

就這樣，兩人悶悶不樂地往故鄉走去。一天傍晚，他們來到先前曾被牛群無情踩踏的那條林間大路，唐吉訶德轉頭對桑丘說：「我們今晚就在這兒的草地過夜吧！」兩人於是下馬，先吃了點東西，再躺到草地上睡覺。

「等我回到故鄉，我要買十幾頭羊，改行當個牧羊人。整天徜徉在山野中，聞花香、飲泉水，大聲地唱歌吟詩，你覺得如何？」唐吉訶德半開玩笑地說著夢想，朝桑丘問道。

「很不錯呀！這種生活才是我真正想過的，我願意跟著您一塊兒去牧羊。」桑丘認真回答了主人的問題後，躺了一會兒，不久便沉沉睡去。

月亮緩緩升上了天際，四周一片漆黑，唐吉訶德滿懷心事，煩悶地睡不著覺。輾轉反側了一夜，天快亮時，他終於忍不住了，伸手推推桑丘的肩膀，說道：「醒醒吧，你這無憂無慮的傢伙，收拾起你堅硬如石的心腸，給自己抽打個三、四百鞭吧，好讓我的內心能平靜一些。」

「哎呀！騎士老爺，您這怎麼又來

杜雷／版畫，1863年

唐吉訶德垂頭喪氣和桑丘一起悶悶不樂地返回故鄉。這和他們出征時昂首闊步的
情景，真有如天壤之別。

杜雷／版畫，1863年

唐吉訶德開玩笑地說，想轉行當牧羊人；桑丘卻一臉認真，願追隨他去牧羊。

了？」桑丘埋怨地說道。

「這樣吧！你自己算算一鞭子值多少錢，我付錢給你，別教你吃虧，白挨鞭子打。」唐吉訶德說道。

桑丘一聽有錢可拿，睡意全消，立刻脫下上衣，將洛基南特身上的韁繩當做鞭子，躲到樹林裡去執行鞭刑。

「啪——」「哎呀！」「啪啪——」「哎唷！」只聽見樹林深處不斷傳來鞭子的抽打聲和桑丘的哀號聲。算一算，大約也有一千來鞭了。唐吉訶德聽見桑丘叫得那麼慘，於心不忍，便高聲喊著要他放下鞭子，日後再繼續打。

「不行！騎士老爺，我今天非打足兩千鞭才能歇手。」桑丘說道。接著，便

聽見他發出更淒厲的慘叫聲，唐吉訶德沒法勸阻，也只好由著他去。

天亮時，桑丘終於打完兩千鞭，滿身大汗地回到唐吉訶德身旁躺下，說道：「騎士老爺，您答應要賞給我的錢，可別忘記嘍！」說完，便筋疲力竭地睡著了。

唐吉訶德這一聽，知道距離咒語解除之日距離不遠矣，心頭頓時開朗不少，也跟著睡了一會兒。

但其實，他被桑丘騙了，那兩千鞭子的抽打全都由樹林裡的樹木挨著，一鞭也沒打到桑丘身上去。不信，到林子裡去瞧瞧，可以看到好幾棵樹的樹皮都被打爛了呢！

杜雷／版畫，1863年

桑丘聽到每抽一鞭皆有錢可領，立刻脫下上衣假裝鞭打自己，但其實挨打的全是林中樹木呢！

16 騎士夢醒

妳放心！我已經不是先前那個瘋瘋癲癲的唐吉訶德了，我知道自己是吉哈達，由於過度沉迷於閱讀騎士小說，迷失了自己的心智。但現在上帝已經喚醒我的神智，讓我徹底清醒過來了！

自從唐吉訶德承諾每抽一鞭可換金幣之後，桑丘便夜夜重施故計，讓樹皮幫他挨鞭子。終於，在他們回到故鄉的前一晚，桑丘打完了三千三百鞭，唐吉訶德非常高興，認為達辛妮亞小姐身上的魔法已解除，不久就會以美麗的容貌出現在他眼前。因此他懷著忐忑的心，眼睛隨時四處張望，熱切地等待著。

越過一面山坡，久違的故鄉出現在二人眼前，桑丘雙膝跪地，激動地喊道：「我思念的故鄉啊，快張開雙臂迎接您的兒子——桑丘和唐吉訶德，他們從遙遠的地方歸來了。」

主僕二人回到村子裡，唐吉訶德的姪女和女管家滿眼含淚地迎了出來，桑丘的老婆和小孩也趕來見他。大夥歡喜地互相擁抱過後，便各自返家。

「我收到過一封公爵夫人的來信，說你已經當上海島的總督，正等著把我們一家人接去享福呢！這會兒怎麼突然就回來了呢？」桑丘的妻子問道。

「這事說來話長，以後再慢慢跟妳說。」桑丘說道，「不過，公爵夫人和騎士老爺都給了我一些錢，這段日子不算白過。」

唐吉訶德回到家之後，雖然受到女管家和姪女的細心照顧，但心中長久以來所鬱結的憂悶卻讓他生了病，一連發燒六天，連醫生都查不出病因。最後，醫生宣告——唐吉訶德即將離開人世，要大家做好心理準備。

「妳去把大家叫來，我這會兒精神多了，想和大夥說說話。」唐吉訶德躺在床上對姪女說道。「您還是多休息，別再讓人來煩擾您了。」姪女連忙勸阻道。

「妳放心！我已經不是先前那個瘋瘋癲癲的唐吉訶德了，我知道自己是吉哈達，由於過度沉迷於騎士小說，迷失了心智。但現在上帝已經喚醒我的神智，讓我徹底醒來了！」唐吉訶德說道。

於是，姪女去請神父、理髮師、加拉斯戈和桑丘到家裡來，眾人聚在唐吉訶德的床邊，聽他宣告遺囑。

「首先，」唐吉訶德說道，「我要向桑丘道歉，我出於瘋狂，慫恿他做我的隨從，誤導他相信這世上真有騎士存在的錯誤觀念，害他也變得跟我一樣瘋癲，我實在對不起他。我之前允諾要給他的錢，一毛也不得少給。」

絕佳搭檔
M. Kuhn攝影 / 德國柏林

唐吉訶德與桑丘這兩位冒險英雄，他們一高一矮、一瘦一胖的鮮明身影令世人永難忘懷。

「嗚嗚——騎士老爺，您別這麼說，您一定會好起來的，我們不是要一起去牧羊嗎？」桑丘見唐吉訶德病成這樣，難過地哭了起來。

待桑丘說完話，唐吉訶德又繼續說道：「第二，我，吉哈達全部的家產由我的姪女繼承。

「第三，女管家的薪水要如數照付，再送給她一套新衣服。

「第四，我的姪女必須嫁給一個從未讀過騎士小說的人。若否，則所有家產沒收，改捐給慈善機構。」

話說完，唐吉訶德便昏迷過去。三天之後，這位留給世人無數冒險事蹟的偉大騎士——拉曼查之唐吉訶德，就此告別人間，與世長辭。

杜雷／版畫，1863年

越過山坡，家鄉就在眼前，桑丘的心情激動不已，張開雙臂直說：「我思念的故鄉啊，您的兩個兒子從遙遠的地方歸來了。」

杜雷／版畫，1863年

返家後，唐吉訶德一連病了好幾天，他自知來日不多，於是召來親友交代後事，與大家話別。說完，這位寫下諸多傳奇事蹟的偉大騎士就此離開人世，風範永遺。

國家圖書館出版品預行編目資料

唐吉訶德／塞萬提斯(Miguel de Cervantes
Saavedra)原著；劉怡君改寫；陳彬彬圖片賞析
——二版——臺中市：好讀，2017.02
面： 公分，——（新視界；13）
【新裝珍藏版】
改寫自：Don Quixote
ISBN 978-986-178-407-6 (平裝)

878.57   105022445

好讀出版

新視界13

唐吉訶德 Don Quixote

原著／塞萬提斯 Miguel de Cervantes Saavedra
改 寫／劉怡君
圖片賞析／陳彬彬
總編輯／鄧茵茵
文字編輯／簡伊婕
美術編輯／許志忠
校 對／張筱媛
發行所／好讀出版有限公司
　　　　台中市407西屯區工業30路1號
　　　　台中市407西屯區大有街13號（編輯部）
TEL:04-23157795 FAX:04-23144188 http://howdo.morningstar.com.tw
　（如對本書編輯或內容有意見，請來電或上網告訴我們）
法律顧問　陳思成律師

填寫讀者回函
獲購書優惠卷

讀者服務專線／ TEL：02-23672044 / 04-23595819#212
讀者傳真專線／ FAX：02-23635741 / 04-23595493
讀者專用信箱／ E-mail：service@morningstar.com.tw
網路書店／ http://www.morningstar.com.tw
郵政劃撥／ 15060393（知己圖書股份有限公司）
印刷／上好印刷股份有限公司
如有破損或裝訂錯誤，請寄回知己圖書更換

初 版／西元 2012 年 1 月 1 日
二 版／西元 2017 年 2 月 1 日
二 版四刷／西元 2024 年 3 月 15 日
定 價／330 元

Published by How-Do Publishing Co., Ltd.
2024 Printed in Taiwan
All rights reserved.
ISBN 978-986-178-407-6